罪中局 I

隐藏在杀机里的重重内幕

项 维 著

迷雾重重，真相难辨。

案中有案，只待破局。

成都时代出版社
CHENGDU TIMES PRESS

目录

Contents

第一章 她爱他 /001

第二章 灰太狼标签事件 /029

第三章 毒贩之死 /055

第四章 有朋自远方来 /075

第五章 钱钱钱钱 /109

第六章 长大后，你就成了我 /151

第七章 父与子 /192

第八章 毗邻之居 /221

第九章 少数派的胜利 /250

第十章 唐人街，谈唐人 /286

尾　声 越洋电话 /321

第一章　她爱他

1

“你还记得小娜吗？”

项维点点头。

坐在吧台外，项维身边的那个男人是他自小就认识的朋友张一平。小娜是一平的妹妹，全名叫张小娜，是个非常乖巧的姑娘，以前项维还帮她辅导过功课。

“她自杀了。”

项维一下愣了。

“为什么？”

“警方说是为情所困。”一平苦笑了一声。

“发生在国外？”项维记得一平提过，张小娜三年前出国留学了。

“不，她三个月前就回国了，一回来就发生了这种事情。”张一平道，“她是跟男朋友分手后回来的，因此……”

因此这可以看成是自杀的动机。

“而且，她是跳江自杀的，有很多人亲眼看着她跳下去的。”张一平显得有点无奈，“小娜她……”

“你不相信她是自杀的？”

张一平摇摇头。

“确实，小娜跟我提过她跟男朋友分手的事情。但她也说过，他们是和平分手的，她是为了回国，才分手，而不是因为分手，才决定回国。”张一平说着，把在手机里存着的妹妹跟恋人的合照点开，递到了项维面前，“就在三天前，小娜的前男友打电话来询问小娜的近况，知道小娜自杀后，非常震惊。这说明，他也不相信小娜会因为分手的事而自杀。”

“你有问他小娜为什么要回国吗？”

一张张相片上，是偎依在一起的情侣，有骑着骆驼在埃及金字塔前拍的，有穿着潜水服在马来西亚仙本那拍的，有站在巴黎埃菲尔铁塔上拍的，等等，都是结伴而行的旅游相片。

项维看着每张相片上的笑脸，心里惋惜。

“他不知道，小娜没有跟他解释过原因，只是说，有一件事情，如果她不回来处理好的话，她这辈子良心都过不去。”

“他真的这么说？”

“对的，他真是这么说的。”张一平点了点头，“听起来事态似乎有点严重。”

怎么看，张小娜也不像是会做出让自己良心过不去的事情的人。

“小娜她，出国后就信了基督教。据她前男友说，跟他提分手，是小娜回国前最后一次找神父忏悔后发生的。”

忏悔？张小娜果真做过什么需要忏悔的事情吗？

那让她耿耿于怀的，究竟会是什么事呢？

“三年前，大概是三年前发生的事情吧？”张一平继续道，“你还记得三年前的事吗？”

项维有点迟疑，“这要看你说的是哪件事情了。”

“你小子……”张一平握起拳头轻轻捶在了项维的肩膀上，“小娜曾经暗恋过你，你不会不知道吧？”

“啊？！”项维一脸尴尬。

“别装傻了，小娜可是很崇拜你的，特别是因为你的那手什么绝活，说你是‘行走的地图’。”

项维勉强地笑了笑。

说起暗恋这件事，其实比三年前更早，那还是在张小娜上初中的时候发生的事。张小娜一直以来都很聪明，但心思却没放在学习上。张一平身为哥哥，不时地就给妹妹补补功课。身为张一平的好友，项维偶尔也帮着教教张小娜。

“行走的地图”是他辅导张小娜地理的时候获得的美誉。

“每次小娜提到你，就说：‘项维可厉害了，上课的时候，老师教我们全国多少个省份，分别处在东西南北哪儿哪儿，我一个也记不住。可项维教我的时候，嘿，他竟然就在白纸上全画下来了，我每说一个省份，他就把它画下来，到最后全国34个省级行政区我都念完的时候，他把一幅全国地图都画好了，形状方位，丝毫不差的，好厉害，项维就是个行走的地图呢。’”

张一平说完，两人都笑了起来，笑着笑着，神情黯然下来。

“项维，我想要你帮忙重新调查小娜的死。”

“不用你说，我也会做。”

2

张小娜自杀那一天是3月16日。

据说是跳进珠江淹死的。

出事那一天，不下十人目击了她从堤岸上跳下去的那一幕。

张小娜出现在堤岸上的时候，是大约晚上7点钟。她戴着帽子，围着围巾，孤身一人望着江面哭了许久。因为是个单身的年轻姑娘，所以有经过她身边的路人，都曾经询问过她发生了什么事情。但张小娜只是哭，并不回答。最终趁人不备的时候，纵身跳进了江里。

这是关于张小娜自杀前后的情况，几个目击证人的描述基本一致。

据说，警方的尸检报告也表明了张小娜的死是溺水导致的。

就这么看的话，这确实是自杀事件无疑了。

“有自杀遗言吗？”

张一平摇摇头，“只有发给我的一条短信息。”

那条短信是：“哥，对不起。”

如果不是后来发生了自杀事件，这条短信完全说明不了什么。这可能是在两兄妹闹矛盾时妹妹的让步，或者妹妹做错了什么事惹哥哥生气的时候，请求谅解的道歉。从字面上看，无法直接联系到后来的自杀行为，即便要联系上，也证明不了什么。

项维在张小娜的房间里，视线掠过摆设在里面的每件物品，随手拿起放在架上的时尚杂志翻了翻。

自杀事件是在张小娜回国大约半个月后发生的。

“她也没有告诉你为什么回来吗？”

“没有，跟三年前一样，离开得很突然，回来得也很突然。”

“离开得很突然？”

“是的，三年前小娜正在读大二，家里给她安排了留学，但是小娜对这事一直都很抗拒，后来不知道怎么的，忽然又愿意了，甚至希望越快越好，语言学校都还是她到了国外后再选的。”张一平解释道，“结果三个月前，原本是说要继续留在那边发展的，但大学课程没结束她就回国了。问她原因，她只跟我提了她男朋友的事情，我一开始还以为小娜是躲回来疗情伤的，所以一开始警方断定她是因感情方面的事情自杀的时候，我也半信半疑。虽然小娜声称是和平分手，但就我的经验，没有哪对儿情侣分手的时候是真的和平的，直到接到她男朋友的电话……”

直到这时一平才开始怀疑，或许张小娜并不是自杀。

项维打开了橱柜，发现里面琳琅满目的都是衣服，随手翻了翻，感到奇怪："这些衣服，怎么都有两件？"

"啊，多出来的一件是备用的。"

"备用的？"项维又仔细地重新翻了一遍，没找到只有一件的衣服。

"是啊。小娜说，好东西一定得买多一件备着。所以，她遇上喜欢的衣服，总是会多买一件。不光是衣服，其他的，什么帽子啊，围巾啊，鞋子啊，她都喜欢这样。"张一平指了指房间里的东西，让项维看，"比你好是吧？"

项维笑了笑。

他喜欢一套衣服买七件，一周都穿那一套，不知道他有这个癖好的人还以为他天天不换衣服。

"那，她回来之后，有联系过谁吗？"

"有，但没跟我说具体是哪个人，只说要去找以前认识的同学。"

"她手机还在吗？"

"在。"张一平打开梳妆台的抽屉，拿出了张小娜的手机，开机后翻到通话记录，然而除了运营商的客服电话，以及给父母、给张一平打的电话外，并没有其他的记录。

项维拿过手机，翻看了下默认登陆的一些聊天工具，都没约见朋友的留下信息。

项维若有所思地放下了手机。

"会不会，她说去见同学其实只是随意说说的？她去了国外这些年，跟国内的朋友断联了吧？"

"不会吧？小娜有好几天都出去了，她不是去找同学，会是去干什么了？"

张一平把手机放回去的时候，项维凑上前看了看抽屉里面的情况，有个东西吸引了他的注意："那是……？"

“相机。”张一平把那部相机拿了出来，“是小娜带回来的。”

项维打开了相机，看到了里面拍下的相片。

相片的内容是一个不到两岁的男孩，还有一个陌生的男人，看几张相片人物的相貌和神情，似乎是父子。往后翻的几张照片里还出现了一个女人，不，看相片里这三个人的神态，这是一家子：父亲、母亲、儿子。

看日期，是3月份的，就是说，是张小娜回国后拍的。

张小娜拍这一家人的相片做什么？

张一平看着相片上的那个女人，觉得眼熟。

“小娜没说谎，她是去见同学了，她就是小娜的大学同学。”

“她？”

“对，我记得小娜上大学的时候和她很要好。那个时候因为要送小娜出国，家里要小娜去学车，但小娜当时闹情绪不愿意去，就是她陪着小娜一起去练车的，她叫什么来着？”张一平走到了一边，看着贴着妹妹相片的相片墙，找了许久：“啊，在这儿，是她吧？那个时候还一脸稚气，现在长开了，变漂亮了。”

项维也站在了相片墙的前面，看着张一平指着的那个女学生。

确实是同一个人。

相片墙上有几张相片，都是小娜跟她的合照。只有一张那个男人的相片，还是他跟另一个陌生女人搂在一起的合影。

“我想起来了，她叫汤莹莹，她还来参加了小娜的丧礼。”

3

汤莹莹看着前来拜访的项维与张一平，有点讶异。

“还记得我吧？”

“啊，你是？”

“小娜的哥哥。”

“对的，小娜的哥哥，一平先生。”汤莹莹笑了一声，而后便满脸歉意，“小娜的事，请节哀顺变。”

“谢谢。”

“不知道你找我有什么事呢？”

“是这样的，小娜回来后，你们有见过面吧？”

“当然，我跟她是大学好友呢！她回国当然会来见我了。”汤莹莹点头。

“那她，有跟你谈到过什么吗？”项维问。

“具体指什么？”

“困扰？烦恼之类的？”

汤莹莹摇了摇头，表情有点懊悔，“早知道会发生这种事，我当时就跟她多聊一会儿了，或许，就能开解开解她，那她也不会……”

“那不是你的错，别放在心上。”张一平说。

“你说你跟小娜是大学好友，那她出国之前，跟你关系很好吧？”项维继续问。

“是的，我们那会儿总是形影不离的，班上的同学都叫我们‘Twins’，说我们长得很像呢。”汤莹莹满含笑意，而后伤感地说，“我还以为，能跟小娜一直做同窗呢，没想到最后她还是决定出国了。”

“对了，当时小娜并不太情愿出国吧？你知道是为什么吗？”

“不情愿吗？我倒是不太记得当时的情形了。”汤莹莹摇头。

“那，那时候小娜她，有没有发生过什么奇怪的事情？就是，让人特别在意的、不寻常的事情？”

汤莹莹使劲想了想，又摇头，说：“怎么回事？你们为什么问这些事？”

“妈妈！”

门外，一个小男孩跌跌撞撞地跑了进来，“妈妈！”

“哎，小小健回来啦？”汤莹莹一下把儿子抱了起来，满脸堆笑。

“回来了回来了，爸爸带我去吃了好多雪糕，还去玩了飞人。”小男孩在她怀里手舞足蹈。

汤莹莹的丈夫李健也随即进了屋子，看到屋子里还有其他人，愣了愣。

“阿健，他们是我老同学的哥哥跟朋友。”汤莹莹介绍说。

“哪个老同学？”

“就是张小娜，不久前我去参加了她丧礼的那个同学。”

李健似乎才明白过来，朝张一平伸手，握了握，“抱歉。”

“没关系。”

“那我带儿子上楼，你们慢慢聊。”

“那个，李先生，张小娜来见你妻子的时候，你察觉到她有什么不对劲的地方吗？”

“什么？”李健似乎有点糊涂了。

“你跟你妻子，还有张小娜，都是同一所大学的吧？”项维问。

“是同一所大学的，可是小娜并不认识阿健，阿健那个时候已经毕业了，我跟他也是在小娜出国后才认识的。”汤莹莹解释道，“而且，小娜来见我的时候，阿健他并不在场，你们问他也没用。”

“这是怎么回事？”李健感到奇怪了。

“我们在追查张小娜的死因。”项维直接说道。

“莹莹，你不是说你这个，什么老同学，是自杀的吗？”

“之前看来是，但现在出现了某些疑点，就不得不重新调查一遍。”

4

其中的一个疑点是：如果李健跟小娜并不熟悉的话，为什么他还会让小娜拍下这么多相片？他本人的，他儿子的，以及他跟儿子在一起的相片？

项维一开始以为相片是张小娜跟汤莹莹一家见面的时候拍的。这个时候他才注意到，相片上的李健，从来没有往镜头这边看过，汤莹莹也是一样。

这说明了什么？

张小娜在偷拍汤莹莹一家。

汤莹莹与李健都是在不知情的情况下被拍下来的，他们不知道有镜头对着自己，也不知道自己被偷拍了。

为什么张小娜要偷拍老同学一家呢？

她不可以跟汤莹莹见面后，大大方方地拍汤莹莹一家吗？

除非，张小娜不想让汤莹莹知道自己在偷拍，不，或者是不想让李健知道自己在偷拍。

从跟汤莹莹见面的情况来看，李健并不认识张小娜，然而……

项维走到了相片墙前面，找了找，很快找到了李健的相片。

相片上，李健并不是跟汤莹莹在一起，而是跟另外一个女人姿势亲昵地拥抱着，两人都穿着样式相同的印有××大学字样的的服装。看来，这女人也是跟张小娜就读同一所大学的。

这个女人是李健大学时候的恋人吗？

极有可能。

李健或许不认识张小娜，但张小娜肯定认识李健，否则不会有这张相片。

只是张小娜留着李健与前女友的情侣合照，是什么心态？

难道那个时候，张小娜暗恋着李健？

汤莹莹知道这件事吗？

按她的说法，她是在张小娜出国后才认识的李健，看起来应该不知道。

不，也可能知道——如果汤莹莹在说谎的话。

张小娜与汤莹莹是大学好友，两人同时暗恋李健。因为李健已经有恋人了，于是张小娜伤心地远走他乡，而留下来的汤莹莹则最后争取到了李健，并成为他的妻子。

三年后，张小娜回国了，去见老同学的时候，赫然发现自己暗恋过的男人变成了汤莹莹的丈夫。

这就能解释，张小娜为什么在汤莹莹一家不知情的情况下，拍下这么多相片。

她是在妒忌，还是后悔？

如果三年前，她没有离开的话，或许争取到李健的人就会是自己，而不是汤莹莹？

发现这个事实后，张小娜被打击得无法接受现实，才选择了了结生命？

“什么跟什么？不可能。”听了项维的推理，张一平使劲摇头，“要说小娜有暗恋对象的话，绝对是你，不可能是那个李健。”

“你才是在说什么跟什么！你不过是人家的兄长，怎么可能清楚妹妹的心思？再说，你堂堂一个男人怎么猜得透一个女人是怎么想的？”

“就因为我是小娜的兄长，才清楚李健不是妹妹喜欢的那种类型。而且，你不要一听我说小娜暗恋你，你就浑身不自在。暗恋而已，又没要求你一定要发展出实际的关系，你大方接受就行了。有姑娘暗恋是男人的骄傲啊，你别扭个什么劲儿？”

“哈哈。”项维苦笑了两声。

5

项维约了李健见面，在李健公司楼下的咖啡厅。

不管如何，那些偷拍的相片都泄露了张小娜私底下，对李健一家抱着不明的态度。

无论是妒忌还是怨恨，都跟汤莹莹或者李健有关。

李健看着张小娜的相片，摇头表示自己真的不认识张小娜。

“那，汤莹莹总会有提到过她吧？她没告诉过你，张小娜是她大学时最好的朋友？”

李健摇摇头：“我第一次听见张小娜的名字的时候，还是不久前汤莹莹去参加她的丧礼。”

答案有点出乎项维的意料。按照平常人的想法，即便汤莹莹是在张小娜出国后才认识李健的，但平时聊起来她总会跟自己的恋人提起自己曾经最好的朋友，而汤莹莹却……她为什么对好友避而不谈呢？

“你跟汤莹莹是怎么认识的？”

“我回学校整理我前女友遗物的时候，她是负责接待我的师妹，因此就接触下来了。”李健答。

“前女友？”项维把从张小娜房间里发现的那张相片拿了出来，“是她吗？”

李健看了一眼相片，惊讶道：“你怎么会有这张相片？”

“是她吗？”

“是她。这张相片，还是我们参加校际运动会的那个时候拍的。相片就只洗了两张，我那张已经不知道去哪儿了，这一张，是你从莉莉家人那里拿到的吗？”

“莉莉？”

“对，刘莉莉。”

“她死了？”

“车祸，她读大三的时候发生的。就在夏天的夜里，大概十点的时候，在马路上被人撞死了，到现在也没找到肇事者。”李健沉默了片刻，“那之后，我消沉了好长一段时间，幸亏认识了莹莹，她支持着我走了出来，等她一毕业，我们就结了婚。”

“车祸？距离现在？”

“三年了，是三年前发生的事情。”

6

一平说，小娜的前男友没有解释过分手的原因，只是说，有一件事情，如果小娜不回来处理好的话，她这辈子良心都过不去。

小娜回来之后，瞒着所有人接近汤莹莹一家，拍下了李健跟他儿子的相片。

不仅如此，她还偷偷藏着李健跟前任的相片。

为什么？

三年前，小娜原本不愿意出国的，是发生了什么，让她的态度改变，急切地想要留学？

并且，三年前，为了留学做准备，小娜去学了开车。

而同样在三年前，几乎在同一段时间内，李健的前女友在夜晚被人撞死，至今没有找到肇事者。

“看出什么了吗？”项维问。

“你怀疑，撞死李健前女友的，是小娜？”张一平问。

如果是这样，或许就说得通了。皈依基督教的小娜，在找神父忏悔的时候，说出了这桩撞人逃逸事件，请求上帝的原谅。神父劝说小娜回国，弥补自己犯下的罪过，于是小娜与男朋友分手，打算回来投案自首，却在拜访汤莹莹的时候意外发现她丈夫就是李健，才有了她偷拍李健一家的情形。

“那小娜为什么要寻死呢？”

项维搔了搔头。

李健是车祸的另一受害人。因为恋人遇害，对他也造成了极大的心理创伤。如今看到李健与好友幸福美好，如果小娜心里认定自己是有罪的话，应该也被救赎了一半，而不是看受害人过得好，觉得难受，转身就去自杀了。

“确实，按照常理，如果小娜要赎罪，第一个要找的应该是刘莉莉的家人才对，是吧？”项维问。

“还有一点，你肯定没想到。”

“什么？”

“小娜一直就没有学会开车，她在出国前不会，出国后也没有再去学车。小娜那么乖，不会无照开车的。你说小娜是撞死刘莉莉的人，我一百个不相信。”

“我也不相信小娜会做这种事情。”

“那你刚才说的那番话是什么意思？”

“我是假设，假设。”

“下次再这么假设毁谤小娜，我可要揍你了。”张一平挥起了拳头。

“遵命。”项维敬了个礼。

7

汤莹莹坐在布艺沙发上，手里拿着遥控器，心不在焉地转换着电视频道。

坐在她旁边的儿子，本来手里正举着一架飞机转着圈圈，听到门锁的声音便转身朝门口跑去。

李健走了进来，把叫着爸爸的儿子抱起来，坐到了妻子身边，将她手里的遥控器夺了过来，直直地盯着她。

汤莹莹被他看得不自在，笑了笑，问：“怎么了？”

“你老同学的哥哥的朋友，那个叫项维的，今天去公司找过我。”

“为什么？”汤莹莹眨了眨眼睛。

“不就为了你那同学的死吗？他们上次就说过了，她的死有疑点，对吧？因为这样，所以他们才来找你的。”

“找我也没用，我什么都不知道。”

汤莹莹说着，把遥控器拿回去，还没来得及按，就又被李健抢了回去。

“那同学，是叫张小娜对吧？为什么你从来没跟我提过她的事？”

“有什么好提的？”

“莹莹？”

“难道不是吗？她跟我们一点关系也没有。”

“她不是你的好朋友吗？”

“正因为是好朋友，所以我才要防着她，万一你跟她背着我看对眼了怎么办？不是有句话叫‘防火防盗防闺蜜’吗？”

李健一下笑出了声，把妻子揽进了怀里，语气轻松了不少：“我不是跟你结婚了吗？”

“那个时候她已经在国外了，我们也很久没联系过了，所以，不提她的事情也很正常吧？”汤莹莹叹了口气，伸手抱住了丈夫的脖子，“我们别被她的事影响了情绪好不好？”

“好。”李健点头。

“我要抱我要抱，我也要抱抱，妈妈。”儿子扔了飞机，转身大声喊。

“好咧，过来，小小健，让妈妈给你一个大大的拥抱。”

8

项维去找了刘莉莉的家人，询问了那次车祸的详细情况。正如李健所说，刘莉莉是在大学时期因车祸而死的。车祸发生在晚上大约十点左右，发生的地点恰好在交通电子眼的盲区，没有录下车祸的经过。再加上学校是在郊区，过往的行人并不是很多。唯一的目击证人，只认出了是一辆黑色的轿车，其他信息一无所获，故而至今没有任何进展。

黑色的轿车，根据这一定义来搜查肇事车主，无疑于海底捞针。

项维就有一辆黑色的轿车，张一平也有一辆黑色的轿车。许多人，都有可能是黑色轿车的车主，那怎么确认哪辆黑色轿车的车主就是肇事者呢？

“黑色的轿车？他认得出是什么牌子吗？或者有车牌号码也好！”张一平问。

“没有。”

张一平有点失望，“要是他知道轿车牌子就好办了，查查同一牌子的车主或许有用吧？”

“小娜有开过你的黑色轿车吗？”

“我那辆本田？没有，不是跟你说过了吗？小娜没有拿到过驾照，所以我就没让她单独开过车……”张一平这么说着，语速慢了下来，“不过……”

“不过？”

“她学车的那段时间有跟我借过车，说是去练车。”张一平看着项维，说道：“但她有汤莹莹陪着，而且说好就在练习场里开。”

“你放心让汤莹莹陪着小娜？”

“听小娜说汤莹莹早就考了驾照，车技很好，而且她们又是在练车场开，当时觉得没什么问题。”

项维半晌没有作声。

“怎么了？”

“如果，她们把车开出了练习场呢？”

“你是说？”

项维点点头。

“不可能。”

“有可能。如果，她们两人在那天夜里，开着车偷偷离开了练习场，到了学校附近，结果撞死了刘莉莉的话……”项维道，“因为这件事情，所以小娜才一改反对留学的态度急着出国。而这正是让她良心过不去的事，于是她回来想要跟汤莹莹一起去自首，坦白真相，却没想到……”

“汤莹莹竟然跟受害者的男朋友组建了家庭，小娜吃惊之余，想让汤莹莹去自首，结果……”张一平吃惊，“汤莹莹不愿意说出真相，所以，是汤莹莹杀了小娜？”

“问题是，所有目击证人都说是亲眼看着小娜跳江自杀的，并没有谁见到汤莹莹杀人。”

“是汤莹莹做了什么事情，逼得小娜不得不自杀的吧？”

9

汤莹莹刚出门，便看到了等在路口的张一平。

“张先生？”汤莹莹迟疑了一下，迎上前去，“又见面了，还有什么事吗？”

“你对小娜做过什么？”张一平堵在汤莹莹面前，居高临下地问。

“什么？”汤莹莹不由得退后一步。

“小娜有来找过你吧？她来找你的时候，你都跟她说了些什么？”张一平追问，俯下身子，一双眼眸凌厉地盯着汤莹莹，恨不得把她看穿，“为什么小娜见过你后，她就自杀了？”

“我，你……”汤莹莹被张一平震慑人的气势吓得结巴起来，“我，我什么都没说，什么都……”

“你撒谎。”张一平伸手，一手抓住了汤莹莹的右手，另一只手就要去掐汤莹莹的脖子，却在中途被人抓住了。

“一平，别冲动。”不知道什么时候，项维站到了张一平身边，拦住了他，说道，“放了她。”

“项维，你别拦着我。”

项维把张一平还抓着汤莹莹手腕的左手掰开。

被松开的汤莹莹看看自己手腕上被抓红的痕迹，后怕地捂住了胸口，颤着声音警告道：“你们，你们要是再这么纠缠不休的话，我可要报警了。”

“报警？可以啊，你去报警，刚好我们一起去找警察说说三年前那桩车祸的事情。”张一平冷哼。

“车祸？”

“别装傻了，三年前撞死你丈夫女朋友的车祸，是你干的，对吧？”张一平追问，“小娜那个时候正在学车，根本不敢开车上路，是你开车把小娜从练习场带到学校去，结果出事了，对吗？”

“不，不是这样子的。”汤莹莹摇头。

“莹莹？”李健带着儿子走了出来，看见又是项维跟张一平，疑惑道，“你们还有什么问题吗？”

“当然有问题，你知道吗，是你这个老婆开车撞死了刘莉莉，你居然跟害死你女朋友的人成了夫妇，可笑吧？”

“莹莹？”李健惊讶，脸色一下阴沉下来，看着妻子。

汤莹莹百口莫辩，难堪地低下头去。

李健看了汤莹莹好一会儿，才转身对项维跟张一平说：“我妻子没干过那种事情，你们要是有证据，大可以去告发她。但如果无证无据地说莹莹就是开雅阁车的那个人，就是污蔑，我完全可以报警告你们骚扰！”

10

张一平愤然地站在江堤上。

不久之前，他的妹妹从这里跳了下去。

张一平的双手抓着堤上的栏杆，握得死死的，跟在他后头的项维，一直低着头看着手机，不知道在看什么。

“项维啊，我绝对不相信小娜是自愿从这里跳下去的。”张一平看着碧波如洗的江面，语气伤怀，“是吧，二丫，你好不容易才活下来，怎么可能会轻易寻死呢，我早该清楚这一点的。”

项维抬起了头，望着江面，神情也黯了下来。

“项维，你说，我们当年救了二丫，到最后却始终没有让她过上好日子，你说，她……”

“别这么说，一平。小娜——二丫她，比起当时，已经过了一段很快乐的岁月了，她不会责怪你的。”

张小娜并不是张一平的亲妹妹，而是在张一平的父亲还是养蜂人的时候，年少的张一平跟着父亲走南闯北的追花途中，在花城的一个小村子遇见的小女孩。

那个时候小娜还是个没有名字的野丫头，因为在家里的孩子中排行老二，所以大家都叫她二丫。被家人抛弃，原本注定要死在那个村子的弃儿井里的二丫，被张一平还有项维，从鬼门关里救了回来。随后，张一平的父亲便收留了二丫，当成亲生女儿抚养，二丫才变成了张小娜。

项维也是在那个时候成了张一平的好朋友。如果不是参加工作后，项维因为工作的缘故，东奔西跑，和一平减少了联系，他也不会这么迟才知道小娜的死讯。

好不容易抽空跟一平见面，却获悉了小娜的死。并且，种种迹象表明，小娜是被人谋杀的。

项维想起了那个喜欢跟在自己后头的小姑娘，不停地叫着自己“小维，小维”的情景，苦苦地笑了，喉咙里传来了又辣又涩的痛感，看着江面的眼睛也变得通红。

至少，要把杀害她的凶手绳之以法，这是他们能为她做的最后一件事了，一定要做到。

项维擦了擦眼睛，继续翻看着手机里的视频。

“你到底在看什么？”

“所有目击证人都说是亲眼看着小娜跳江的。但是我之前走访了这附近有摄像头的店家，监控录像里都没有拍下那一天小娜出事前后的一幕。所以，我在网上看看有没有关于珠江长堤边的视频，或许那一天，有路人无意中拍下了这个经过。”

“有吗？”

“还没有发现……等等，有了，这个视频是3月16日有关珠江长堤的。”项维打开了视频，与张一平一起观看。

视频只有5分钟，并非是小娜自杀的视频，只是一段长堤风景的记录。根据上传视频的播主介绍，这是3月16日夜里一家人夜游长堤的生活记录，而她拍下的路人里，闪过了小娜的身影。

应该是小娜走去出事地点的途中被拍下来的。

“是小娜。”张一平失望了。

既然那一天小娜真的出现在长堤上，那么，她确实是自己走到这里，而后跳了下去。

“可恶。”张一平举手，吮吸了下伤口。

“别急。”项维看了一眼张一平，注意到他手上的血丝，“怎么弄伤了？”

“还不是那个汤莹莹，我抓她的时候，被她的手表划伤了。”

项维一怔，重新打开了刚才的那个视频。

“还有什么好看的，是小娜。”张一平道，“你在这里磨叽，还不如赶紧去查清楚，汤莹莹到底对小娜做了什么，让她哭着了结了自己的生命。”

“我已经知道汤莹莹对小娜做了什么。”

“你已经知道了？”

“对。”

“她做了什么？”

“你看。”项维把视频定格在小娜出现的那一幕：屏幕上，小娜戴着帽子，用右手把被风吹起的围巾按在了鼻子上。

“这不是小娜。”

11

“这是你。”

项维把定格的视频放在了汤莹莹面前，说：“这是路人拍下的3月16日小娜出事的那个时间段，她到达长堤的情形，然而，这不是小娜，这是你，对吧？你冒充小娜，从长堤上跳了下去，让人以为小娜是自杀的，对吧？”

“这明明就是小娜，你们这是什么眼神？”汤莹莹脸色惨白。

“确实，乍看很像小娜，然而，这不过是长得与小娜相似的另一个人而已。她这身打扮，跟从江里打捞出来的小娜的穿着一模一样，可从视频里，我们并没有看真切小娜的那张脸，对吧？她头上戴着帽子，鼻子以下的部位又被围巾捂住了，仅因为她的身段、外貌和小娜相似，又穿着跟小娜一模一样的衣服，所以大家才误会这就是小娜。”项维道，“我一开始也以为这就是小娜，但这上面，有一处，证明了这人不是小娜。”

“哪一点？”

“你没发现吗？”项维指了指视频中那个女人的右手。

汤莹莹下意识地捂住了嘴巴，然后又把手放了下来，插进口袋里，又放到了身边，不知道该怎么藏起自己的手才好。

“对了，你意识到了，是吧？”

“手，视频上像小娜的人在用右手去抓着围巾捂住自己的脸的时候，就暴露了她的真实身份。这只手上戴着手表，一般的常识，如果把手表戴在右手上的话，这人通常是个左撇子。此外，这只手上的手表，跟你此刻戴着的手表是一模一样的，而小娜，是从来不戴手表的。”项维解释，“对吧，视频里面的，其实是你。你也说过，大学的时候，你跟小娜被人称为‘Twins’，是吧？你穿着跟小娜一模一样的衣服，在3月16日出现在江边长堤，因为这种打扮，再加上你也刻意不暴露自己的脸，没有人会详细记住你的样貌。你故意在江边哭了一段时间，加深目击证人的印象，然后在众目睽睽下跳江，当最后找到的尸体是小娜的时候，所有目击证人都以为死者就是他们看着跳进江里的那个人，但其实并不是。”

“小娜在你冒充她跳江之前就已经死了，你只要把小娜的尸体抛到江里，自己再假扮她跳一次。再加上，你处理小娜的尸体之前，有意删除了小娜手机里的所有记录，还发了一条短信给小娜的哥哥，这样，所有人，包括一平，都会认为小娜是自杀的，而不会怀疑到其他人身上，对吧？”项维追问。

“你杀了小娜？”张一平的手握成了拳头，咔咔作响，“是你杀了小娜？”

“验尸鉴定上说，小娜是溺毙，你是怎么淹死小娜的？也是在江里吗？”项维问。

汤莹莹惊惶地看了一眼坐在对面的丈夫，放在膝盖上的手抖个不停。

12

她从来没想过，张小娜还会出现在自己的生活里。

所以，那一天，张小娜停下车叫住自己的时候，她满脸惊讶。

“汤莹莹，我们找个地方说话。”

遇见的地点刚好在江边，于是两人租了小舟，泛舟在江上。

张小娜张口就质问她那起车祸。在张小娜开口的那一刹，汤莹莹感觉到小舟在刹那间裂开来，活生生露出了一个深渊，自己眼看就要掉了下去，她伸手，抓住了深渊的崖边。

“汤莹莹，你撞死了李健的女朋友，结果，现在你却跟他结婚了，还有了孩子？”

“小娜，我们说过，这件事谁也不许再提的。”

“所以，刘莉莉就活该被你撞死？你害死了她，夺走了她的生命，然后现在，你还抢走了她的男朋友、丈夫、孩子、家庭以及一切原本属于她的幸福！汤莹莹，你太自私——不，汤莹莹，你太恶心了。”

“可是，我爱他，我爱他啊。”汤莹莹摇头，“你还来找我做什么？你就不应该再来找我的，我们不是说好的吗，谁也没有发现那天夜里发生的事情，我们是好朋友，你答应过我什么都不会说的，对吧？”

“当然是好朋友，就因为我们是好朋友，所以你才没有一开始就因为这事被抓，其实这事一开始就做错了。”

“现在事情都过去三年了，你才来跟我说，我们不该隐瞒这件事情？”

“我们那个时候做错了，所以，现在应该把它纠正过来，汤莹莹，你去自首吧……”

“不行，你没看到吗？我现在有了我的生活，我有丈夫，有儿子，我不能失去他们。”汤莹莹摇头，哀求，“小娜，你回去吧！你不是好好地待在国外吗？你回去，别回来了，不要来毁了我的生活啊！”

“你说什么？你不是已经毁了刘莉莉的生活吗？”

“张小娜，你什么都不知道！我求你了，不要这么对我。”汤莹莹痛苦地哭了起来，“我们不是约定好了吗？谁也不再提那件事的啊！”

“汤莹莹，去自首吧。那个时候你还是学生，你也不是故意的……”

汤莹莹猛地扑到了张小娜身上，把她从小舟上推了下去。

“汤莹莹，你？不……”张小娜从江里冒出头，咳了几声，被汤莹莹抓着头发按进了水里。

“对不起，我……我不能让你毁了我的幸福……对不起……”汤莹莹使劲摁着张小娜的头，直到水里挣扎的四肢再也无法动弹，她才松手，看着张小娜沉进了江里。

抬头，小舟刚好从堤岸下的桥洞里游了出来。

13

“杀死小娜后，你还留着小娜的一切物品，包括家里的钥匙、手机。你知道小娜有每套衣服都买两件的习惯，所以你潜进了张家，找到了小娜身上穿的那套衣服，戴上一模一样的帽子跟围巾假扮成小娜的模样，之后趁晚上去了长堤。在加深目击证人印象的同时，清除了小娜手机里一切指向你的痕迹，最后给一平发了一条短信，就从堤岸边跳了下去。一切都很完美，是吧？”

项维看着视频上的汤莹莹，“要不是找到了这个视频，我即便怀疑是你干的，也找不到切入口指证你。”

“为什么要杀死小娜？”张一平按捺着满腔的怒火，说道，“就因为小娜她不愿意隐瞒你撞死了刘莉莉？”

汤莹莹看着李健忽然坐直了身子，脸色阴沉得可怕，眼神锐利地盯着自己，她浑身颤抖起来，模糊的视线落在了李健身后的婚纱合照上，两行泪从她脸上流了下来。

“是，是我撞死了刘莉莉，还让小娜撒谎了，让她别把这件事情告诉其他人，当成是我们两人之间的秘密，要保守一辈子，可是，她，她……”汤莹莹捂住了脸，“她，明明，说好要保守秘密的，为什么她要破坏约定？为什么，为什么要来毁掉我的幸福？”

“你……”张一平举手就要去打汤莹莹，被李健一把抓住了，张一平怒喝，“你没听到她说吗？她害死了你女朋友！”

“对，但她现在是我妻子。”李健看着汤莹莹，眼神变得无比温柔。

“不仅如此吧？”项维冷冷地道。

“项维？”张一平疑惑。

汤莹莹与李健也一起看着他。

“汤莹莹，车祸那一天，具体的情形是怎么样的，你应该还记得一清二楚吧？”

“那天，我陪着小娜练完车要送她回去的时候，才想起还有东西落在了学校，所以就先载着小娜回了一趟学校，等拿完东西，开回去的时候，我们没注意到刘莉莉，就……撞了上去。”汤莹莹缓缓地说，“我们，都被吓坏了，冷静下来后，我们约定，这件事情对谁都不说，就把车拿去洗了，然后我才送她回到家，那以后……”

以后的事，就是小娜匆忙地离开了，而汤莹莹却阴差阳错地，与李健相遇、相识、相恋，最终走到一起，建立了家庭。

“不对。”

14

“不对。”项维摇头，看着李健，“你是第一次，听她说这件事吗？”

李健点头。

“那么，你也撒谎了。”

汤莹莹与李健夫妇一起看着项维，张一平则是一头雾水，一副不明白状况的表情。

“你之前说，刘莉莉被人撞了，没有人追查到肇事车主，对吧？”

“对。”李健点头。

“我也去查了车祸记录，因为事发地点是监控盲区，所以没有监控视频留下，并且唯一的目击证人，只知道是黑色的轿车。现在汤莹莹承认是她与小娜开的车，就是说，知道是哪辆车撞死人的，有我、一平，死去的小娜，还有汤莹莹，对吧？”

李健点头。

“那么，你怎么知道那辆车是雅阁呢？”

李健张大了嘴巴，慢慢地，似乎才意识到哪里出错了，“这——”

“是你说的吧？你说了‘如果无证无据地说莹莹就是开雅阁车的那个

人，就是污蔑’，对吧？”项维盯着李健，“你怎么知道那辆车是本田雅阁？”

“阿健？”汤莹莹绝望。

“你在车祸现场吗？如果是的话，你目睹了女朋友被车撞死，竟然不举报肇事车主，太说不过去吧？”

李健的脸色变得难看起来。

“其实那天晚上开车回学校的只有你一个人，小娜并没有在车上，因为你告诉我们，当时小娜对你说的是‘你撞死了他的女朋友’，而不是‘我们撞死了他的女朋友’。小娜从小就很有责任心，她不会随便推卸责任，如果她当时在车上，她一定觉得，撞死人她也有错，不会把罪过都推到你身上。事发后她顾及跟你的友情，答应了帮你隐瞒实情，但后来，终于还是受不了良心的谴责，回来打算找你一起澄清事实真相，以求救赎，而你，为什么这么解释呢？”项维问，“从小娜的语气来看，明明说的是，撞死人的，是你一个人而已啊！”

汤莹莹的脸一阵青一阵白。

“但是，更奇怪的地方在这里，死者的男朋友是怎么知道这辆车的呢？是在近距离看过那辆车吗？那是不是应该知道了开车的人是谁？结果在警察调查肇事车辆的时候他却隐瞒了下来，为什么呢？”项维看向李健，继续问，“我记得，你们说过，你们两个是在是小娜出国以后才认识的吧？这么说的话，在车祸发生时，你们并不认识？不，不，根据后来，你去收拾女友的遗物时，是汤莹莹负责的，对吧？那我估计，你们不是不认识，只是彼此不熟悉，关系不密切，对吧？

汤莹莹与李健沉默不语。

“因此，这就不存在，当时李健真正爱的是汤莹莹，知道汤莹莹撞死了刘莉莉，因为爱她，所以闭口不谈的可能性，对吧？”

“那他这么做的原因是什么？”张一平问。

“刘莉莉当时离开学校应该很晚了吧？那个时候，我猜测，身为男朋友的李健应该有去接她吧？然后李健在校门口，刚好看到汤莹莹开车回来，汤莹莹知道李健是刘莉莉的男朋友，或是不知道，这不重要。重要的是，两人搭讪聊了一会儿天，可能李健一时兴起对汤莹莹说：‘这车不错，能借我开一下吗？’而汤莹莹，是对李健有好感吧，所以，就把车借了出去，结果，李健车技不过关，或者半路出了什么岔子，把没见到男朋友打算一人回家的刘莉莉给撞死了。”

“你是说，是李健撞死了自己的女朋友？”

“不是吗？只有这样才能解释，为什么他明知道撞死女友的肇事者却一直不去告发吧！”

张一平愣了片刻，却更生气了：“那汤莹莹呢？她为什么要隐瞒李健才是凶手的事实？”

“她不是说了吗？她爱他，所以才愿意把整件事情隐瞒下来。当小娜发现车子撞过人后，汤莹莹利用小娜与自己之间的友情，利用小娜的善良，假装是自己撞的人，让小娜保守秘密，于是车祸就无法追究了。”

“结果，小娜在要揭发这桩车祸的时候，竟然……”张一平恨得咬牙，“就为了这个男人吗？汤莹莹，你这重色轻友的女人。小娜对你那么好，而你却忍心杀了她。小娜她，从头到尾，她什么都没做错，她什么罪也不需要赎，倒是你们，你们两个……”

张一平啐了一口。

汤莹莹哭了起来，李健沉默地陷进了沙发里。

“我跟她说了，不要来毁掉我的幸福。她，不要回来就好了，她不回来，那大家都会没事了，每个人，都可以得到幸福。”

啪的一声，汤莹莹脸上重重地挨了一巴掌。

张一平愕然地看着项维。

“这是，我替小娜打的。”项维面无表情地看着汤莹莹，“我从来不打女人，但你，是例外。小娜说得对，你很恶心。”

“你从来，就只想着自己的幸福，你从来都没有想过，你夺走了刘莉莉跟她家人的幸福，夺走了小娜的幸福，还有……”

“妈妈，爸爸，发生了什么事？”小小健似乎被吵醒了，揉着惺忪的眼睛从房间里走了出来，看着厅里的四个大人，变得茫然。

“你还，夺走了他的幸福。”项维看着小小健，问，“你以为，你这样的幸福，是真实的吗？不过是海市蜃楼罢了。”

15

银河公墓里。

项维把一捧花，放到了张小娜的墓碑前。看着墓碑上那张俏丽的脸，慢慢把渔夫帽戴了上去。

“走吧，回去吧，我爸正等着我们回去开饭呢！”张一平拍了拍项维的肩膀，先动了身，“还有啊，房间也给你收拾好了，你看看还有什么需要的，我给你添置上。”

“嗯。”项维跟在张一平后头，脸色依然凝重。

“之前听说你专门给人调查什么疑难事件，我还不信，这一次亲眼看见，发现你小子真有一套。”张一平双手反背枕着脑袋，“有两下子啊，大侦探。”

“不是侦探。”项维皱了下眉，苦笑，“你知道我不是干侦探的。”

“我是在夸你呢！”

“是，是，反正我也已经习惯了，你爱怎么叫怎么叫！”

“没说假话，论名侦探的风范，你也有几分吧。”张一平问，“你是在发现我的手被她右手上的手表划伤的时候怀疑她的吗？”

“不，在更早一点。”

“是？”

“衣服。你说小娜有喜欢的衣服便买两套，一套备用的习惯。”

“对。”

“她死的时候穿着的那套衣服，原本应该还有另一套留着的吧？但我在她衣橱里并没有发现单套的衣服。如果真存在两套一模一样的衣服的话，那另一套在哪里？如果是被人拿走的话，是为了什么？”项维说，“再加上，我们都能确定，小娜不是会自杀的性格，但却偏偏有那么多人目睹了她自杀，所以我怀疑，当时投江的人，或许不是小娜本人，而是另有其人。”

项维与张一平回到了张家，经过张小娜房间的时候，项维忍不住轻轻把门推开了。

房间里的光景如初，似乎还在等着主人出现的那一刻。

“你想住小娜的房间？”

“不，就看看。”项维摇头。

“我爸说，这房间留着，我们想小娜的时候，就进去坐坐。”

项维的眼眶有点泛红了，声音低低地回了个“好”。

第二章　灰太郎标签事件

1

“我真的什么都没有做。”梁良友单手做发誓状，“人要真是我撞死的，那让雷劈死我得了。”

“但有目击证人证明了在案发时，就是你从停车场驾车逃离了现场，这点你怎么解释？”项维问。

“我没有啊，他被人杀死的那段时间，我就待在楼上，根本没下去过停车场。”

“你刚刚不是说，那天夜里，你是喝得烂醉才回家的，具体的时间你记不清楚了，对吧？”项维反问，“如果你说的是实话，那你怎么确定刘实被杀的时候你不在停车场？你知道刘实被害的具体时间吗？没有人能证明你当晚进出过大楼或待在家里，你不在场证明的说辞是站不住脚的。”

“我……”梁良友语塞。

2

梁良友跟刘实是多年的朋友，大学毕业后，两人便合租了一套房子，住在一起已经四五年了，一直相安无事。直到一个月前，刘实被人撞死在了住宅楼的地下停车场，死者不远处是车头沾满了血的肇事车辆，经警方化验，那血正是属于死者的，而车主则是死者室友梁良友，于是梁良友成了最大的嫌疑人。结合梁良友的口供，警方怀疑两位合租人因为不明原因发生了口角，醉酒后的梁良友在争执后开车撞死了刘实，再加上有目击证人证实梁良友那天夜里从停车场慌张地跑出来，因此，很有可能是梁良友酒后犯下了谋杀案而不自知。

但梁良友本人辩称自己因为醉酒回忆不起案发当晚的事情，一直坚持自己是无辜的。

项维离开了拘留所，把渔夫帽戴上了。

这是主编让他调查的案子，作为交换，主编也答应帮他调查另一条线索。

一条在上一次事件里，依然没有解决的线索。

不过，这事暂时不能让一平知道。

项维看着张一平从车里探出个头，朝自己招手。

“怎么样？这次是要调查什么？”项维上了车后，张一平问。

项维说了个大概。

“警方没有从梁良友的车子里提取到其他人的指纹吗？”张一平道。

“没有。”

“有人见过那天夜里梁良友就待在楼上吗？”

“没有，但有人见过他出入停车场。”

“是谁？”

“我们这就去找她谈谈，看有什么发现。”

3

目击证人叫谢明惠。

事发当晚，谢明惠从停车场外经过，刚好看到梁良友从停车场跑出来。

“我那个时候还吓了一跳，他忽然就从里面跑了出来，像疯子一样，我还以为遇上什么神经病了。”

据谢明惠说，她那晚因为天热，去大楼旁边的7-11便利店买了一瓶冷饮，在回来的路上看见了从停车场跑出来的梁良友。后来警方在寻找案发时的相关目击证人，她才知道自己那晚遇见的人与一起凶杀案有关，马上就指认出了梁良友，从而击破了梁良友之前提供的，因为醉酒待在房间里的不在场证明。

“你确定没有看错？当时那人就是梁良友？不是其他人？”项维问。

“没看错，就是他。”

项维有点犯难了。

因为梁良友说他那晚喝醉了酒，因此他的证词基本上不能做准，唯一可靠的就是其他目击者提供的信息了。这位目击者非常肯定自己当晚见到的人就是梁良友，如果没有别的原因，恐怕梁良友就是凶手没错了。

但如果梁良友说的是真的呢？那会不会有人利用他出现在停车场这一点，盗用了梁良友的车，撞死了刘实，然后再嫁祸给梁良友呢？

毕竟那个时候梁良友醉后意识模糊，有谁别有用心地这么做，也不会被人察觉到吧？

那这人会是谁呢？

至少他是知道梁良友当晚会喝醉，不，或许就是把梁良友灌醉，然后制造有机可趁的时机的人。

那当天夜里，梁良友去了哪里，跟谁喝了那么多酒呢？

“看来，是这家伙干的了，你打算怎么办？”张一平问。

“我再去见见梁良友，而你，麻烦你去调查一下刘实，看看他生前有没有跟谁有过矛盾、起过争执。”

“好。”

4

刘实生前在一家进口商品代理公司上班。根据公司同事的说法，刘实性格开朗，而且上进勤奋，每个月都能超额完成公司规定的业务销售额，所以才在短短的五年里接连晋升，不久前升上了经理一职。

至于说到与同事是否存在竞争，或因日常口角而导致矛盾，根据同事的反映是没有。虽说刘实他每月拿最佳销售员奖很让人嫉妒，但每每拿下大单，刘实都会请全公司的人聚餐，而且每次公司的集体活动他都很积极，同事关系处理得很好。因此，对于刘实坐上业务部经理的位置，大多数同事是觉得他实至名归的，并没多少人公然反对。

“就是说，没有人会跟刘实过不去，最起码，是不会有仇恨他到想置他于死地的人，对吧？”张一平这么说着的时候，靠在前台的桌子上，对着前台文员小眉笑了笑。

小眉点点头，低下头去看着电脑屏幕：“当然了，我们公司才没有这么坏心肠的人呢，知道刘经理的事后，我们都很伤心。”

“他办公室在哪儿？我可以进去看看吗？”

“空着的那间就是。”小眉朝里面指了指，道，“没什么好看的，刘经理出事后，我们总经理就让我们收拾好刘经理的东西，给刘经理的家属送去了。”

“都清理完了？”

“都清理完了，说是要尽快给下一任经理腾出地方。”小眉说，“所以总经理让我们把刘经理的东西都拿出来，她也帮着把刘经理留在办公室的私人电脑拿出来了。”

“你们总经理还真不讲情面。”

“人走茶凉，每个公司都这样的，更何况……”小眉压低了声音，“更何况，刘经理是被谋杀的，对吧？我们都看报纸了，真不知道刘经理在外面得罪了什么人，要是只牵连到公司还好，要是给我们总经理惹祸上身可就不好了，所以才急着撇清关系吧。”

“为什么这么说？”

小眉露出了为难的表情，没吭声。

张一平凑上前去：“怎么？是有什么不能说的秘密吗？”

“也不是什么秘密，其实，公司里，大多数人都知道的。”小眉故意压低了声音，让一平再凑近一点说话，“刘经理跟我们总经理，那个……”

“哪个？”

“就是，有点暧昧吧！”

“哦。”张一平明白过来了，点点头，而后赶紧追问，“你们总经理，是女人？”

“当然是女人，你想到哪里去了？”小眉扑哧一下笑了，看有人推开玻璃门进来了，赶紧收起了笑容：“总经理。”

张一平转身，看到是个穿着裁剪得体西裙套装的女人，一头乌黑的秀发盘在了后面高高梳起，整个人显得气势不凡。

这就是小眉口中的总经理——王子艳。

“总经理，你好。”张一平笑嘻嘻地朝王子艳伸出了手，“很高兴见到你。”

王子艳一怔，下意识地伸手，握了握，“你是？”

“啊！”张一平似乎这才意识到自己的身份，依然笑得很自得，“我是隔壁公司的，水喝完了，所以来贵公司借杯水喝。”

王子艳笑了笑，把手抽了回来，“那，借完水了？”

“啊，借完了，不知道为什么，王总公司的水似乎特别好喝，下次没水了，我再来借，王总你不会介意吧？”

“不介意。”

5

“那天夜里我跟谁喝酒了？”梁良友搔了搔原本就乱糟糟的头发，“我，我想想。”

根据梁良友说的，事发当天他跟老朋友聚会，在市内有家酒吧待了整晚，喝得烂醉，之后就叫了辆出租车送自己回家。

项维找了梁良友的老朋友查询，证实确有此事，不过他当晚跟梁良友大概待了两个小时左右，之后接到老婆电话就提前走了。他不知道梁良友是什么时候离开的，但他走的时候，是九点三十左右，那时候梁良友还留在酒吧。

酒吧里的工作人员，包括服务员跟调酒师等，对梁良友与其老朋友则没有深刻的印象，对一个月前发生的事情也声称记忆很模糊，问起店里有没有监控录像，酒吧主人的回答是：“酒吧还装监控？你当我是傻子吗？装了那玩意儿，谁还愿意来我酒吧玩呢？我还想不想做生意了？”

项维无奈。

虽然有那天梁良友朋友的证词，但以此来证明梁良友不在场的话依然还是不够充分。

没有人知道梁良友离开酒吧的时间具体是几点，也没有人目睹过梁良友回到住宅楼的时间，或者他究竟有没有回去过。项维想找当天夜里梁良友曾经搭载过的出租车，却因为他完全不记得出租车的车牌，更不记得出租车司机的样子而无从下手。

就这样向全市四五家出租车公司发布通知，找出是谁在那天夜里从××酒吧里载过一名喝醉的客人，恐怕也得花费很久的时间。

一无所获的项维整理了一下从梁良友那里得到的关于刘实的信息。

在梁良友眼里，刘实就是个普通人，性格没有多好，但也不坏。总体来说还比较容易相处。虽说是跑业务的，嘴巴上多少会有点不牢靠，但合租期间，该负责的家务活，该缴的费用，刘实都很配合地承担了，就是人比较小气。

“别看他平时啊，为了揽到业务什么的大手大脚花钱，看似很豪爽，其实他私底下抠得很。平时公司活动去得那么积极，其实他是怕去晚了占不到便宜。他的东西啊，能借的，绝对不买；能用的，绝对不换。比如说，他用的什么笔啊，纸啊，电脑啊，能从他公司里拿回家的，他可是毫不手软。但你要是想从他手里拿点什么出来，他是一百个不愿意的。所以啊，他平时借了什么，用了什么啊，都用个小本本记着，要别人借了他什么东西，他也记在那个小本本上。他还习惯在东西上都贴着写有自己名字的便利贴，就怕你用他的东西。你说，他这种行为，像是大男人吗？”

“可没办法，谁让我是他室友呢！知道了他是这种脾气，就只能够注意点了。我跟他住的公共区间里的东西，除了房东留下来的东西，大多数都是我买回来的，我这人好说话，东西买回来就是用的，所以呢，他用，我没意见，就当是分享呗，不过不能不准别人占他便宜，他就大占别人便宜不是？”

“怎么说？”

“他曾经拿我的笔记本电脑去玩游戏啊！嘿，笔记本这玩意儿是私人用的吧，你以为是电视、电冰箱，可以大家一起用的？我当然找他要回来了，结果他还反过来嘲笑我小气，后面还特意自己去买了一台，在笔记本的外壳上故意贴上标签写上自己的大名，看着扎眼！”梁良友轻蔑地说，“他平常老是拿我的东西用我都没吭声呢，这不是气我吗？后来我干脆也把自己的东西贴上标签，看他还敢不敢乱动我的东西。有了这个习惯后，我们基本上也就没怎么吵过架了。所以说我有什么原因去害刘实啊，要害他早就去害了。”

“他平时朋友多吗？”

“不多吧，我估计他的时间都花在拉业务上了，至于朋友，我没见他带过朋友回来。”梁良友顿了顿，“不过，这事我也说不准。”

“为什么？”

“我啊，我这人不是长途司机吗？整天都不在家，谁知道他有没有带朋友回来过？”梁良友补充，“我们只是‘约法三章’，不管谁带朋友回来，都不能毁坏房子里的东西。日常用品啊，吃的啊，用完了补上就行。”

6

项维打开了梁良友与刘实住的房子。

这是一户普通的两室两厅，面积宽敞，还带了屋前屋后两个阳台，照理说如果好好打理，居住环境还是不错的。但就项维入眼所见，家具摆设不当，物品错乱放置，穿过的衣服、吃剩下的食物到处都是，汗味、袜子臭还有食物馊味多种味道混合在一起发酵，入鼻的空气简直令人窒息。

项维打开了窗户，想让空气稍微流通一点。他找到了房间的总电闸，随手把地上的遥控器捡了起来，开了空调。等项维把遥控器放到桌上的时候，看到了上面摆放的笔筒上贴着灰太狼的图标，估计这就是梁良友所说的——标示自己所有物的标签纸。

项维走进了其中一间房间，还没有走两步，随即又退了出来，推开了另一个房间的门。

这是死者刘实的房间。

与客厅里的杂乱无章对比，刘实的房间整洁多了。

床上的被子与枕头收拾得整整齐齐的，靠墙的书架分门别类地摆放着书籍，文件装封后放在了桌上，笔按照颜色摆放成一圈插在笔筒里，衣帽间的架上的西装也是一套套配好了挂着，让人觉得房间的主人对于生活非常讲究跟认真。

项维看到了桌上的一本黑色皮革的记事本，随身带的那种，还用带子扣着，这可能就是梁良友说过的刘实用来记账的本子。他把记事本拿起来翻了翻，里面倒是没什么可疑之处，于是放回了原来的位置。

他注意到桌脚边的一个箱子，箱子没有合口，看得到里面装着许多东西。

他蹲了下来把箱子打开，发现是公司送回来的刘实的私人用品。他大致浏览了一遍，发现里面装的都是些办公文具、杯子、一件大衣、两串钥匙，还有一台笔记本电脑。他把那本笔记本电脑拿了出来，盯着看了片刻，就拿到了书桌上，插上了电源把电脑打开，开始浏览刘实的电脑内容，看看能不能找到什么信息。很快他发现了一个文件，是一段视频，而视频的内容，一直一动不动地，展现着某个场景。

是刚才他看到的，客厅的情形。

项维一下愣住了。

7

拖把来回擦拭着，很快，地板便被拖得干干净净了。

“你是说，他们的房子非常混乱吗？”桂姨问。

桂姨是每天下午3点到4点的样子，来张家收拾的钟点清洁工，在项维住进张家后，很快对项维的这项业余爱好表现出了浓厚的兴趣，总喜欢抓着项维问问题。

“对，像是一年都没人收拾过的样子。”项维点头。

“幸亏我没去，两个大男人住的地方，想想应该就不是什么好地方。”张一平庆幸。

“照你这么说，咱俩现在也是两个大男人住在一个房呢！”项维反问。

“这哪能相提并论呢？我们有桂姨，对吧，桂姨？”张一平冲桂姨笑。

“嘴儿真甜。真是的，这个时候呢，就应该请我桂姨去帮他们搞清洁嘛，一定能让他们的房子焕然一新，让他们住得舒服，睡得舒服。”桂姨把扫把拄在地板上，双手交叉放在拖把柄最上头，头一昂，神气地说完，然后继续拖了起来，“那么，你有没有发现什么疑点啊？是这么说的吧？疑点，就是不同寻常的地方？”

“对，是这么说的，疑点。”张一平笑着，也朝项维那边凑了过去，“你发现了什么疑点？”

“没有，只是……”项维摇了下头，“有个耐人寻味的地方。”

“是什么？”张一平与桂姨异口同声。

“他们的客厅，似乎装过监控器。”

“监控器？”张一平惊讶，“为什么要在客厅装那玩意儿？”

“可能是刘实为了监视梁良友有没有乱用自己的东西吧？我在客厅找了找，没发现监控摄像头，估计后来又被他拆走了。”项维把从梁良友那儿听到的关于刘实的为人说了一遍。

“这……”张一平愣了半晌，“跟我在公司听到的不太一样啊。”

“怎么说？”项维奇怪。

“跟你的说法相反，公司里的人都觉得刘实仗义大方呢！”张一平道，“而且有的员工还因为他们公司的总经理在刘实出事后马上把刘实的私人物品清理出办公室，有点抱不平呢！”

“私人物品？”

“对，就是生前刘实在公司用过的东西，包括他的私人电脑。”

“私人电脑？”

“没错，还是他们总经理帮忙收拾的。我跟你说啊项维，他们总经理可是个大美人呢，对我印象不错。”张一平吹了个口哨，咧嘴笑了。

项维皱了皱眉。

“怎么了？”

“那个，因为发现监控器，所以我把监控录像调出来查看了一下，发现很多文件都不见了。”

“难道被人删除了？”

“没错。”

“是因为录下了见不得人的秘密吗？”桂姨神秘兮兮地问。

“或许是。”项维点头。

“那刘实被人撞死也是因为这一点？”

“有可能。”

8

项维坐在副驾驶的位置，看着王子艳从楼上下来，把戴在头上的渔夫帽压低了，撞了撞驾驶座上的张一平：“是她吧？”

“你怎么知道是她？”张一平惊讶。

“看你两眼发光就知道了。”项维一副还用得着说的语气道，“跟着她。”

“遵命。”

项维看着王子艳的车子开出了停车场，然后开进了大路，汇入了车流当中，上天桥，下隧道，随即一路向南，转进了世贸大厦旁边的岔路，上坡，一直开进了淘金坑。当她在某个高级住宅区楼前停下车子的时候，张一平才发现自己距离跟踪目标太近了，车停在巷口里进退不是，眼巴巴地看着王子艳走了过来，敲了下他们的车窗。

张一平看了一眼旁边帽檐压低装死的项维，无奈地摇下了车窗，露出了一张笑脸：“嗨，总经理，那么巧啊？”

“是你？我还以为看错了，今天又来找我借水喝？”

“没有没有”张一平笑得开朗，“要不怎么说人生何处不相逢呢，总经理你住这儿啊，我也住在附近呢！怎么样，我们是不是特别有缘呢？”

“真的？”

“真的。”张一平在车前翻了翻，找出了张名片，“给你。”

王子艳接过名片，看了许久，“这么说，你不是我们隔壁公司的人？”

“哈哈，那天我是上那儿开展业务，所以……”张一平耸了耸肩膀。

“他是？”

“我女朋友。”张一平一本正经，然后咧开嘴笑了，“开玩笑的，还是总经理魅力大，我正打算回家呢，结果在路上见到了总经理，被总经理吸引着，不知不觉地就把车开到这里来了。总经理你现在下班了吧？要不，赏个脸，跟我们一起去吃个饭，你看怎么样？”

“不了，我怕你女朋友不高兴。”说完这句话，王子艳就快步离开了。

一直没作声的项维这个时候才抬高了渔夫帽，瞪着张一平，“女朋友？什么鬼？”

“不是说了开玩笑吗？为了糊弄过去啊！”

“倒车，回去。”项维懒得跟他争辩，坐直了身体，拿出了地图。

“然后呢？”

“找一条路线，要距离最近的，能直接到达刘实他们居住那栋楼的一条路。”

“为什么？”

“看看沿途有没有监控拍下了事发当天晚上王子艳的行程，然后到刘实他们的住宅区，找找有没有拍摄下她在事发前后进出的录像或目击证人。”

“你怀疑是她干的？”张一平没明白，“为什么？”

“因为你打听到她跟刘实有暧昧。”

“就凭这一点？”

“不，还有很多点。”

9

“根据我从梁良友那里了解到的刘实的性格，刘实是个十分小气的人，他是绝对不会把自己的私人电脑拿到办公室的。可是你却打听到他们的总经理特别帮忙收拾了刘实的私人电脑，这说明了什么呢？”

“是王子艳从他们的房子里拿走了刘实的私人电脑？”

“没错，为什么呢？”项维反问。

“这……”张一平耸肩。

“我们已经知道了，他们的房子里是装有监控器的，对吧？加上，既然她能从房子里拿走手提电脑，就意味着，她进出过那间房子，所以，有没有可能，她在那间房子里干了什么，却被监控器录了下来，而不得不让她拿走手提电脑，销毁监控录像呢？”项维解释，“而且现在我们已经确认有部分录像已经被删除了。现在既然确定之前手提电脑是在她的手上，那八成都是她删除的。”

“两个暧昧的成年人在客厅干了什么事情，被监控器录了下来？”张一平吹了声口哨，“不难想象呢！”

“而且你说他不断晋升，前不久还升上了业务部经理一职。有没有可能就是因为刘实曾经利用这一点要挟过王子艳，于是导致王子艳产生了杀死刘实的动机呢？”

“啊……”张一平恍然大悟。

“现在我们已经有了目标人物，再来看看她那天是否来过小区附近再做进一步核实。”项维边说，边让张一平把车停在住宅区外面的一家商铺前，进去让老板把最近一段时间的监控视频播放出来。

“啊，找到了！是她，果然是她吧！你看车开进了小区的停车场，然后，大概十分钟后，她又把车开出来了，走得够匆忙的。如果不特别留意，还真察觉不到呢！”

项维来回播放了几次后，停下了画面。

“老板？”

“什么事？”

“这里，这块地方，是那边的便利店吗？7-11便利店？”

“对啊！”

“怎么那一片黑漆漆的？”

“哦？让我看看。”老板看了看视频右下角显示的日期，“啊，那几天7-11装修呢，所以压根儿没营业。”

“唔。”项维看了张一平一眼。

“又怎么了？”张一平问。

10

出乎项维意料，案发当天载过梁良友的司机很快被找到了。

当项维与张一平出现在司机面前的时候，他还埋怨：“哎呀，你们真是的，也不早点找我。要是早点找我啊，那案子早破了，是他，我觉得就是他。”

“你怎么这么肯定呢？”

“我啊，说过了，那天夜里呢，我从酒吧接了他的单子后就听他一直在讲电话，语气可横了，我就觉得他不是什么善茬，所以在下塘西路看着他下车后，也没走远，就盯了他一会儿，然后看到他跟那个女人一起走进巷子里去了。当时我还以为那女人是他女朋友，要不然就是老婆呢，闹别扭了，耍花枪呢！结果第二天，哟嘿，广播上说那个点儿有人死了。我啊，我跟你们说，我这第六感特别强，就想该不会是昨天夜里见着的那女人吧，于是找了报纸一看，结果还真是啊，你说，不是他还有谁？”司机一口气说了一大段话，“我打热线电话去报料呢，没人信我，啧，真是气死人了。”

项维听糊涂了，问道：“师傅你是在说哪桩子的事情啊？”

"这桩啊！"司机把随手带着的报纸摊开，递到了项维面前，"你们不是找载过那嫌疑犯的司机吗？我就是啊！"

报纸上是关于本市一桩疑似自杀案件的报道，死者为一名女性，从23层高的住宅楼跳楼身亡。自杀原因怀疑是生前欠下巨额债款，又刚被恋人抛弃，生无可恋寻了短见。

时间点和刘实出事的时间恰好吻合。

项维看着新闻上刊登出的在现场发现的死者的遗物，很是震惊。他把梁良友的相片递给了司机："你是说，那天夜里你从酒吧把相片上的男人载到了这个出事地点？"

"对，没错，就是他。"司机点头，"我怀疑这女人啊，不是自杀，是被他杀死的。"

张一平此刻似乎也听明白了，一拍脑袋，"啊，这该死的梁良友。"

"怎么了？你们找到证据了，是他干的？"从厨房清洁出来的桂姨问。

"桂姨。"项维想到了什么，"你有在海珠区服务中心登记过吗？或者是有登记过的朋友吗？"

"有啊！是不是到我深入虎穴的时候了？"桂姨眼睛一亮。

11

谢明惠坐在沙发上，看着低头用抹布使劲擦着柜边角的桂姨，心里有点过意不去。

"桂姨啊，不用那么辛苦，随便擦擦就好了，原本那柜子就很干净的。"

"没事，没事，谢小姐你付了工钱，我们就会把工作做好的，你别管我，专心做你的事就成了。"桂姨转身，对谢明惠笑了笑。

谢明惠点点头，原本今天到家里来做清洁工作的阿姨临时说家里有事，要告假，所以家政中心又急忙安排了另一个阿姨过来。一开始她还担心新来的阿姨会让她不满意，结果，这个桂姨手脚麻利、清洁仔细，倒是比之前的阿姨做得更好，而且人看起来也非常好相处，谢明惠总算松了口气。

"我听红姨说，谢小姐你很厉害呢，在一家大公司工作，是什么，金领？"桂姨察言观色，看谢明惠脸色从戒备到缓和，试探着问，"哎呀，我可是羡慕死你了，我要是有女儿的话，肯定要教育她成为谢小姐你这样的人的。"

谢明惠笑了笑，"桂姨，你说笑了，我也没有那么好。"

"你可比我说的好多了。"桂姨继续拖地，"像你这么优秀，你对象一定条件不错吧？"

"早就分手了。"谢明惠看着脸色有点不好。

"哎哟，像谢小姐条件这么好的人，哪个男人这么不长眼。"桂姨终于"暴露"了她居委会大妈的特性，"桂姨这儿有几个不错的，给你介绍介绍？"

"不，不用。我只是暂时不想谈恋爱。"

看着谢明惠陷入回忆的样子，桂姨也不便多问，想着一定是某个男人伤了她的心。"也是，这年头的男人，一个比一个不靠谱。还是独身好，想买什么买什么。我啊，就巴不得我那死鬼能和我离婚呢！"

"哈哈，桂姨你怎么这么说。"

"哎，你不知道他有病，这些年一直都在乡下医院里治疗，我啊，在这干了这么多年，就是给他攒医药费呢！"

"哦。"谢明惠深深地叹了口气，"那桂姨你，没想过把你丈夫接到这里来治疗吗？乡下地方医院小，设备跟医师都不能跟城里比，把他接到城里的医院，说不定能痊愈得更快呢？"

"我倒是想，可我家死鬼不乐意，而且我也没多少钱，大医院的医疗费，比乡下更贵呢！"桂姨也叹气。

“那要是哪天接你丈夫到这儿，你给我说一声，我可以帮你联系好的医院。医疗费嘛，我找人说说，给你优惠处理。”

“那，那太好了。”桂姨显得有点激动，一下抓住了谢明惠的手，“那到时候可得麻烦你了。”

“等我一下。”谢明惠去房间的抽屉里找到了一张名片，瞥到最里面熟悉的东西的时候忽然愣了一下，然后把它从抽屉里拿了出来，扔进了垃圾桶，只拿着一张名片出去了。

“桂姨，这是我的联系方式，你要是有需要啊，就给我打电话。”

“哎，好，好。”桂姨笑了笑，把名片郑重地放进了口袋，“我还是继续干活去。”

“好，桂姨你忙。”谢明惠看了看手表，“我有个朋友要过来，你大概什么时候能忙完呢？”

“就好，就好。”桂姨笑，“我一定能在两个小时内做完这些活儿的，你别担心。”

“好。”

最终，桂姨提着两袋子垃圾离开了谢明惠的住所。

12

“这些？”

“对。”

张一平看着桂姨提着的两袋子垃圾，捏起了鼻子，皱眉：“喂喂，你们两个是怎么回事？把什么来历不明的东西——不，垃圾，都往我家里带，你当我这里是废品回收站呢？”

项维与桂姨没理会发牢骚的张一平，戴着手套把两袋子垃圾解开了。

张一平赶紧地跳开了，大叫：“啊，不得了了，好多细菌啊！太脏了，快点拿出去！”

“闭嘴！”项维瞪了他一眼。

桂姨则不屑：“我跟你说啊，一平，那谢小姐是金领啊，金领，她住的地方比你这儿高档气派多了，住所也很干净，所以啊……”

“所以啊，难道金领的垃圾就会比一般人家的垃圾干净吗？他们吃的比一般人好，难道拉出来的还会是金子吗？垃圾就是垃圾，都一样肮脏，我以后要禁止你们这么干。”张一平眉头紧锁，用纸巾捂着嘴巴，捏着手套抓起了一件垃圾，哀号，“哈，这是什么？哈，这又是什么？天哪，女性用品，我，堂堂一个男人，从没往家里带过女性朋友，却居然在此刻，看见了女性用品，天啊，真的是……“

“不干活给我滚一边去。”项维嫌张一平碍事，一脚踹开了他，准备把刚才带出来的垃圾往袋子里装，却看到地上的一件东西，随后捡了起来。

“那是什么，你发现了什么？”

项维掂着那东西往张一平眼前凑，张一平接连后退了几步：“不用给我看那么仔细！直接告诉我是什么就好了！”

那是什么东西并不重要，重要的是在那上面贴着一个标签——灰太狼图案的标签。

“我想，我大概能把事实都连起来了。”项维道。

“难道说，谢小姐她真是坏人？可她不像啊！”桂姨着急地向项维求证，“项维啊，告诉桂姨，谢小姐不是坏人，好不好？”

“啊，这些事情，我们迟点再讨论，快点桂姨，快点把这些垃圾扔出去。”张一平捂着嘴巴嚷嚷，“项维，你也帮忙，快点把这些碍眼的东西收拾好。”

项维看了一眼张一平，猛地把垃圾一抓，作势要朝他身上扔过去。

张一平尖叫一声逃开了：“救命啊！垃圾砸死人了！”

13

王子艳看着不请自来的张一平与项维，问："张先生，你们今天该不会又是来借水喝的吧？"

"当然不是，我们今天来呢，是有正事，能麻烦总经理配合一下吗？"张一平笑，学着自己了解到的警探的语气打着官腔。

"与我有关？"

"与刘实有关，能借一步说话吗？"项维摘下了渔夫帽，看了一眼王子艳办公室外头，已经有不少员工注意到了房间里的状况，在往这边看了。

王子艳明显也看到了外面的骚动，脸色有点变了，于是把两人带去了会议室。途中，三人刚好与小眉擦肩而过，她低声问张一平："发生了什么事？"

张一平摆了摆手，没说话。

"好了，我的时间很宝贵，有什么事情赶紧说。"王子艳一进会议室落了锁，就将双手撑在会议桌上道。

"刘实是你撞死的吧？"项维毫不废话，开门见山。

王子艳笑了："不是。"

"难道不是你用他室友梁良友的车子撞死了刘实，然后逃离了现场吗？"

"当然不是，我不知道你们怎么会这么想，但是，这绝对不可能。"

"嗯，那么现在请你听我们把那天发生的事情说一遍，如果有不对的地方，欢迎指正。"项维扬了一下手，张一平把一盒录像带、一本黑色记事本、一串钥匙还有一部手提电脑，放在了桌面上。

"首先，这是我们找到的刘实死亡期间，大楼附近商铺监控所拍下的视频，里面清楚地录下了你在那天晚上开车进出小区的时间。能告诉我们你那天夜里去找刘实做什么吗？"项维指着那盒录像带说。

王子艳看着那盒录像带，怔住了，许久才说道：“我……我找他是想谈工作上的事情的，没谈多久我就离开了，你们看过录像就知道了吧，我总共就停留了十来分钟，你觉得我用那十来分钟的时间，能盗用梁良友的车子撞死刘实吗？”

“当然可以。”项维点头，“只要你跟刘实说，借用他的车子就行了。”

“借用他的车子？”王子艳笑了，“那你是说我借用的是刘实的车吧？如果说他是我撞死的，怎么这个时候你指证我借用的是刘实的车子呢？”

“刘实的车子不是他自己的，是梁良友的，关于这一点，你不是应该知道吗？”

“不，我不知道。”

项维看着王子艳的脸，分辨不出她说的是真话还是假话，继续道：“那你现在知道了。你那天夜里是去见刘实的，但并不是去谈工作，而是想杀他。你们可能之前已经约好了晚上要一起外出或者怎样。你借口没有开车，这样就可以顺理成章地借用刘实的车子。等刘实跟你去了停车场后，你自己先上车撞死了刘实，然后丢下肇事车，钻进你一早开过去的车子逃离了现场。这就是你在那里只停留了这么短时间的原因。”

“这不过都是你想象出来的。”

“不，不是我想象出来的，你一定不知道吧，刘实他把事情都记下来了。”项维说着，把那本黑色记事本拿起来，翻到最后有记录的一页，让王子艳自己看。

上面有一行潦草的字：3月23日，10：00，跟王子艳去蒲吧，大概需用车两小时（梁车）。

王子艳脸色渐渐沉了下来。

“你一定不知道刘实的这个习惯吧，刘实他喜欢占便宜，总是用梁良友的车子，而且他习惯把自己用过什么都记下来。3月23日夜里，就是他被撞死的那一天，他最后记下自己用过的东西，是梁良友的车。”项维说着，指了指那把钥匙：“这就是梁良友的车钥匙，他的东西都很好记，为了跟刘实的东西分开，他的东西都贴上了灰太郎的标签，看到了吗，钥匙扣这里？”

王子艳没有吭声。

“那天夜里，最大嫌疑人的车子被受害人偷偷拿去用了，最大嫌疑人肯定没有开车，那受害人也不能自己开车撞死自己，那还有谁能这么干呢？”

王子艳仰起了头，看着天花板，好一会儿，才重重地哼了一声。

“为什么要撞死刘实？”项维问，“是为了他家客厅里的监控器拍下来的东西吧？”

“对。”王子艳点头，“一开始我跟他交往，并不知道他是个这么阴险的家伙。留在他家的时候，情之所至，当然会做些成年人做的事情，直到有一次，我们在客厅……而后我去洗漱的时候，不小心绊倒了旁边的架子，才发现他竟然装了个监控器，我一想到它……它把我跟他在客厅里的一举一动都录下来了，我……我当时气极了，刘实还说他装那个是为了监视梁良友有没有偷偷用他的东西，狡辩！我当然要跟这种无耻小人分手了，结果，他威胁我说如果我坚持跟他分手，他就把他录下来的我的那些……丑态，放到网上去。”王子艳越说越气愤，“我只能忍气吞声，结果刘实却得寸进尺，用那些录像要挟我做一些不情愿的事情，最近的一次，就是要我提升他做业务部经理。”

“我实在忍受不了他了，那天我假装要跟他出去泡吧，所以开车去了他家，之后就像你说的那样我撞死了他，然后赶紧上楼，把监控器拆了，顺便带走了他的手提电脑。”王子艳看着桌上的那部手提电脑，发愣，“我以为，我处理了监控器，删了电脑里那些录像就没事了的。”

但她却不知道，刘实绝对不会把私人电脑带到办公室里，从而露出了破绽。

原本站在项维身边的张一平听到这里有点纳闷，他走上前，点了点项维的肩膀，提问：“可是，为什么梁良友会被人看见出现在现场呢？”

14

梁良友看着坐在自己对面的项维，满脸喜色，不停地搓手，“哎，听说撞死刘实的真正凶手抓到了，是吧？那我是不是就可以出去了？”

“当然，只是我们还有一个问题。”

“什么问题？快问，我一定把我知道的告诉你们。”

“3月23日夜里，离开酒吧后，你究竟去了哪里？”

“不是说了，我喝得烂醉被出租司机带回家了吗？因为喝得太多了，所以意识不清了，那天夜里的事情我就记不清楚了嘛，看，我都说了人不是我撞死的，不就是了嘛！”

“可是我们找到了把你从酒吧带走的司机，他说当时你并没有醉得很厉害，而且他也没有把你直接送回家，而是把你带到了这里。”项维说着，把那份刊登着3月23日夜里几乎同一时间发生的女性自杀事件的报纸推到了梁良友面前。梁良友的笑容一下僵硬了。

“你看到上面那张图片了吗？那是在自杀现场发现的死者的物品，有发现什么东西很眼熟吗？”

梁良友的脸色变得铁青。

图片中，死者物品上贴着一张熟悉的标签纸。

是他非常熟悉的标签纸。

灰太郎的标签纸。

“这，这什么意思嘛？”梁良友勉强笑了笑，“这种贴纸，随便什么地方都能买到，不代表什么吧？”

“是吗？那么，我换一个说法。你说你那天晚上都待在楼上，但是有目击证人指证你在停车场出入，而与此同时，搭载你的司机又证实你在刘实遇害时，出现在另一个案发现场。你不觉得有很大的问题吗？”

“这，肯定是有人诬陷！”

“是吗？我去调查了那位声称看到过你出现在停车场，指证你就是撞死刘实凶手的目击证人，谢明惠小姐，我想，你一定很想知道，为什么那天夜里，她会见到你在停车场吧？”项维说，“不如，让她来亲自跟你解释怎么样？谢小姐？”

谢明惠一直坐在项维旁边，冷冷地看着梁良友。

“你就是那个说我去过停车场的女人？为什么？我跟你有仇吗？明明那天晚上我在……明明那天晚上我就没去过停车场，你为什么陷害我？”

“梁良友，你忘了我是谁了吗？”谢明惠脸上露出了厌恶的神情。

“你是谁？”

“一年前，你不是交过一个女朋友吗？叫惠惠的，这么快就忘了？”

“惠惠？我不知道，你是不是认错人？”梁良友看着谢明惠的脸，右眼皮跳了跳。

“你当然不记得惠惠了，因为你跟她交往，不过是为了钱。你骗走了她一大笔钱后就不见人影了，自然也不希望别人知道你曾经有过一个女朋友叫惠惠，说是女朋友也不恰当，应该叫行骗目标！”

梁良友尴尬地笑了起来，不好意思地看了一眼项维，“你啊，别乱说话啊！”

“我没有乱说话，我就是惠惠。”

“你？”梁良友上下打量了谢明惠一眼，摇头，“不可能吧，你跟惠惠可一点都不像，她长得可是……”

“怎么？你现在又想起来惠惠是谁了？”

梁良友难堪地摸了摸头，低着头，偷看了两眼谢明惠，“你真的是惠惠？”

“如假包换。”

“哎呀，真无法想象。”

“对啊，我也无法想象，如果不是遇上了你这个感情骗子，我也不会在毫无退路的时候逼自己一把，结果倒是时来运转了。”

“那你不是应该感谢我吗？没有我，或许你还跟当初那样，宅在家里不修边幅，是个没人要的剩女呢！反正你们这种女人不差钱，算是送点钱给我，我补贴点感情给你们……”

梁良友的话还没说完，脸上就挨了重重的一巴掌。

谢明惠气得浑身发抖地看着他：“你无耻！”

“你，你敢打人啊？在拘留所你还敢打人啊？喂，警察同志，看见了吧，我被这女人袭击了，快来抓人啊，光天化日之下欺负人呢这不是！”梁良友愤恨地呸了一口唾沫。

“所以，这就是你假装目击到当晚梁良友出现在停车场的原因？”项维问。

“没错，我前几天在路上看见他，我一下子就认出他来了，他就是当初伤害我的骗子。所以我去过那幢大楼几次，也知道他跟那个叫刘实的人一起合租的事。出事第二天，我看到了新闻，知道死的人是刘实，正好看到警察在找相关的目击证人，我就谎称在那天夜里，去便利店买东西，无意中见到他逃出停车场。”

“哈哈哈，你们都听到了吧，所以，这可恶的女人撒谎了。我是无辜的，快把我放出去！”梁良友冲一边的警卫喊。

“你不无辜。如果你无辜，你就不会在有目击证人指证你的时候，还一直坚持自己的假口供，说自己是喝醉酒意识不清，事发时一直待在房间里了。”项维皱眉，点了点摊开的报纸，“你一开始就打算这么说，因为你必须用这套说辞制造另一起案件的不在场证明，就是这件。”

梁良友一把把报纸摔到了地上。

“这个受害人，她也是你的目标吧？”项维问，“我查过了，死者生前，结交过一个男朋友，在那之后，她的生活开销大增，还欠了一大笔债。根据她平时的消费情况来看，根本找不到花那么多钱的地方。她的朋友告诉警察，她的钱，有很大一部分都借给了男朋友，她那天夜里是去找她男朋友要回自己的钱的，但根据她朋友提供的信息，警方始终找不到她男朋友。”

梁良友沉默起来。

“这男人，是你吧？为了隐藏真实的自己还特别编造了一套假身份吗？”

梁良友额头上冒出了冷汗。

“你跟她的死有关，所以你才竭力想要制造自己不在她死亡现场的证据，但你却没想到，有人居然声称你出现在另一个谋杀现场，于是你蹩脚的不在场证明站不住脚跟了，你想找人洗清你的嫌疑，又不希望被查出自己与另一场谋杀有关，谁料到……”

梁良友低垂着脑袋，不吭声。

“跳楼案的受害人究竟是不是自杀，有了你这个最大嫌疑人，警方有了侦破方向，估计很快会查个水落石出吧！”

“我，我没想到她，她居然……我，我是不小心的，我只是这么推了一下，没想到她就……”

15

离开拘留所时，谢明惠看着项维：“你是怎么发现我在说谎的？”

“我们找到了附近商店的监控视频，发现那天7-11便利店装修，根本没开门。而且在你声称的停车场的那个方向，根本看不清从停车场出来的人的模样，但你一口咬定就是梁良友，所以……”项维不好意思地搔了搔头。

“那你，怎么确定了我跟梁良友有关系呢？”

“啊，这个，是商业机密。”

谢明惠微微笑了笑。

“别担心，法网恢恢，疏而不漏，他一定会受到应有的制裁的。”

“我相信，从我醒悟那一天就相信，他迟早有一天会遭天谴的。”

项维跟谢明惠告别后，就拉开车门钻了进去。

“为什么不跟我进去？”

张一平耸了耸肩膀，“那地方，阴气太重，太脏，跟我八字不合。”

项维无奈，“就你讲究多，走吧！”

“对了，刚刚你主编打电话过来找你。”

“他有说什么事吗？”项维警觉起来，担心地问。

“我问了，不过他说得很含糊，好像是说涉及一个海外犯罪团伙的事情，你还在追查什么大案子吗？”张一平缓缓发动了车子。

“还没有头绪。”项维心事重重。

“要有什么事需要帮忙的，你尽快开口啊。反正我闲着也是闲着，对这种跑腿的事很有兴趣呢！”

“知道了，有需要肯定可劲地使唤你。”

“哟，真不客气啊！”

“当然，你地儿都让我住了，还不让我使唤一下人，太过意不去了！更别说你还主动开口了嘛，我哪有敬酒不吃吃罚酒的道理？那不是不给你一平面子吗？”项维戏谑道。

“行，行，行。”

第三章　毒贩之死

1

从流花车站出来经过草暖公园，然后一直向前，经过桥下通道，上坡，见到了天桥，往左，在面对皮革专卖的大楼往右拐，就会进入某一居住小区。那边有许多人正围在一起，看着闪着灯的警车。

当看到警察一前一后把两具尸体搬出来的时候，众人纷纷议论起来。

“我听说小区死人还不信，我还是第一次看见死人呢！”

“死得好，死了这世界上就少两个祸害了。”

“你怎么这么说话呢？人都死了，就少说两句，当积德吧！”

“你以为死的是什么好人吗？告诉你，他们一个叫阿强，一个叫阿东，一个是卖毒品的贩子，另一个是买毒品的‘白粉仔’，死了，这社会的毒瘤就减少两个了，难道我有说错吗？”

“就是就是，你不知道啊，那个‘白粉强’啊，真是阴毒小人，专做卖‘白粉’的勾当，听说啊，连在这附近读书的学生也不放过，揪着人买他的‘白粉’呢！”

“那个‘吸毒东’也是，好好一个大学生，因为吸毒，学校不要他了，还不知悔改，工作也不找，就知道‘啃老’。他父母不就住市场旁边那个小区吗？他们可被这个‘吸毒东’害惨了，现在他死了，我看啊，倒是给他们减轻了负担。”

“不能这么说，毕竟，儿子再怎么没出息，也是他们的儿子，是他们心头的一块肉啊！”

“不死也死了，我们多嘴说两句，他们身上又不会少块肉！”

“我看啊，一定是因为买卖‘白粉’的时候，不是‘白粉强’给少了，就是‘吸毒东’拿多了，两人一言不和，打起来……”

2

“两人都是被打死的？”项维问坐在对面的老人。

老人点点头，接过桂姨递给他的热茶，看了两眼，喝也没喝，就把杯子放到了桌子上。

上个月的一桩室内死亡事件，疑似毒贩与吸毒客因毒资问题发生纠纷，两人大打出手，最终因伤势过重失血过多死亡。

随后不久，这老人便找上门来，请求项维重新调查这起事件。

“你觉得这案子存在什么疑点吗？”项维问，看老人疑惑地看着自己，于是换了个说法，“我是说，老人家你觉得事情哪里有不对劲的地方吗？为什么要重新调查？”

“我儿子不会打死人的，绝对不会的。”老人道，“他答应过我，绝对不会做伤天害理的事情的。”

“你儿子可是毒贩啊，专门卖‘白粉’的，这还不叫做伤天害理的事情？”不知道什么时候，张一平走过来，坐到项维身边，冷嗤了一声。

老人是“白粉强”的老父亲。“白粉强”原名刘力强，花城籍人士，38岁，未婚，无业游民，与父亲居住在旧屋拆迁补偿的新房里相依为命。

此刻说到儿子的事情，他一下瞪大了眼睛：“什么叫‘卖白粉的’？

你有证据吗？阿强虽然被关过一次，但你们‘白粉强’‘白粉强’地叫，不卖也被你们骂坏名声了。再说，就算阿强是卖毒品的，这叫什么伤天害理的事情？又不是只有阿强他一个人这么干的，就是因为买的人多，阿强才卖这个的，要是没有买这东西的人，哪儿来这么多卖这东西的人呢？”

“你……”张一平气得说不出话来。

“阿强又没有逼着他们买，他们要觉得这玩意儿不好，那就别买呗。阿强没生意了，就不会干这档子事情了嘛，把错都推到阿强身上，你们不也就跟警察一个样了吗？”刘老伯愤愤不平，“他们就是因为看这案子啊，觉得是一个是买毒的，一个是卖毒的，所以就想草草了结。他们这是歧视，对，阿强说的，他们这叫作‘职业歧视’，看不起他们。”

“还歧视？！”张一平简直难以相信。

“够了，一平。”项维用手指揉了揉太阳穴，“行，刘老伯，你先回去吧，我一会儿到案发现场——过一会儿到你家去看看。”

“好，这才像话嘛。”

张一平看着桂姨送走刘老伯，转身盯着项维，瞪眼：“你真去查？”

“难为老人家做父亲的，体谅一下，我就去看一眼。”项维起身，随手拿起了渔夫帽，看张一平不动身，问：“你不去？”

“免了，我对为毒贩洗清冤屈不感兴趣。”张一平摆了摆手。

3

刘老伯的家依然保持着案发时候的样子。

虽然警察已经通知他可以解除戒备线了，但因为他不相信儿子会跟人起争执互殴致死，想找人来重新调查，所以没动过现场的任何东西。

现场很凌乱，明显有厮打过的痕迹。根据警方鉴定小组留下的印记，看得出是两个人叠在一起的样子。房间到处都是血迹，似乎两人厮打间都受了伤，而血污痕迹最浓重的一块，照方位看，似乎是从其中一名死者腹部流出来的。

根据了解到的案情来看，两名死者的尸体是在死后大约16到24小时，才被发现的。

“阿强死的前一天，我跟人爬白云山去了，当天夜里就在山上留宿，第二天看了日出，去吃了个早茶，然后玩了会儿农家乐，还特意摘了一袋子杨桃，想着带回来给阿强尝尝，结果才进小区呢，那么多人嚷嚷：‘你家阿强终于死了，死得活该！’尸体是管理员发现的，警察说都死了一天了。”刘老伯恨恨地说，“去他妈的！”

“那你儿子跟另一个死者的关系如何，你了解吗？

“他啊，那小子我知道，总是来找阿强的。关系嘛，我也不知道是好还是坏，总之呢，他们说我儿子卖毒品，但阿强是从来没在我面前提过这种事情，他们说——就是外面那些嚼舌根的人说，那人叫‘吸毒东’，是来找我家阿强买‘白粉’的，我呢，没见过，不清楚。”

项维默默地在屋子里转了一圈，问：“管理员呢？他是第一个发现现场的人吗？”

“对。”

“我去找他了解一下。”

4

“查‘白粉强’的案子？”小区管理员惊奇地问，“还有什么好查的？”

“刘老伯对他儿子的死还有疑问，我调查一下，好让他死心。”项维这么说道，“能把你发现死者，就是——”

“‘白粉强’跟‘吸毒东’对吧？”管理员打断项维的话，“那天我本来是去发传单的。最近天气热，小区开展防蚊灭蚊的宣传，他那户——就是‘白粉强’那家，从来不关心这些小区活动的，不过，我还是得完成自己的工作不是？那天下午我就去了‘白粉强’家里，没人应，于是我打算把传单找个门缝塞进去得了，转身离开的时候呢，看窗户没关。”说到这里，管理员咳了两声，

“你打开窗户了？”

“对，那窗户没关好。你知道的，‘白粉强’之前因为卖毒品被抓过一次，关了一段时间又放出来了，大家都不知道他是不是还在继续做这勾当。他屋子里经常有形迹可疑的人出现，我们估计呢，是‘白粉强’重操旧业，那些人都是找他买‘白粉’的。我想，大家叫他‘白粉强’那么久，都没抓他个现行的，我看两眼，说不定看到‘白粉强’刚好在卖‘白粉’呢，那我就终于可以举报他了！所以我就偷偷地推了下窗户，结果啊……”管理员的声音都变了，“我看到了‘白粉强’跟另一个不认识的男人躺在地上，地上一大滩血，还有很多苍蝇，吓死我了，所以我马上就报警了。”

项维默不作声。

“后来才听人说，另一个男人是个吸毒的，大家都叫他‘吸毒东’，我看一定是‘吸毒东’买‘白粉’的时候，跟‘白粉强’吵了起来，两人都是丧心病狂的角色，打得狠了，就都死了，是这么回事吧？”

“有在现场发现毒品跟交易的毒资吗？”

“这个，有，肯定有，我看着警察把一包包‘白粉’带走的。”

5

“那件案子？”

于法医把手里的咖啡杯放到托盘里，看着项维。

“对。”

“你想知道些什么？”

“吸毒东”原名陈向东，身上多处新伤与旧伤，致命伤则在脑后，是

被人用重物击打，而造成的脑壳破裂，凶器为在案发现场找到的铁棍。此外，陈向东胳膊上有多处细小的伤痕，为注射吸毒的针口痕迹，结合解剖后的尸体内部脏器看，此人有多年吸毒史，在死亡前一周应该还在使用毒品。

“白粉强”身上亦有多处陈旧伤口跟疤痕，新增伤口经鉴定为临死前与人发生肢体冲突导致的，多为打击伤，此外还有三道严重伤口，其中两道，一道在脑门上，一道在后背上，经鉴定，造成这两道伤口的凶器为打死陈向东的铁棍。最后一道是腹部的致命刀伤，亦为刘力强最后遭受的袭击，受多处重击的刘力强最后因此伤口流血过多而死亡。

“所以，是两人因为什么原因，打了起来，陈向东拿着凶器重击了刘力强两处，而后刘力强抢过了凶器，多次重击陈向东的脑袋，陈向东倒地，临死前把刀子插入了刘力强腹部，之后两人均因伤势过重死亡？”

“不，不，这里还存在很多解释不清楚的地方。”

“比方说？”

“第一，照你的说法，如果是陈向东倒地后把刀子插进刘力强腹部的话，现场发现的血迹是刘力强倒地后流出来形成的，并没有发现刘在处于其他姿势时，从腹部流出的血痕，但是，按照我们发现的现场，陈向东死亡时的姿势，是无法将刀插到刘力强腹部的。第二，以陈向东脑部最后遭受的袭击来看，他是没有力气再做任何反抗的。第三，最重要的凶器，也就是那根铁棍上，并没有发现陈向东的指纹，更有趣的是，不管是陈向东还是刘力强，他们手上都没有拿过铁棍留下的残余痕迹。”

“你是说，陈向东跟刘力强，都没有使用过凶器？”项维惊奇。

“对的。”

“是有人分别杀死了他们，至少，打得他们无法动弹后，才制造了他们互相殴打同归于尽的假象吗？”

“或许是，啊，不过……”

“不过什么？”

“不过，刘力强身上的伤口，皮肤裸露的表面，发现了袭击者留下的皮屑残留，DNA鉴定却是与陈向东的DNA吻合的。”

“就是说，两名死者生前确实存在过打斗？”

于法医点点头，补充道：“但陈向东身上的伤口，却无法证明是刘力强造成的。”

“知道两人的确切死亡时间吗？”

“尸体被发现的前一天夜里，八点到九点这段时间。”

6

桂姨看着陈伟明把点心送到了妻子吴芸面前。

吴芸无动于衷，呆呆地看着儿子的相片。

“吃点吧，啊，儿子死了，我们的日子，总归要过下去的。你不吃，身体受不了，还怎么活下去！”

陈伟明坐到了妻子身边，握住了她的手。

“老陈啊，我，越想越觉得，还是死了算了。”吴芸回握着丈夫的手，轻轻地拍了拍。

“你怎么这么说话？你啊，你不仅只有一个儿子的，你要想想我，你还有我啊，我们都这把老骨头了，你这个时候抛下我……我，我也活不下去啊！”

“你才是，说什么傻话呢？你身子骨还硬朗，还能多活个十几二十年呢，怎么会活不下去？倒是我，身子弱，而且……”吴芸擦了擦眼角，“其实，都是我的错，我这做妈的没教好，没管好他，所以他才跑去学人家打架、偷东西、跟女人鬼混，好的学不上，坏的倒都学得上手，还跑去吸毒，说什么好玩，结果……”

这对老夫妇沉默了。

桂姨听在耳里，也默不作声。

陈向东是在高中时期染上毒瘾的，原本陈向东便无心向学，整天跟一群没上高中的老同学混，今天到这个酒吧喝酒，明天到那条巷子里打群架，很自然地，便学着一些混混吸上了“白粉”。

知道儿子染上毒瘾以后，陈伟明偷偷把他拎进了戒毒所，这一关就是半年。戒了毒出来后，陈伟明花钱给儿子转学，希望儿子这次能改邪归正，考上大学。

陈向东收敛了一段时间，勤奋了两年，竟然也考上了。当时陈伟明夫妇还挺高兴的，却不知道高兴得太早了。

大一暑假，陈向东在家里又吸起了毒，陈伟明夫妇瞒着学校把儿子再次送进了戒毒所，声称儿子生病需要治疗，跟学校申请暂时休学一年。

这样陈向东又一次戒毒成功，重返校园，却在大三那一年，被学校发现吸毒的行径，勒令其退学。陈伟明夫妇恨铁不成钢，打了儿子一顿，当着街坊的面揪着儿子的耳朵把他送进了戒毒所。当儿子再度戒毒成功出来后，没法继续上学了，老夫妇只好张罗着给儿子找工作。

只是，陈向东似乎已经形成了习惯，每过一段时间，就忍不住吸毒，进戒毒所，成功戒毒，稳定一段时间，又吸毒，再戒毒。

故态复萌几次后，陈伟明夫妇简直绝望了。

陈向东自从退学后一直都不愿工作，就在家“啃老”，一切生活开销都倚仗父母，甚至连毒资也要父母给，最后发展到偷父母的积蓄，还拿家里值钱的东西去卖。

到后来，陈伟明夫妇对待儿子犹如对待仇人。

最后，陈伟明把儿子赶出了家门，说是要断绝关系。谁知道没过多久，陈向东就被人发现死在了卖“白粉”的刘力强家里。

知道了这个消息多久，陈伟明夫妇便寝食难安了多久。

7

“是这样。”项维听完桂姨的转述，点点头。

“所以啊，我就说那个刘老伯，真不知道是什么心态，竟然还觉得自己儿子干的不是什么伤天害理的事！不知道他脑子怎么长的？”张一平道，看着项维拍了一下桌子，“你也是，最近脑子长偏了吧？竟然会答应去调查这件事。我看啊，一个死了，不会危害社会了；另一个死了，不会连累父母了。都活该！”

“对对，你都对。”项维搔了搔头。

他刚才又去了刘老伯的住宅小区转了一圈。

陈向东跟刘力强出事的那天夜里，小区里就没有人察觉到刘老伯家里的争执吗？

“他那房子里经常有人骂骂咧咧的，我们都习以为常了，谁会觉得奇怪？”

“就是，那些‘白粉仔’，一言不合，摔凳子砸玻璃是家常便饭，见怪不怪了，就出事前一个星期啊，那玻璃窗就被人砸了。被谁砸的？还不就是那些不够钱买不到‘白粉’的‘白粉仔’，再不是，就是被‘白粉强’拖累的那些‘白粉仔’的家属干的。”

“再说，他那房子，对我们这些良好市民来说，就是禁地，知道吧？所以无论那里发生什么事情，我们一概不打听、不理会，万一惹祸上身呢？”

“所以，谁会去留心那屋子里发生了什么事呢？”

项维毫无收获，只好离开，走到半路，又折了回去。“你刚才说有家属找上门来吗？”

“是啊，‘白粉强’的名号那么响，他家住址早就传开了。一些‘白粉仔’的家属听说了，有时候也会跑去‘白粉强’家闹事，说他好做不做，干吗要卖‘白粉’？还卖给他们的儿子啊、女儿啊之类的。还在他家门上泼过漆呢！反正‘白粉强’一直死不认账，让他们有本事找证据出来。”

“我听人说，在‘白粉强’尸体旁边发现了一包包的白粉呢！”

“一包包？你开玩笑的吧？你以为‘白粉’是面粉啊，一包包哪有那么好拿货？再说，要‘白粉强’真的藏了一包包的白粉在家里，你以为人们举报了他那么多次，警察跟了他那么久，还找不到证据让他落网？一包包？那是有人夸大、吹嘘的吧！你还是记者呢，这也信？”

项维不好意思地笑了起来。

“另一个死者——陈向东——的父母，知道‘白粉强’就住这里吗？”

“陈伯陈婶啊？当然知道，你不知道陈伯来这里打了‘白粉强’多少次了。他们的儿子第一次吸毒，据说就是‘白粉强’给带上的道，这以后，就变成‘白粉强’的固定客人了。听说，陈伯把儿子弄进戒毒所几次了，一直没戒成。养了这么个儿子，还不如不养。”

“那发现尸体的前一天晚上，有人见他来过吗？”

“陈伯？不清楚。”

8

刘老伯看着项维敲门，狐疑道：“你把我带到这里干什么？”

项维看了刘老伯一眼，没有回答。

“谁啊？”

陈伟明开门，首先看到了刘老伯，脸色一变，刚要把门关上，被项维叫住了：“陈先生，我是《洋紫荆日报》的记者项维，想做一个戒毒专题，方便让我采访一下，了解你儿子的情况吗？”

“记者？”陈伟明接过名片，看了看，吴芸走到他身后，也看了一眼，说：“让他们进来吧！”

“阿芸？”

“没事，是福不是祸，是祸躲不过，我欠了老天爷的，我还给它。”

“阿芸。”

“向东这些年的这些事，你还看得不清楚吗？老陈啊，我们别自欺欺人了，要知道，纸是包不住火的呀！”

“可是……”

“我知道，委屈你了，老陈，可是，我良心上过不去。无论向东怎么不好，怎么坏，那毕竟还是我们的儿子啊！是当年，从我身上掉下的一块肉，我为人母亲不成功，那起码……”吴芸哭了起来。

陈伟明把妻子搂进怀里，“唉”了一声，把门开了。

跟在项维后面进去的刘老伯唠唠叨叨，不满地嘟囔：“说得好像只有你们没了儿子似的，我也没了儿子啊，像你说的，阿强再怎么坏，也还是我的儿子。”

“你儿子？你还敢说你儿子？都是你儿子带坏了我们向东，一开始说是什么中学同学，把向东拉进什么小团体，打打杀杀的不务正业。给我们向东‘白粉’的，也是你儿子，你还好意思提你儿子？！”陈伟明说着就冲到刘老伯跟前，项维赶紧挡在了两人面前。

“对啊，阿强吸毒，你儿子要有本事，可以不吸啊！阿强卖‘白粉’，你儿子要有本事，可以不买啊！说到底，是你儿子自制力弱，跟我儿子无关。”刘老伯躲在项维背后，依然嘴硬。

“你！好，你儿子有本事，有本事，不要老是纠缠着我儿子啊，每次我送我儿子去戒毒所，戒了毒，成功走上了正道，你儿子就出现在我儿子面前，引诱我儿子吸毒，次次都这样，你儿子当然有本事！还有你，你也是，你这个老糊涂、老混账，你纵容你儿子……”陈伟明越说越气愤，被吴芸拉住了。

“行了，老陈，你别激动，不值得为这种人生气，好好说，坐下来慢慢说，别气坏了身子。”

陈伟明怒气冲冲地瞪着刘老伯，恨不得把他吃下去。

“他们现在……都死了。”

陈伟明长叹一声，转身扶着妻子坐到了椅子上。

项维坐到了他们对面，刘老伯看这架势不敢坐，站到了项维后面。

“就因为这样，所以，那天夜里，”项维想了许久，始终不知道该怎么提起那件事情，最终，才慢慢地开口道，“你去了刘力强家找你儿子吗，陈先生？”

陈伟明看着项维，吴芸抬头，看了一眼丈夫，缓缓说道：“不，那天夜里，我们都去了刘力强那儿。”

“你们？”刘老伯惊疑道。

“你们也看到了，这家里，稍微值钱一点的东西都没有了，就是因为我们向东他吸毒，我们不给钱，他就想着法子变卖家里的东西，就连我的结婚戒指，也被他硬抢去了。那一次还弄伤了我的手，害我几天没出去卖菜……”吴芸说着眼圈红了，抓住了丈夫的手，“我们，原本想着向东要是把大学读完，能找个好点的工作，可以不像我们，起早摸黑，谁知道他有了毒瘾，最后还因为这个被学校开除了。工作也不做，什么都不想，就一心要吸毒。老陈在工厂上班，本来也没几个钱，向东的毒瘾反复发作，几次送他进戒毒所，那钱也是我们省吃俭用，再加上借了亲戚朋友的钱，才凑够的。”

吴芸咳了两声，继续说：“向东这些年，折腾得我们家不像家、人不像人的。就算我们实在没办法，把他赶出去，可他总有法子跑回来。他只要一跑回来，可就不得了了，家里总是被洗劫一空，我们都快认不出这个儿子了。最近一次，就是他出事前那次回来，老陈说要跟他断绝父子关系，让他别回来了。可是，我们才把他赶走，就发现，他又把家里的钱偷走了。”

“那是家里唯一一笔钱了，是留着给他母亲治病的医药费，他也偷！”陈伟明愤恨道，“他以为他母亲是因为什么生病的，还不是被他害的，积劳成疾。”

刘老伯看看接近家徒四壁的屋子，再看看吴芸憔悴的模样，没吭声。

“发现没了这笔钱后，我说算了，老陈说一定要把那笔钱追回来。我们都知道，向东他一有钱，肯定就会去刘力强那里。我不放心，也跟了过去。”

“你们那天，去了我家？”刘老伯总算明白过来了。

“对，我就是去杀死你儿子，也杀死我家那个逆子的！”陈伟明吼道。

“好啊，你这个杀人凶手，混账，你敢杀我家阿强，我——”刘老伯气愤极了，从项维身后冲到了陈伟明面前，伸手一把拎住了陈伟明的衣领，刚要动手，却被吴芸叫住了。

“不是老刘杀的，是我杀的，你要杀要剐，冲着我来。”

“什么？”刘老伯惊愕，对上吴芸绝望的眼神。

“是我杀的，他们两个，都是我杀的。”

“你们，能把那天夜里发生的事情，从头到尾说一遍吗？”虽然早预料到是这样，项维还是问了一句。

9

那天夜里，知道儿子把妻子的救命钱偷走后，陈伟明满腔怒火地追到了刘力强家里，他使劲敲门，好一会儿，门开了，紧追他而来的吴芸也赶到了。

“妈的，有事没事乱敲我家的门做什么！”刘力强气冲冲地开了门，看了一眼门口的两人，不耐烦地冲屋子里喊，“陈向东，管管你爸妈，老是上我家来撒野，真是阴魂不散！”

“你说什么你——”陈伟明举手就要劈脸打刘力强，被吴芸拦下了。“跟他这种人，说不清，别浪费精神，向东呢？向东？”

陈向东坐在客厅一边的椅子上，踮着脚抖着，手里拿着一根烟。“不是说跟我断绝关系了吗？还来找我干什么？”

“陈向东，把你偷的钱拿出来。”陈伟明大声喝道。

“什么钱？我没见过。”陈向东翻了翻白眼，吐了个烟圈。

“那是给你妈治病的钱，快拿出来。”陈伟明拎起了儿子，吴芸也跟了过去。刘力强笑着回头又把门关上了，说：“哟，看来这回是有好戏看了，真热闹！”

眼看两父子要打起来了，吴芸劝阻道：“别，你们别打，孩子爸，别激动，向东，你听爸的话，把钱交出来吧。”

“我说没见过就是没见过，你们烦不烦啊？”陈向东看从上到下搜起自己身来的父亲，羞恼地大嚷，“干什么呢你？干什么呢？”说着便把父亲一把推开了。陈伟明没提防，一下被推到了刘力强这边。

“哟，老伯伯，您着点，摔了我可不负责任啊！”刘力强冷嘲热讽。

吴芸瞪了一眼刘力强，转身抓住儿子的手，哀求道：“向东，我们有话回去说啊，你不能待在这里，跟妈回家，好不好？”

“你们好烦啊，是你们要跟我断绝关系的，现在又来求着我回去，不觉得好笑吗？看，人家都在看我们的笑话了。”陈向东甩开了母亲的手，指着刘力强喊。

“你，向东，你怎么能这样，你怎么会变成这样？”吴芸抓着儿子又打又骂，“我们到底是做错了什么，才会让你堕落成这个样子。”

“哈哈！”刘力强拍起手来，却被陈伟明提了起来，“钱不在他身上，是交给你了，对不对？他用那钱找你买‘白粉’了？”

“啊，是吗？我忘了，我想想。”刘力强故作姿态，“好像是，是给我了。”

“还给我。”

“不还。”

“你把钱还给我。”陈伟明吼。

“你别搞错了，那钱是你儿子买我货的钱，我凭什么交给你？”

“你……”

一声尖叫响了起来，然后是重物倒地的声音。

尖叫是吴芸发出的，重物是陈向东。

陈向东在与母亲的争执中，不慎摔到了地上，脑袋刚好撞到了桌角，当即倒在地上不动了。

“阿芸？”

“向东？向东？”吴芸蹲下去，伸手想去摸儿子的脸，却又迟疑着缩了回去，浑身颤抖着，抬头看着丈夫，眼泪一下就流了出来：“我……向东他？”

“哈，你们杀人了，你杀死了你儿子，这下可真的有好戏看了，你等着，我报警……”

刘力强边说，边真的掏出了手机，陈伟明一眼看到了门后放着的一根铁棍，一下操起来，冲刘力强头上一棍砸了下去。

刘力强的手机摔到了地上，人则逃到一边去，似乎这个时候才知道害怕。“你要做什么？”

陈伟明失去理智似的举着铁棍又冲了上去，刘力强想躲避，一转身，棍子结实地砸在了背上，似乎打断了脊梁，他一下倒在了地上，想爬却爬不动。剧痛让他一时失去了声音，随后才缓过劲来，勉强翻过了身子，他恐惧地说：“你，你想干什么？”

陈伟明渐渐冷静了下来，看着屋子里的一切，手一松，铁棍掉到了地上。

“阿芸？”

“向东，向东，我们的向东没了，怎么办？”吴芸哭着，扑到了儿子身上，使劲摇着他的身子，“向东，你醒醒，别吓妈妈，快醒醒。”

10

吴芸泣不成声。

陈伟明在一边陪着，手在妻子背上安抚着。

刘老伯半天没说话，他很想知道他的儿子后来怎么样了，却问不出口。

项维也问不出口，但是，却不得不问。

“后来呢？”

“后来……”

11

陈伟明走到了妻子身边，看着儿子死灰一般的脸，过了许久才开口道：“阿芸，别哭了，起来，我们回家。”

“孩他爸，是我害死了向东，怎么办？”吴芸抬头，哭道，“向东死了，他死了，他被我害死了。”

“不是你，是他自己害的，这事今天不发生，迟早有一天会发生。怨不了你，怨不了我，我们已经尽力了。”陈伟明安慰妻子，“这是意外，不是你的错，我们错就错在一直想对他好。我们啊，现在就当没养过这儿子……”

“你，你怎么这么说话呢？”

“不是吗？阿芸，我受够他了，我已经受够了，我刚才，你知道我想的是什么吗？他死了，这小子终于死了，真是，死得好。我们被他折磨了这么久，终于可以解脱了。”

“你怎么能这么说话呢？孩他爸，他是你儿子啊，他就躺在这里，就……”吴芸哭着，伸手去打丈夫，被陈伟明抱在了怀里。“向东啊，向东……”

“我们离开这里，去找警察说清楚，不会有事的。”陈伟明松了一口气，看了一眼儿子的脸，含着泪光道。

“好一对老家伙。”躺在地上的刘力强看着他们，痛得满脸大汗，却依然勉强笑着，“你们家，真是绝了，一……一个……吸毒……‘白粉仔’……一个……杀死了儿子……杀人犯，还有一个……打人……暴力狂……等警察来了，你们知道我会怎么说？我要你们不得好死。”

在丈夫怀里的吴芸不知道从哪里来的力气，推开了丈夫，一把抓起桌上的水果刀，就扑到了躺在附近的刘力强身上，用力插了进去。正中刘力强腹部。

“你？”

“阿芸？”

“你说，我是杀人犯，那我就杀了你，反正我也杀了我儿子了，那就再杀了你。”吴芸眼神涣散，看着刘力强，“都是你，都是你害的，那天，向东明明被我送进了学校，是你把他从学校里叫出来，向东说，你说带他去玩女孩子，然后，吸了奇怪的东西。那一天，是你让他染上毒瘾的。”

“阿芸！”陈伟明一下把妻子抱了起来，放到了一边，看着血从刘力强腹部缓缓地流了出来。

刘力强恐惧地摸了摸自己的腹部，沾了一手的血，他看着陈伟明与吴芸，绝望地大喊：“救我！”

陈伟明刚想走过去，被吴芸拉住了：“别救他，我们回家。”

陈伟明看着妻子仿佛失去魂魄的眼睛，心里有些不忍，再看看倒在一边的儿子，喉咙发出了古怪的声响，他红着眼睛，把儿子的尸体移动到了无法动弹的刘力强身边。

“你，想干什么？大叔，救命！我还不想死，求求你，救救我！”

陈伟明把儿子的尸体翻了个身，使其面部朝下，然后他抓起铁棍，对准儿子脑袋上的伤口，敲了下去。

随后，陈伟明搀扶着妻子离开了刘家。

“不，求求你，你们，救我，救救我！”

12

“你们，见死不救？”刘老伯气愤地大喊，脑袋上青筋暴突起来。

“要说见死不救，一开始，是你先对我们见死不救吧？”陈伟明哽咽着说，“有多少次，我去你们刘家找你儿子的时候，求你，我求你劝劝你儿子，让他别做这些伤天害理的事情了，你是怎么对我们说的？”

刘老伯动了下嘴，终于还是没说什么。

“你说，没有市场就不会有这职业，你儿子只是混口饭吃，既然我儿子有这需求，就怨不得你儿子，是吧？”陈伟明反问，“你不知道他卖的那些东西会害死人吗？你眼看着儿子做这种伤天害理的事情不管，你眼看着你儿子把我儿子引向歧路不管，我们都求到你面前了，想让你睁开眼睛，看看你儿子是做了多恶劣的事情，你有听吗？有想过管管你儿子吗？没有。你这人，你明知道事实的，却无动于衷，你这不也是见死不救吗？”

刘老伯一跺脚，看着项维，喊道：“看，项维，就是他们害死了我儿子！他们是杀人凶手，快报警抓他们！”

“不用你说，我们也会去投案的。”陈伟明冷冷地看着刘老伯，“我们不像你，眼看着儿子做了这么多丧尽天良的事情，也吃得下饭，睡得着觉，我们不像你们父子那么不是人，没有良心。我们会做人该做的事情，我们会去自首的。阿芸，我们……”

“我们一起去自首。”吴芸点头。

“不管以后会怎样，我都会一直陪着你。”

13

“啧，晦气，遇到了两个神经病。”

出来后，临分别前，刘老伯依然满腔怒火。

“刘老伯啊，你知道吗？”项维拉开车门，刚要钻进去，又停了下来。

“什么？”

“听说，在初中的时候，你儿子和陈向东都是品学兼优的学生，后来还一起考上了同一所重点高中，不同的是，陈向东的父母省吃俭用，供儿子去读了书，而刘力强却不知道为什么没有去上学，反而成为了社会上游手好闲的混混。”

“那什么？你是指责我没让阿强读书吗？那会儿我穷没钱，有什么办法？”刘老伯不满。

“那你是不是至少，可以告诉阿强哪些是正确的，可以做；哪些是错误的，不能做？”

“啧，老子有说啊，说了他不听，我有什么办法？再说，有些事情，不是靠说的，还是得靠阿强自己去学的，受过苦了他自然就学乖了，像他一开始被关起来了，以后学聪明了，不是就没被抓过了吗？要不是那两个神经病害死了他，我家阿强现在还活得好好的。”

项维哈哈干笑了两声，说道：“刘老伯啊！”

“又怎么了？”

“下次有事，你还是别找我了，找我也不会帮你的。”项维说完，啪的一下关上了车门，让张一平开车就走。

“哎哟，你说的是什么话？你这是歧视，知道吧，你跟其他人一样，都是歧视，什么人啊，这真是。”刘老伯追了两步，没追上，狠狠地朝地上吐了口口水，“谁稀罕再去找你，不是诅咒我出事嘛这！”

“怎么，看你刚才一脸避而不及的样子，后悔帮那个刘老伯了吧？”

张一平嘲笑。

项维苦笑，摇了摇头。

“下一次，听我的，我说别接的案子，一个也不许接。”

“是，是，都听你的。”

“为什么会怀疑与陈向东的父亲有关？”

“很简单，刘力强身上的伤口留下了袭击者的DNA，虽然与陈向东的DNA吻合，但是，并没有发现陈向东与刘力强打斗过的有力证据，而在这个世界上，还有一个人的DNA或许会吻合。”

“因为陈伟明是陈向东的父亲，他们的DNA当然也会吻合？”

“对，如果袭击者不是陈向东，那就只剩下一个可能性了。”

当时，袭击刘力强的人是陈伟明。

于是线索就引向了陈氏夫妇。

14

于法医将一份鉴定报告递给了项维。“这是，你要求我们做的二次鉴定。”

项维接过来后马上把那份鉴定报告拿出来，快速浏览完，长长地松了口气。

“我听莫警官说，你也找他帮忙了？是关于一个海外犯罪团伙的案子？跟你有关吗？”

“是的，跟我的一位朋友有关。”项维点头。

“跟这位张小娜有关？”

“对。”

第四章　有朋自远方来

1

她看着自己的手。

手很苍白，还轻微地颤抖着，显得沾染上的那大片的鲜红更加触目。

“你个混账女人，都是你的错，是你害死他的，你这个凶手，杀人凶手！”

她浑身僵硬，感觉到无法驱逐的寒意把自己的整个身体冻住了。

她的视线里是一张娇嫩的脸，毫无生机。

以后，无论是谁，无论怎么呼唤，这张脸上的眼睛，再也无法睁开了。

凶手。

她是凶手。

她缓缓闭上了眼睛。

“你他妈的是什么医生？见死不救，是你害死了他，我绝对不会让你有好日子过的，你这臭女人，你会不得好死的。”

我会不得好死的。

我害死了人。

我是凶手。

许多张沾满鲜血的脸，在她脑海里浮现后，如螺旋般转了起来。

她感觉到脑袋好像有电钻在使劲地钻，疼得浑身抽搐起来。

然后，她什么声音都听不到了……

——

“妈，你怎么了？”

“妈，你醒醒！”

“妈！”

来自外界的声音驱逐了寒意，她张开眼睛，看到了眼前一张亲切的脸，青春洋溢，生机勃勃。一双清澈的眼睛，正关切地看着自己。

她不由自主地伸手把女儿抱住了。

“妈，又做噩梦了？”

“没事，妈没事。”她听着女儿的心跳，稍微感觉到宽慰，“妈一大早赶回来做手术，没休息好，待会儿歇息一下就没事了。”

她，还有眼前的这个女儿。

不管以后发生了什么事，也一定要守护住她。

绝对，不能重蹈覆辙。

2

林燕婷看着母亲进了主任办公室，脸上的担心丝毫没有减少。

“燕婷，你妈呢？”候诊室的护士匆匆走了进来，看到她，问道。

“刚进去休息了，有什么事吗？”

“有个病人说是病情很急，指名要你妈给他看病。”一本崭新的病历表递到了林燕婷面前。

林燕婷看了一眼病人的名字，一下紧张起来，“他在哪儿？”

“在候诊室呢！”

林燕婷的脸色变得难看起来，拉起了护士的手，“走，我去见他。”

“啊，人家是想要见你妈，你掺和什么？”

“我妈待会儿要做一个手术，没有时间见他，我去看看。”

“啊，那行。”

林燕婷跟着那个护士走了两步，又退了回来，拿起需要给手术准备的药物清单，急匆匆地出去了。

3

项维看到前面的下坡路，放慢了脚步，原地踏着步，用搭在脖子上的汗巾擦了擦汗，回头就看到张一平气喘吁吁地跟了上来。

“你跑那么快干吗啊？”张一平埋怨道，“明明是运动，你却像拼命似的。”

“我这可是正常人的速度，与其说我拼命，倒不如说你身体太羸弱了，缺乏运动，体魄一点也不健康。”

“我羸弱？我体魄不健康？开玩笑的吧？”张一平终于与项维并肩跑着，“你看了上一期的《风尚周刊》没有？”

“那种没营养的杂志，我没兴趣。”

“啧，那么大一本杂志就放在报纸架最上面，我还是封面模特，你没注意到？看我这，六块腹肌，还有人鱼线，那么好的身材，你居然说没看到？现在还说我体魄不健康？我看你分明是羡慕嫉妒恨，所以假装看不见。”张一平摆出杂志封面硬照上的姿势，把运动服上衣卷了起来，露出了自己的腹肌，拍了拍，一脸骄傲，“你啊，可是从小时候起就比我差了一大截，要身高没身高，要身材没身材，男人味也不够……”

“哈哈哈……”项维苦笑着摇摇头，脚步故意加快，把张一平甩开了好长一段距离。

“喂喂，别跑那么快呀！是因为我说中了，所以就想充耳不闻了吗？”

项维猛地停下了，把正在追他的张一平吓了一跳：“这么听话，我让你停下来你就停下来了，不像你的个性呢？”

“八哥，别吵，看那里是什么！”

是个人，看身段，像是个男人，倒在了一棵大榕树下的草地上。

项维跟张一平走了过去，看到男人的头破了，草地上染满了鲜血，血液还没有完全凝固，似乎这男人才受伤没多久。

“先生，你还好吧？”项维蹲下去，看着男人的脸。

男人似乎还有意识，却不太清醒，嘴巴像鱼般一张一翕，却说不出一个字。

“一平，叫救护车了吗？”项维刚要起身，却被男人的手碰了一下。

项维看着男人的手，毫无力气却想要做出抓的样子，再看男人，尚有一丝光的眼睛里流露出惊惧与绝望。

当救护车带走男人后，项维还久久地站立在原地，看着地上的那大片血污。

“他还救得活吗？”张一平问。

项维抬头，看着那株高大的榕树，“你说，他是怎么摔下来的？”

4

榕树很高大，枝枝蔓蔓茂密如林。

项维爬到树上，看着原本男人躺着的地面，把手机塞到口袋里，再往上爬了一段。

“我说，你别爬那么高好不好？我……”跟在项维后面爬上树的张一平看了看地面，再望望爬到上一层树枝上的项维，“喂，我恐高啊！”

项维哈哈笑出声来，居高临下地看着张一平说道：“八哥，这可是我今天听到的第一个笑话啊。你恐高？还记得小时候，爬树你可是没输过的。”

“啊，我认怂行不行？好汉不提当年勇，我已经不是那个胆大妄为的张一平了嘛！”

张一平耸耸肩，项维则伸出了手，“上来。”

张一平在项维的帮助下爬上了同一层的枝丫，然后小心翼翼地站了起来，笑道：“啊，果然还是高处的风景好看。”

从树上望下去，公园的景致完全被收入眼底，包括公园外面的马路、建筑群，还有那条一直下坡的小路。

“你还记得，小时候你在树上跟我讲，你跟你爸追花的故事吗？你们去了缅甸，登上凹形铁的梯子，爬上了足有二十米高的望天树，看到了令人震撼的景色。”

“记得，我就是那个时候遇见你跟小娜的。”张一平点头。

提到小娜，项维脸上蒙上了一层阴影。他低头，死死地看着地上的那块血迹。

“怎么了？”

“估计是这里了，刚才那男人应该是从这里摔下去的。”

“啊，那他还真是倒霉。”

“不过……”

“不过什么？”

“不过，我刚才并没有发现有人不小心从这里摔下去的痕迹。”

项维说着，掏出了手机，刚才他一边爬树，一边把树身，枝丫上的情形都拍了下来。

“比方说，如果现在是你不小心摔下去的话，那么，你站的这根树枝上应该会有滑脚的印记，或者是蹭过留下的痕迹，但我们爬上来之前，这里却一点痕迹也没有，而是非常平坦的一片。而我们爬上来之后，是现在吧，我们踩在树枝上，留下了我们的脚印，对吧？”

张一平点头，“所以？”

“所以，如果他是从这里摔下去的，是怎么摔下去的呢？”

“嗯……”张一平看着地面想了想，想不出个所以然来。

“爬上来的时候倒是有拍到一些鞋印，或许是那男人的，以及，还有一些别的鞋印，看来之前爬上树来的，除了男人，还有另一个人的。”

“等等，你是怀疑，他不是意外摔下去的，而是被跟他一起爬上树来的人，推下去的？”

项维点头。

“你想多了吧？”

“没想多，而且……”

“什么？”

“那男人摔倒在地的情况有点奇怪。”

“怎么奇怪了？”

“如果我们不小心摔倒在地，下意识的动作是什么？”

张一平想了想，摇头。

“会下意识地防御，比方说，手会想要伸出去保护自己。那样在摔落地的时候，手会有擦伤或碰触地面造成的瘀伤，但那男人的手，却一点伤也没有。”项维回答，“这意味着，他摔下去的时候，是毫无防备的。因此，他极有可能不是不小心摔下去的。”

“他应该没死吧？距离这里最近的医院在哪儿？是不是你推测的那样，我们直接去问他不就行了？”张一平看了看手表，提议道。

5

项维与张一平很快就赶到了医院，等问清楚了刚才救护车送回来的伤者，才知道伤者的名字叫肖伟，就在刚才已经被确认死亡。

“真是可惜，这样就不能证明你说得对不对了！”张一平跟在项维身后，走进了病房，看到刚才躺在地上的男人被白布盖上了脸。

“等等，能让我看看吗？”项维阻止了准备把男人抬到担架上推走的护工。

“你们是他的亲属，还是朋友？”

“都不是，我们是发现他出事的人，有些情况想要了解一下。”

“人都死了，还有什么好了解的？”护工接过项维递上的名片，退到了一边。

“知道他是什么人吗？”

“身份证上说是个外省的，医生已经通知他的家属来认领尸体了。”

“还有呢？”

“什么？”

“他是外省人，是在本地工作的吧？知道他的公司吗？住在什么地方？还有——”

“喂喂，我又不是警察，哪知道这么多？”护工不满地说。

“对，忘了，抱歉抱歉。”项维歉意地笑了笑，掀开白布，仔细检查着死者的情况。刚才护工把他抬到担架上的时候，他注意到了死者裤子靠近膝盖窝后的地方，沾着什么东西。

现在一看，原来是绿色的青苔，两边的裤子上都有。

“我想，我知道他是怎么从树上摔下来的了。”项维搓着手中绿苔的碎末，转身告诉护工，“等他的家属赶到后，可以提醒他们让法医做一下尸体解剖吗？”

“为什么？”

“我怀疑他是被谋杀的，他生前应该被人注射过什么药物。”

6

“什么药物？”

“不清楚，应该是一种让人失去抵抗力的药。”项维解释道，“我们在现场发现肖伟的时候，他还有意识，可能是受伤过重，导致他无法说话。但是，他的手，一来毫无伤口，二来他想做动作的时候，瘫软无力，再加上，我们没找到证明他不慎摔下来的痕迹。所以我估计有人跟他一起爬上树后，诱导他喝了什么，或是给他注射了什么，在他失去意识、无力反抗的情况下把他从树上推了下来。”

“你不是说树上没有留下摔下来的痕迹吗？”

“对，但我弄明白了他是怎么被推下来的。”项维解释，“我们发现了他裤子两边，就在大腿到膝盖窝的地方，沾上了青苔。我们在爬树的时候，脚底也多少沾了点，对吧？那么出现在那个位置的青苔，就可以告诉我们他曾经在树上是以什么样的姿势——”

“啊，我懂了，肖伟是坐在树枝上的时候被推下去的。”

“没错，只有坐在树枝上的时候，裤子上的那个位置才会沾到青苔。”项维解释道，“也因为他是坐着的，所以树枝上原来的鞋印被擦没了。”

“真是谋杀了，是谁谋杀了他呢？”

“跟他一起爬树的人。”

“嗯，那是谁跟他一起爬上树去，又跟他一起坐在树枝上呢？”

想了一会儿，张一平使劲搔了搔头，“啊……一定是女性。”

“为什么？”

“像他那种年纪的男人，肯定没什么闲情逸致跟另一个男人坐在树上谈天说地看风景吧？而且，如果是男人，那只要趁他不备推他下去就行了，根本用不着冒着被发现的风险给他注射药物。但如果是女性，因为害怕力量悬殊，担心即使是趁其不备袭击他，也会反被钳制，因此，下药是个对自己很有利的方法。”

“不错嘛，很有长进。”项维笑。

“哼！”张一平得意起来，“那谁会有杀害肖伟的动机呢？”

7

“我儿子他，他跟我说是来见一个朋友的。”肖伟的母亲在停尸房里看着儿子的尸体，悲哀地摇摇头，“可是，怎么会发生这种事情？你们还说，他是，被谁，谋杀的？这到底是怎么回事？”

“阿姨别急，我们会为你调查清楚整件事情的。你刚才说，肖伟是来见一个朋友的，你知道他来见什么朋友吗？”

“他没怎么跟我说，好像是，以前认识的一个朋友吧。”张母擦了擦眼角，“似乎是失去联系很多年，最近，阿伟他才知道这个朋友就在花城，所以就来找他了。”

“那，他有留下关于这个朋友的信息吗？名字、联系方式、住址，任何信息都可以。”

“没有，我没有过问儿子交朋友的事情，他也没跟我提过。”

“那他，来花城多久了？”

“两天，今天是第三天。”

“知道他住在什么地方吗？”

8

肖伟暂住在本市一家旅馆里，距离他出事的公园和收容他尸体的医院都不算很远。

根据旅馆前台登记的信息来看，确实，肖伟在两天前入住了一间标准单间，肖伟的东西都还放在房间。清洁工说，除了住在房间的肖伟，还有定时更换毛巾跟洗漱用品的自己外，没有见过其他人来他房间。

肖伟办理了六天的入住，所以旅馆方面根本不知道他出事了。最后有人见到肖伟，还是昨天晚上肖伟在等电梯的时候，跟某个客人闲聊了几句。

“他跟你说了些什么？”

“就瞎聊呗，我说我是来出差的，问他是来干什么的。”

“他怎么说？”

“唉，他说的时候满脸怨恨的样子，还说什么医生医德一类的话，我估摸，可能是医患之间的纠纷吧！”

“他是来看病的？”

“不清楚，详情他没告诉我。”

肖伟的母亲说儿子是来花城探望朋友的，从来没说过肖伟是来见什么医生的。难道说，肖伟的那个朋友是医生？

如果是的话，肖伟跟这位医生朋友，曾经发生过什么纠纷吗？

项维与张一平不由自主地对视了一眼，疑窦丛生。

9

“医患纠纷？”

肖母一下子就听明白了，捂着嘴登时哭了出来。

“不是朋友，是仇人，她是我们全家的仇人！阿伟他，原来不是来看朋友的，他骗了我，他是找着她了，他是来这里找那个该死的医生的！她害死了我们阿标，她是杀人凶手！”

“什么？”项维与张一平没听明白，“你知道那个医生是谁！阿标又是谁？”

“我当然知道，那个姓曾的，她就算化成灰我都认得出来，要不是她，我们阿标怎么可能会死呢？”

原来，肖伟还有个弟弟叫肖标，是肖家的第一个大学生。肖父早逝，肖伟早早地负担起了养家的责任，肖标等于是肖伟一手养大的，肖伟把全部的希望都寄托在了弟弟身上，他俩关系也是最好的。然而，肖标才毕业没多久，便在一次车祸里重伤去世。

“都是那个女人害的，那个什么曾医生，要不是她，我们阿标才不会死！”肖母痛恨地说，“就是这个曾医生，对我们阿标见死不救，所以阿标才会死的。不对，她不是医生，她不配当医生，她是畜生！”

“曾医生？哪个曾医生？知道她工作的医院吗？”

“我怎么知道？阿伟跟我说的，他说，这个曾医生害死了阿标，不敢待在我们县城的医院，逃了。之后我们阿伟一直都在找她，这次，是找到她了吧？一定是的，然后，她把我们阿伟也害死了吗？”肖母又哭了起来，“可恨的女人，害死了阿标，连我们阿伟也不放过！太恶毒了，你们要找到她，一定要找到她，一定是她害死阿伟的！”

花城那么大，大大小小的医院不下二十家，只凭姓曾的女医生这一条信息，想把人找出来，哪有那么容易！

还有，曾医生见死不救又是怎么回事？眼下肖母正在气头上，说得不明不白的。

项维与张一平当即分头行事，一个去医院跟进解剖结果，一个去调查肖标的死亡事件。

10

项维回到了接收肖伟的医院。

肖伟的死因是从高处摔下造成的内出血，以及脑部受损严重导致脑死亡。

肖母按照他的指示要求院方做的药理反应独立检测，第一次没有结果，在项维再三要求下，第二次的深入检查后，终于发现了某种药物的代谢物残余。

琥珀酰胆碱。

这是一种限制药物，也是一种骨骼肌肉松弛剂。它可以几秒内就让人身体麻痹失去力量，主要用于气管切开术，临床手术前，以及修整脱臼骨折，或病人产生肌肉痉挛时。被注射这种药物的人虽然浑身无法动弹，但意识还可以保持完全的清醒。

也就是说，肖伟从树上被人推下来的时候，他是完全清楚发生了什么事情的。

项维想起发现肖伟时，他不停张合的嘴巴，那个时候，他是想告诉自己真相吗？

“什么人可以拿到琥珀酰胆碱？”

“一般来说，相关病例里负责主刀的医疗小组成员才能够接触到。”

看来害死肖伟的最大嫌疑人确实是名医护人员了，难道真的是那个曾医生吗？

“如果我去检查哪家医院少了这种琥珀酰胆碱，能查到吗？”

“当然可以。也有医院在药物管制不严的情况下，被人盗拿。不过，你确信你能得到每家医院的配合吗？”

不能。

因为牵涉到医院本身的药物监管失职，他们不会主动配合一个小小的记者进行调查的。

项维看着给自己解释琥珀酰胆碱的医生，问：“你们医院，有发现少了这东西吗？”

医生笑着摇头表示无可奉告。

看来，只有找到目标嫌疑人，才能做进一步的针对性调查了。

11

关于肖标的那场车祸，张一平也调查清楚了。

五年前，肖伟与肖标乘坐的公共巴士与一辆急驰的私家车相撞，当即两车都被撞翻了。私家车主和大巴司机包括其中的十三名乘客当场死亡，其余七名重伤乘客被送进医院，但抢救成功的只有两名乘客，这两人就是肖伟与一名叫曾凡君的女士。

“曾凡君？就是曾医生？”项维问。

“对，就是这个曾医生。”张一平点头，把收集到的一些资料递给了项维，“我跑了肖家一趟，把肖伟的一些私人物品带来了。”

是本日记。

肖伟的日记。

“这里面，简略写了事故的信息，还有肖伟的怨恨。”张一平把日记翻到了肖伟描述那场事故的几页：

7月12日

弟啊，你知不知道，咱妈她，刚才又哭昏过去了。

咱看着装着你的棺材放进坟里，都不敢相信，你就这么去了。

你可是咱家出的第一个大学生，是咱肖家的骄傲，是咱妈的面子，可是你，就这么轻易地去了，咱妈还以为，是老天爷给咱开的玩笑，你最终会睁开眼活过来的。可我知道，你哥我知道，不是玩笑，也不是老天爷干的，是那个叫曾凡君的女人害死你的。

对吧？你一定也是死不瞑目的，是吧？

那个时候，你明明还有气的。是那个曾凡君，她自私、黑心肠，她见死不救，明明你可以救活过来的，她就是不救你，眼睁睁地看着你死去她还不悔过，说自己没做错。

她错了，她明明就是错得离谱，你不甘心吧？哥也不甘心，哥就是把刀子架在她脑袋上了，她还是不愿意救你，这个铁石心肠的女人。

哥已经决定了，一定要让她知道，什么叫作“血债血偿”，她敢草菅人命，我就让她把命赔给你。你要泉下有知，就保佑哥找到这个女人，好早点为你报仇。

你就等着哥把仇人给你送过去吧！

“肖伟找曾凡君是为了给弟弟报仇？”项维惊讶。

“对，我呢，调查过了，据说车祸中肖伟跟肖标都受了不同程度的伤，但肖标的伤比肖伟严重多了。曾凡君是轻伤，在现场帮忙救人来着，但是，她选择施救的是跟她一起出行的亲属，似乎是救不回来的伤员，但是肖标还有救，于是肖伟就求曾凡君优先抢救弟弟来着，但曾凡君没答应，结果……”

结果曾凡君想救的人，还有肖标，都死了。

“肖伟从那以后就恨上曾凡君了。他认为曾凡君是故意去治疗救不活的人，而放弃了他的弟弟，一直去当时曾凡君工作的医院找她麻烦。当地医院抵抗不住压力就把曾凡君调走了，从那以后肖伟就没了曾凡君的消息，但最近不知怎么就知道了曾凡君在花城，于是找到了这里，结果……”

结果，自己却落得了跟弟弟一样的下场。

这么看来，从作案动机跟作案手段看，曾凡君的嫌疑相当大。

“我们要怎么找到这个曾凡君呢？”张一平犯愁了。

“这个，我知道。”项维搔了搔头。

“哈？你知道？”

“而且我还知道肖伟是怎么得到曾凡君在花城的消息的。”

“真的？”

项维在报纸架上找了找，把一份报纸抽了出来。

上面的头条报道，是说花城某家医院的治疗小组成功治愈患者，患者家属答谢医疗小组各成员，新闻旁边刊登了一张患者及其家属跟医疗小组全体成员的合照，合照下面是医疗小组各成员的姓名，其中一个名字，显得相当刺眼：曾凡君。

12

曾凡君看着出现在自己面前的两名不速之客，有些防备，在听到他们提到肖氏兄弟的名字后，脸色更是一下阴沉下来："我不认识他们。"

"这可奇怪了。"项维拿出了肖伟的日记，"肖伟的日记里，明明写了五年前的车祸，你跟他们一样也是车祸的受害者。"

"你们看错了吧？"

"没看错，曾凡君，就是你。"

"你怎么知道他写的那个曾凡君就是我呢？天底下同名同姓的人多了去了。"

"那么，如果我调查你五年前的就职工作地，你能保证那家医院不是在肖伟的家乡？以及，你确定没有证人证明你跟肖氏兄弟遭遇过同一场车祸？"

曾凡君厌恶地看了两人一眼，"好吧，是我，那又怎么样？"

"肖伟是来找过你吧？"

"没有，就算他来找我，我也不会见他的，那条疯狗。"

"疯狗？"

"对，就是疯狗，他们肖家全家都是疯狗。"

"你怎么说话呢？"张一平不满地挑眉，"明明是你见死不救，居然反口咬人，我看，你更像条疯狗。你……"

"你……你们给我滚！"曾凡君的眼圈一下红了，恶狠狠地吼了一句。

张一平还想说什么，被项维拦下来了，"肖伟的母亲，还有肖伟都认为，五年前是你见死不救才害死了肖标的，所以肖伟想找你复仇，难道他们错了？"

“没错，他们都没错，错的是我，我卑鄙、无耻，是医生却没有职业道德，都是我害的，我害死了肖标，活该受谴责，是吧？你们都是对的，你们——”

“曾医生。”不知道什么时候，医疗小组的组长刘主任进来了，阻止曾凡君继续说下去，“你先去照顾患者，其他事情我来解释。”

曾凡君感激地看了刘主任一眼，默默地出去了。

“你清楚五年前的那场车祸吗？”项维问。

“清楚，当年我跟曾医生是在同一家医院工作的，也是现场急救的医务人员。”刘主任说着，把门掩上了，“当年事情被肖伟那么一闹，给医院造成的负面影响很大，医院承受不了压力就把曾医生调走了。现在曾医生好不容易从过去的阴影里走出来，你们又想拿她做什么文章？”

“我们想拿她做文章？”张一平一副你有没有搞错的表情，“是她先做错事的好不好？她如果做好了医生的本分，肖标不会死，那谁会谴责她？”

“你怎么知道，她当时优先救治了肖标，肖标就不会死？”刘主任反问。

“你……”

“你们不在车祸现场，根本不知道实情，就别乱说话随便指责人。”刘主任不满，“又是听了肖家人的一面之词就想当然了吧？”

“并不是一面之词，我还找过当时知道这起车祸的其他人，他们都是这么说的。”张一平辩解。

刘主任叹了口气，“既然你们已经提前调查过了，那你们知不知道，当时曾医生选择第一时间救的人，是谁？”

“是谁？”

“她的女儿，不到15岁的二女儿。”

张一平跟项维一下愣了。

“是的，我们都承认，当时曾医生是有私心，她想救活过来的，是她女儿，不是肖标。我们能指责她吗？在那种情况下，如果是你们，你们是选择第一时间救你们的亲人，还是第一时间去救一个陌生人？”

“可是，可是……”张一平语无伦次，“可是，肖标才是那个有机会活下来的……”

“谁告诉你，肖标活下来的几率大，而曾医生的女儿活下来的几率就小了？生死面前，这种概率，谁会有十足的把握确定谁就一定救得活，谁就一定救不活？”

张一平闭上了嘴巴。

“更何况，当时曾医生并不是以一个医生的身份出现在那里的，她只是作为一个母亲，陪同她的小女儿出行，却遭遇了这种灾祸，难道你们就没体谅过，作为一个母亲，她的心情是怎么样的吗？”刘主任叹息道，“她那么努力地想把女儿救回来，最终还是失败了。在这个母亲失去女儿无比悲痛的情况下，还要被社会舆论扣上见死不救的帽子，你觉得，曾医生当时的处境是怎么样的？”

张一平与项维彻底沉默了。

门外，一直站着没动的曾凡君擦了一下眼角，走开了，在走廊上被一名护士拉住了手。

“妈，你怎么了？”

“没事。”

13

“所以，事到如今，都那么多年过去了，肖家的人还不放过曾医生吗？”刘主任问。

“其实，并不是这样。”项维有点难堪地开口，“我们是在调查肖伟的死。”

“肖伟死了？”刘主任惊讶道，“那你们为什么会查到曾医生头上来？”

“我们在肖伟的体内发现了琥珀酰胆碱残余，而且，现场也没有发现他是不小心摔下来的痕迹，而更像是，被人注射药物后，从树上推下来的。”

“这……”刘主任看着两人怀疑的眼神，很快明白过来了，“你们是在，怀疑曾医生？”

“没错，如果肖伟找到了曾医生，而且事情要是如你所说的那样，曾医生是有杀害肖伟的动机的。”项维道。

“对，而且她还有权限接触到琥珀酰胆碱。”刘主任点了点头，“那，肖伟是什么时候遇害的？”

知道肖伟的遇害时间是早上七点到八点后，刘主任翻了翻出诊记录，立马就否定了曾医生是凶手这件事，“不可能是曾医生干的，你们看，那天的那个时间段，曾医生根本没可能出现在那里。”

出诊记录显示，那个时候，曾凡君所在的医疗小组在施行手术，一直到下午才结束。

医疗小组的其他成员，以及当天值班的工作人员，也表明曾凡君有确切的不在场证明。

难道真的不是她干的吗？

“那个，我说，会不会是肖伟自杀，然后想嫁祸给曾凡君呢？”张一平问。

“不太像。”

假设肖伟是自杀，而且想把自己的自杀伪造成谋杀，嫁祸给曾凡君的话，不一定要用曾凡君才能够接触到的琥珀酰胆碱，他只要在自己的自杀现场随便留下一些曾凡君的物品，就可以把嫌疑引向曾凡君了。

而且，肖伟被发现时的现场实在不像是自杀现场，而更像是意外事故现场。再加上，这种药物起效很快，如果是肖伟给自己注射了琥珀酰胆碱，他根本来不及把注射后的针管处理掉。对了，就是这一点，在那种情形下，自我注射后，药剂管跟针筒应该都落在现场，很容易被人发现才是，但首先到达现场的项维和张一平，并没有发现这些东西。

难道另外有人，在肖伟注射了琥珀酰胆碱后把他推下去，顺便带走了药剂管跟针筒？

而且琥珀酰胆碱不是轻易就能拿到的药物，肖伟在花城人生地不熟，是怎么把这药物拿到手的？而且，如果肖伟想嫁祸曾医生的话，为什么要采用这种被人体吸收后，几乎无法被发现的药剂呢？

“还是必须解释肖伟身上出现琥珀酰胆碱的原因，查清楚这一点，或许事件就清楚了。”项维搔头。

“怎么查？”

“再去医院一趟，说服刘主任帮我查一下最近曾凡君有没有领过琥珀酰胆碱。”

14

当项维再次找到刘主任，请求其配合调查药剂的事情时，一向和颜悦色的刘主任拉下了脸：“琥珀酰胆碱是严格控制的药剂，每次使用前都必须填写申请书并做登记，曾医生是不可能随便领取得到的。你现在是故意来指责我们职责失当吗？”

“既然你相信曾医生跟肖伟的死无关，那么确认一下药剂登记，不是可以更好地证明曾医生的清白吗？”

刘主任无奈地把项维带到了药物管理处，管理员一听项维提起琥珀酰胆碱的名字，有点紧张，反问刘主任：“最近，你们科不是领走了一支吗？”

“对，我记得就一支，库存数呢？我看看。”

管理员吞吞吐吐起来：“那个，好像，不知道哪个科系的人，多领了一支。”

“那你找相关的医疗小组问过了吗？”

“问过了，没人承认多领了。”

“是被人偷了吗？”

“我可以看一下领取单吗？”项维插了一句。

药剂领取单上最后签名领走琥珀酰胆碱是曾凡君，除此以外没有其他人动过放药剂的柜子。今天管理员来交接的时候才发现有药剂丢失。

毫无疑问，那个时候，应该是曾凡君拿走了两支药剂，一支用于手术，另一支，当然是用在肖伟身上了。

刘主任有点震惊，脸色也变了，“不会的，那个时候，曾医生一直跟我们在手术室里……”

“或许她中途溜出去过，或者，她收买了别的什么人，替她干了。”项维道。

“不，你先等等。”刘主任摇着头，一只手扶在桌子上，“我先去把曾医生叫来，问清楚了，再告诉你。”

曾凡君被传呼到刘主任办公室，进门之前，看到了守在一边的项维，脸色又变得难看起来，进门的时候，重重地关上了门。

片刻后，他们听到办公室里传出重物落地的声音，一下都竖起了耳朵，但除此动静之外，什么声音都没传出来。

约莫六分钟左右，门啪的一声开了，曾凡君从办公室走出来，看着他们，脸色苍白，眼睛里却都是绝望。

项维与张一平下意识地站直了身子。

“曾医生，五年前的事情，我很同情你，不过……”

“是我杀的。”曾凡君注意到了办公室前有不少好奇的病人、医生，还有护士都朝这边张望。众多探究的视线中，有一道熟悉的视线，充满了疑问跟不安。她快速地打断了项维的话，说：“是我偷偷领走了琥珀酰胆碱，在手术过程中去见了肖伟，然后杀了他的。”

“所以我一开始就说你脱不了干系，我说对了啊！”张一平显得有点得意，“跟我们去公安局吧？”

“不用你们送，我会去公安局自首的。”曾凡君说着，趁更多人注意之前，急匆匆地就走，“我现在就去。”

项维没想到事实败露后，曾凡君毫不辩解，总感觉似乎过于顺利了。

他回头，看着办公室里瘫在座位上的刘主任，刘主任面如死灰，朝他有气无力地摆手，示意他们离开。

看来，刘主任相当信任曾凡君，发现了曾凡君背弃了自己的信任后，深受打击。

15

项维与张一平目送曾凡君走进了公安局。

当天夜里，在他撰写第二天的专栏报道时，电视上便播出了本市曾姓医生涉嫌谋杀的报道。

“啊，可惜，不是你的独家报道啊！”张一平道。

“对啊，不是。”项维看着新闻画面，点点头。

“虽然这么说有点过分，不过，估计肖伟的母亲会觉得总算大仇得报了吧？”

项维继续点头，点到一半，忽然停了下来。

“怎么了？”

项维问：“肖伟跟曾凡君，为什么要爬到那么高的树上去？”

张一平愣了。

“曾凡君已经五十多了吧？她一个医生，又是女人，怎么爬到树上去的？”

“是肖伟胁迫她爬上去的吧？”

“为什么？”

张一平想了想，摇头。

“如果曾凡君一开始就想把肖伟从树上推下来制造意外事故的话，应该是曾凡君怂恿肖伟爬上树去的，但，借口呢？曾凡君是怎么把肖伟骗到树上去的？”项维越想越觉得奇怪，“如果曾凡君想要杀死肖伟的话，以她的年龄跟身体状况，再加上手里有琥珀酰胆碱，她大可以制造其他条件谋杀了肖伟吧？为什么那么费劲地跟肖伟爬到树上去，而且凶手如果是曾凡君的话，那肖伟的举动也很奇怪。”

“怎么说？”

“你之前不是也分析过吗？像肖伟那种年纪的男人，既然没什么闲情逸致跟另一个男人坐在树上看风景，那就更没什么闲情逸致跟曾凡君这个仇人坐在树上谈天说地了，对吧？”

“你是说？”

“害死肖伟的人，应该是个比曾凡君要年轻得多的女人。”

“你是说不是曾凡君干的？那她为什么要顶罪？”

“问得好。有什么年轻女人能重要到让曾凡君自愿顶罪？”

张一平想到了什么，眼睛一亮，“女儿！刘主任说，五年前，车祸里曾凡君没有救活的是二女儿，那么她就还有一个大女儿。”

“对的，而且，她的大女儿林燕婷还跟母亲在同一家医院工作。”

“你怎么知道？”

“新闻上说的。”项维一手指了指电视，一手拿起了外套，“我们必须去曾凡君家一趟。”

项维与张一平在曾凡君家扑了个空，于是马上报了警，让警方追捕林燕婷，随即两人又去了医院，找到了刘主任。

刘主任看两人去而复返，叹了口气，“你们，就不能不管这事了吗？”

“你知道曾凡君不是凶手？”

刘主任点点头。

“是她协助她女儿拿到琥珀酰胆碱，然后让她女儿杀死肖伟的吗？”

“不，不是，你们，都把曾医生想错了。”刘主任摇头，“相反，是林燕婷以母亲的名义去领琥珀酰胆碱的时候，多领了一支。估计在那之前，林燕婷就遇见了肖伟，于是策划着要杀死肖伟了。我们看到的登记表上的名字，是曾医生没错，字迹也很像，但不是她，是林燕婷。”

“当时你就明白了，而你却隐瞒着我？”项维难以置信，“你这是知情不报，包庇凶手。”

“当时……”刘主任懊悔道，“曾医生她，她一知道是自己女儿偷领的琥珀酰胆碱，就求我别把真相说出去，她愿意替女儿顶罪。”

“所以你就从了？”

“她说，五年前，她救不了小女儿，至少现在，她有机会救下大女儿，她就差没在我面前跪下来了……”刘主任不忍说下去。“但我没答应，是后来她改口说，给她一点时间，让我先别把真相告诉你们，等她说服林燕婷了，她就让女儿去自首……”

“而去公安局自首的仍旧是曾凡君本人，她……”项维与张一平均意识到了什么。

曾凡君之所以跟刘主任那么说，是缓兵之计，她其实是在给自己女儿争取逃跑的时间。

糟了，林燕婷要潜逃了。

16

曾凡君看着拘留所里的天花板，心里祈祷着，希望自己的女儿已经逃出了花城。

五年前，她没有办法把小女儿救回来，但希望至少今天能让她救下大女儿。

即便，让她赔上性命，她也要保住这唯一的女儿。

这是她身为母亲，能为自己的女儿做的，唯一一件事情了。

曾凡君的耳边似乎又听到了肖伟的咒骂声，那些咒骂，把她带回了五年前的车祸现场。

那天她和女儿坐大巴车是打算去动物园的。车上放的音乐很大声，医院主任打来电话，她必须讲话很大声对方才听得见。然后就在那一瞬间车身就受到了撞击，她看着女儿擦着自己飞了出去，随即天旋地转，然后一片黑暗。

等她醒来的时候，发现后背火辣辣地疼，但此刻她的注意力并不在自己身上。“燕玲，燕玲？”她挣扎着想站起来的时候，才发现自己的腿也受了重伤，无法支撑起自己身体的重量，她几乎是跪着一步一步挪到了自己女儿所在的位置。

玻璃碎片跟碎石划破了她的大腿，她好像丝毫没有察觉。她把小女儿抱在了怀里，看到女儿的身上被划破的衣服露出的伤口，血汩汩地流着，而头颅上青一块紫一块，虽然残存着一丝意识，但眼神涣散，已经说不出话来。

“燕玲，妈在这儿，别怕，妈就在你身边，你不会有事的。”

曾凡君很快地检查了一遍女儿的身体，然后撕下了自己的衣服，把流血的伤口先包扎起来了。

“燕玲，别怕，妈救你，妈会救你的，别怕。”

“你是医生对吧？我刚才听见你打电话了，你会救人对不对？”不知道从哪里跑出来一个男人，头破血流地突然出现在她面前，看着她对女儿施救，有点着急，“求求你，给我弟看看，他快不行了，你帮我救救他！”

曾凡君置若罔闻，手摸了摸女儿的额头，发现体温在急速下降，呼吸微弱了下去，瞬间慌了神：“燕玲，要坚强一点，撑住，救护车很快就来了，燕玲……”

“我说，她已经没救了，你去救救我弟，阿标他——”男人抓住了她的手。

“你说谁没救了？你说谁没救了？燕玲会没事的，燕玲她一定会没事的。”曾凡君一把甩开了男人的手，愤怒地咆哮了起来，“你走开，别在这儿妨碍我救燕玲！”

曾凡君的眼泪簌簌地流了出来，她发现女儿的呼吸几乎消失了，于是用力按了按女儿的胸膛，开始给她做口对口的人工呼吸。

“燕玲，你不会有事的，妈不会让你有事的。”

在曾凡君用双手再去按女儿的胸膛时，一把刀子架在了她的脖子上。

“你，你这混账医生，她已经没救了，你没看到吗？去救我弟，快去！”男人狰狞地威吓，“不然，你就跟你女儿死一块儿去算了！”

“那你杀了我吧，杀了我！”曾凡君看着女儿苍白的脸，哭着吼了出来，“让我跟我女儿一块儿死算了！”

“你他妈的是什么医生？见死不救，你会不得好死的，要是我弟弟有什么三长两短，我绝对不会让你有好日子过的，你这臭女人！”

等他把她拉到重伤的弟弟面前的时候，弟弟已经停止了呼吸，他手中的刀子掉到了地上。

“是你害死了我弟，是你害死了阿标。”男人的双眼变得通红，“你个混账女人，是你，都是你的错，是你害死他的，你这个凶手，凶手！”

曾凡君抹去了眼泪，听到救护车由远而近。

她看着躺在一边死去的女儿的脸，心渐渐麻木了。

凶手？

她吗？

凶手就凶手吧，如果可以换回女儿的性命，她被人当作凶手也无所谓。

可是，为什么，燕玲你还是活不过来呢？

都是妈不好，不该在那天带你坐那辆大巴的。

要不是妈妈带你去坐那辆大巴，你就不会出事了。

曾凡君拭去了眼角的泪水，看着项维坐到了自己面前。

“我不会告诉你我女儿的下落的。你说我是从犯也好，窝藏罪也好，我都不会告诉你燕婷去了哪里。”

燕婷是她唯一的女儿了，她是母亲，她要保护她，不计一切代价保护她。

即便，她真的变成罪犯。

项维张了张嘴，原本想问的问题没能问出口，好一会儿，才问：“那你，知道你女儿林燕婷，为什么要杀死肖伟吗？”

曾凡君苦笑了一下，却有泪光在眼角闪烁。“这些年，苦了那孩子。”

17

林燕婷她曾经拥有着一个幸福美满的家，那个家里，充满了多少欢声笑语。

有严肃能干的父亲，有温柔的母亲，还有，活泼可爱的妹妹。

但，一夜之间，这个家全毁了。

妹妹死了，再也不会对她撒着娇地叫姐姐了。母亲垮了，在为妹妹的死愧疚之外，还要背负见死不救的骂名，原本年轻得不像做母亲的人，短短几天就仿佛苍老了十岁。而父亲，因为忍受不了失去最心爱的女儿之痛，和母亲名声败坏后带来的舆论压力，最终崩溃了。失控之余，竟然对母亲说出：“都是你不好，你既然见死不救，那好歹，要把我们的燕玲救回来啊！”之后给了母亲一纸离婚协议，便再也不出现了。

那一刻，她看到遭受责难的母亲眼里流露出来的绝望，让她心惊胆战。

就在那天夜里，她及时发现了寻死的母亲，把她从鬼门关救了回来。也是从那天起，她就一直守在母亲身边，生怕一个疏忽，她便会没了母亲。

她已经失去了妹妹，失去了父亲，但决不能再失去母亲。她不能懦弱，她必须坚强，她必须要保护母亲。

她已经记不清，自己用了多少天，总算让母亲将寻死的念头放下。她也不想再度回忆起那种痛苦。

那种随时可能会失去母亲，留下自己孤身一人在世上的焦虑不安，还有不得不伪装坚强的无助感。

总算熬过来了，母亲能重新振作起来就好了。

林燕婷双眸通红，眼泪流了出来。

出事的那段时间，刚好是她上大学期间。

天知道，看着其他人都在无忧无虑享受校园生活，参加丰富的社团活动的时候，她心里有多羡慕。

然而——

林燕婷擦了擦眼角，深深呼出了一口气。

母亲没事就好了，其他的都不重要。

母亲调职到了花城，远离了伤心之地，远离了是非之地，气色，也一天比一天好转起来。

她也完成了学业，进入了母亲工作的医院就职。

眼看着一切都好转了，却有人还想来破坏她们好不容易恢复如初的生活。

林燕婷的眼里充满了仇恨。

18

肖伟，她永远记得这个名字。

就是这个该死的男人，捏造母亲见死不救的罪名，抨击母亲失职，鼓动那么多的人——那些不用脑子自己思考，跟风谩骂的人，把母亲说得一无是处。

所以那天当她在医院前台听到这个肖伟打听自己的母亲时，听到他言语中流露出的对母亲的不敬以及轻慢，怒气一下从脚底蹿上了头顶。

肖伟，那个让她家支离破碎的罪魁祸首。

他现在还来做什么？寻仇？开什么玩笑，明明她们也是那场车祸的受害人，为什么他不去找真正的肇事者，却偏偏在毁了她一家生活的五年后，还想来找麻烦？

不能让母亲知道这个男人出现的事情。母亲好不容易振作起来，不能再被他拖进那么悲惨的境地。得在母亲看见他之前，让他离开。

“你在找曾医生吗？我是跟她一个科系的护士，她今天没有上班。”林燕婷截下了肖伟。

“那她家在哪儿？”肖伟使劲拍了一下柜台问。

“真是不好意思，这属于医生的个人隐私，我们无权透露。”林燕婷强行压下了心里对肖伟的厌恶，“不知道你找曾医生有什么事？是要看病吗？需不需要我推荐别的医生给你？”

“我是来找她偿命的！她做过的事情，你们都不清楚！”肖伟瞪圆了眼吼了一声。

胡说，母亲做了什么，我都清楚。倒是你，你这个可恶的男人，仗着受害者的身份做了多么恶劣的事，真是可恶。

“我们做护士的当然不清楚医生的事情。如果你跟曾医生有纠纷的话，你可以直接向我们医院投诉，医院方面会处理的。”

她要告诉刘主任，这个污蔑人的无赖又找上门来了，让他帮母亲处理这个煞神。

“哼，我可不信你们这个什么医院方面的说辞，你们只会互相包庇，什么时候为我们这些患者说过话了？不行，把她给我叫出来。”

“先生，我跟你说了，曾医生今天不上班。”

“那她什么时候上？”

“那我就不清楚了。”林燕婷失去了耐心，转身便走，经过保安身边时，说了一下情况，然后就看到肖伟被保安撵了出去，林燕婷心里舒了一口气。

但让她没想到的是，第二天，肖伟又出现在了医院大门口。

这个纠缠不休的家伙。

“哎哎哎，小护士，是你吧？昨天是你让保安赶我走的，对不对？”肖伟一眼认出了林燕婷，“好啊，我就知道，敢请没医德的医生，这家医院肯定也好不到哪里去，你们这些做护士的，也是黑心肠。”

“肖先生，你别血口喷人，谁没医德了？谁黑心肠了？”林燕婷忍不住生气，反驳道。

“嘿，你还有理了？”

“我怎么没理了？医院本来就是给人看病的地方，你不看病，来医院做什么？”

“不就是要找那个曾医生吗？”

“那我不是说了曾医生不在吗？你死缠烂打有碍观瞻就算了，还影响了病人的情绪，我叫保安赶你走不对吗？我也跟你说了，你要是跟曾医生有纠纷，你可以向医院投诉啊，或者，报警也行，你倒是去投诉啊，去报警啊！”

“嘿，你这小护士，看不出你年纪轻轻的，嘴巴倒是厉害。”

“我嘴巴厉不厉害关你什么事，给我走开！”

“唉，小护士，你啊，是年纪小，别被缺德的医生给骗了，那个曾医生不是好人——”

“你给我让开，我不想听！”林燕婷推开了肖伟，径直走进了医院。

“哎，等等，小护士，你说你跟那个曾凡君是一个科室的，能帮个忙——”肖伟看到坐在一边的保安站了起来，冲自己走过来，于是呸了一口，转身悻悻然离开了。

第三天，因为值早班，林燕婷比往常更早地到了医院，正看完日程安排准备处理事务的时候，听候诊室的护士说起有个要急诊的病人，她一看病人的名字，就明白了，一定是肖伟问清了母亲行医的部门，直接挂急诊号进来等着见她了。

"还有完没完了？这个蠢货！"

林燕婷意识到，肖伟不见到母亲，是不会善罢甘休的。

只是，如果真让肖伟继续污蔑母亲，那母亲她——

报警吗？

不，不，没有用，报警只会重蹈覆辙，一报警，那个肖伟一定会把事情闹得越来越大，就跟五年前一样，那样母亲会再度身败名裂，她们好不容易过上的正常日子就会——一想到好不容易平静下来的生活，要再度被人破坏，林燕婷眼神变得冰冷起来，决定不能让肖伟得逞。

林燕婷看着桌上的药物清单想，肖伟，别怪我，这是你自找的。

林燕婷以母亲的名义，去拿做手术用的琥珀酰胆碱，领的时候，偷偷地多拿了一支，这才去见肖伟。

19

林燕婷说曾医生还没上班，以赔罪请客吃饭为由，把肖伟骗出了医院。

"小护士，不是我说你，你是刚进医院工作没多久吧？我跟你说，这医院的黑幕可多了去了，有好多医生都不负责的，还有私底下拿红包的……"

肖伟吃饱喝足了，以一副过来人的口吻说着，具体说了什么，林燕婷一点也没听进去。她满脑子想着要怎么把肖伟处理掉。原本经过一段时间的冷静期，她都有点动摇了，不料这个时候，肖伟又提起了那起车祸的事情。

"就拿那个曾凡君来说，我告诉你，她可不配做医生，她以前在我们县城做医生的时候，害死了我的弟弟，你被蒙在鼓里都不知道，她就是个凶手。”

胡说！

林燕婷原本消下去的怒意渐渐又升了起来。

“她根本没有资格当医生，小护士，你是不知道，我弟弟啊，阿标他……”肖伟说着，抽泣起来。

林燕婷的目光冷冷的，听他提起自己的弟弟，讲述那场车祸中的遭遇。她脑海里忽然浮现出了几乎被刻意遗忘了的，在车祸中丧生的妹妹——玲玲。

事情发生得太突然了，得知妹妹的死讯没多久，哀痛还没散去，她就被母亲失职的负面影响打击得终日惶然。她走在路上，也会被认识的人议论纷纷。面对失去生存希望的母亲，以及被折磨得性情变得暴躁的父亲，心力交瘁的她，从来没有足够的时间，去缅怀那个失去的妹妹。

而现在，她想起来了。

想起来，他们明明也是那场车祸的受害人，却偏偏阴差阳错地，变成了加害者，承受了那么多的流言蜚语，以至于他们，都遗忘了在那个时候丧生的妹妹。

可怜的妹妹。

玲玲。

眼泪，从林燕婷的眼角大滴大滴地掉落下来。

“是吧？你也觉得我们很可怜，对吧？都是那个曾凡君害的，她可不像你，这么有同情心，她啊……”肖伟停了下来，从桌子上抽起了一张纸巾，递给林燕婷，“来，擦擦，我啊，现在想起我弟的事，想哭都哭不出来了，泪早就流干了。”

林燕婷没有接过肖伟的纸巾，直接用手擦去了自己的眼泪，“我，我想先去走走，再回医院。”

“可以，可以，我陪你。”

林燕婷把肖伟带到了医院附近的公园。

以为打动了林燕婷的肖伟，依然在一边喋喋不休地说着自己弟弟的往事。

“我家阿标啊，可是从小就很厉害的，读书比我厉害，连玩游戏也比我厉害，就比如说……”肖伟忽然指着小径旁边的那棵大榕树道，“爬树！爬树他也比我这做哥哥的爬得高。”

林燕婷抬头看着那棵大榕树，心头一动，快步走到了榕树前面，说：“我爬树也很厉害的。”

“你，你一个女孩子，怎么可能？”

“以前我跟我妹妹还比过谁爬得快呢！”提起妹妹，林燕婷的心抽痛了几下，她不由分说地爬了起来，很快，她爬到高高的树枝上，冲树下的肖伟喊：“上来啊！上面风景很好看的。”

肖伟笑了笑，敏捷地爬了上去，与林燕婷坐在了同一根树枝上。

肖伟不知道，林燕婷在他爬上来的时候，偷偷准备好了琥珀酰胆碱药剂。趁两人闲聊的空隙，林燕婷将药剂注射进了肖伟体内，肖伟的身体抽搐几下后瘫软了下去，林燕婷扶住了他的身体靠在了树干上。

她看到了不能言语的肖伟眼睛里流露出的震惊、恐惧与愤怒，她一边把用过的针筒收到挎包里，一边说：“我一直都没有跟你讲，我叫林燕婷，是曾凡君的女儿。”

“我妈做过什么，我知道得比你更清楚，我现在跟你说，我妈没做错，错的是造成车祸的人，还有你。

“你真是个可笑又可悲的人！你以为只有你失去了弟弟吗？我妈，我们一家，也同样失去了我妹妹，但你却忘记这一点了吧？而且，比起遭受车祸里丧亲之痛的你，我们家，还遭受了更大的悲痛，不，是耻辱，你知道吗？是你带给我们家的，比丧亲之痛更痛的耻辱，你当然不会知道，像你这种猪脑子，绝对不会知道！

“你应该感谢我，没有让你遭受同样的痛苦，而给了你一个痛快。”

林燕婷冷冷地说完，轻轻一推，就把毫无抵抗力的肖伟推下树去。

咚的一声，重重撞击在地面的声响，让林燕婷得到了解脱，整个身子一轻。

20

吱的一声，门开了。

林燕婷回头，看到了一位衣装整洁的男人，带着一名医生走了进来。

“是她？”医生问男人。

“是我。”林燕婷点点头，站了起来。

医生缓缓走到她面前，脱下手上的白手套，捧住林燕婷的脸，顺着脸庞的骨骼线条摸了一遍，再看了看她头部的形状之后，又把白手套戴上了。他打开办公室后的保险柜的密码锁，从里面找出了一堆相片，摊开，从里面找出了几张相片，递给了林燕婷。

“你看看，你想要哪个？”

这是事情败露后，母亲托关系安排的潜逃之路。

在目前全国通缉的情势下，警察肯定也考虑过她潜逃到国外的可能性，她不可能安然无恙地过关的，必须换个身份，换张脸。

在花了重金后，她被这个叫作江先生的男人，带到了这里，晾了她两个小时，才带回来了一个穿着手术服的男人，想必这就是为她动刀的医生了。

而这些相片上的人，就是未来她的第二身份了。

换了谁的脸，就用谁的身份。

林燕婷指着一张照片，皱了下眉头。

“能知道她们是什么身份吗？就是我将来的身份？我有选择的权利吧？”

江先生向她伸出了手，示意给钱。

“你明知道我现在没钱。”

江先生耸了耸肩膀。

“那，就她吧。”

林燕婷反复看着那些相片，好一会儿，才相中面相较为姣好的一张，嫌弃地看着右眼边的那颗黑痣，迟疑了一下，最终还是把这张相片挑了出来，把其他相片还给了医生。

医生把剩下的相片重新放回保险柜，锁上，这才端详起林燕婷选的那张相片，许久，点头道：“选得好。”

第五章　钱钱钱钱

1

液晶屏幕上正显示着，在一个仓库里，堆得高高的四四方方的一堆钱，一个胖子看了一眼，转身，一下躺了下去，而后，他的伙伴如法炮制地躺在胖子身边。

祝小福瞪大了眼睛看着屏幕，然后飞快地跑进自己房间，翻箱倒柜找了一番，找出了以下几样东西：一个存钱小猪、两张十元、三张二十元、一张五十元、一张一百元，还有几张是一元跟五角、一角的散钱。

祝小福把那张一百元拿了起来，想了想，把它放到了地上，背对地面压了上去，面朝着天花板，扭了扭身子。躺了好一会儿，他坐了起来，看着留在地上可怜巴巴的那张百元钞票，悻悻地哼了一声。

他跑进了父母的房间，经过一翻“洗劫”后，只发现了三张百元钞票，他干瞪眼地看了房间里的保险柜好一会儿，踢了一脚，又跑回了自己房间，拿起自己的那一张一百，翻来覆去地瞧，拿出纸跟笔写起了什么。

一张一百元钞票长15.6厘米，宽7.7厘米，厚度大概1毫米不到，估计，四张，不，五张才够一毫米。

祝小福把四张百元钞票叠在一起用尺子测量了一下，记下了“5张=0.01厘米”，然后开始起身，背靠墙，开始测量自己的身高，还有身宽，手伸开多长，并拢多宽。

身高145厘米，肩宽50厘米，双手伸长，大约，也是145厘米，所以……

祝小福刷刷地算了起来。

也就是说，最少需要长度为10张百元大钞，宽度为7张，才能铺成一张自己能躺上去的“钱床”，但厚度如果是薄薄的一张是压根没什么感觉的，至少，像露营的垫子那样3厘米以上才能睡得舒服，那就是说，铺成床的每一沓百元钞票至少需要150张，那需要的钞票大约总共是……

祝小福托着下巴，看着最终算出来的数字，皱起了眉头。过了好一会儿，才重重地唉了一声。

2

要上哪儿去弄这么多钱呢?

祝小福伤透了脑筋，看着时间差不多了，背上背包，打算出门。

一出门，便看到一高一矮两个男人朝这边走了过来。

“哎，我说，你为什么不学学福尔摩斯呢?你看看，人家学识多渊博，上知天文下知地理，活脱脱一个现代诸葛亮。你啊，跟福尔摩斯比也好，跟诸葛亮比也好，水平真是差多了。”一平翻着本《福尔摩斯探案集》，边走边说。

“我说，你知道福尔摩斯那年头，英国本土面积有多大吗？大概二十四万平方公里吧。你知道诸葛亮那时期的蜀国有多大吗？大概有一百多万平方公里吧。你知道现在中国有多大吗？大概九百六十多万平方公里吧。要真的比上知天文下知地理，福尔摩斯知道的那丁点儿地方的东西有什么好了不起的？诸葛亮可是比他强多了。至于我，我能掌握目前这九百六十多万平方公里的天文地理，那就是天才了。问题是我不是天才，我只是个比一般人注重细节的平凡人罢了。从目前来看，除非是电脑程序，否则能把我国国土这么辽阔的地理天文水脉气候记得清清楚楚又一丝不差的，还能从细节就能把一个人从将近十四亿的中国人里准确定位身份以及生活习惯的人，很遗憾，我不认为会有这种人存在。”项维摇头，“再说，福尔摩斯也不过是个虚拟的人物才那么厉害的，现实生活中出现这种人的概率微乎其微，我也没必要跟他学。”

“啧，说得好像自己不是个虚拟人物似的。”

“你说什么？”

“啊，没有。”张一平合上了书。

“怎么忽然看起这种书了？”

“我最近不是跟着你调查了不少案子吗？所以多看看，学习一下人家是怎么查案的。”张一平不好意思地笑道，“我说，要是把你的调查也写成这种书怎么样？”

“有必要吗？”

“啊，认真想想，确实是没必要。”张一平把头发往脑后梳过去，露出了高高的额头。

“为什么？”

“因为你不是天才，也不能干啊。你既不像福尔摩斯聪明绝顶，又不像我能靠脸吃饭。你长得很‘寡淡’，性格也‘寡淡’，又不高冷，又不面瘫，是丢在人群里就不见了的那种不起眼的货色。估计读者一看完书，就把你给忘了。啊，也许会记得你喜欢戴一顶渔夫帽，说不定他们以为渔夫帽才是你的本体。”

“哈哈哈！”项维苦笑。

“啊，唯一可称道的是你能够明察秋毫，洞悉全局，将真相娓娓道来。可惜呢，别人读的时候以为你张张口就行了，都忘了这是你从你的观察和分析里面推理出来的，是你脑子比一般人转得快，忽略了其实这是你不自夸的隐忍的韬慧个性。所以你的故事写出来了，编辑肯定会说，拉倒，重写，要是不用‘通俗直白’的语言把你描绘得智勇双全、武功盖世，就会被别人说，哎呀，主角也太纸片了，故事也白开水了，肯定是不会受欢迎的，一看就没有读者市场。”张一平抓住了项维的肩膀，看着那张“寡淡”的脸摇摇头，重重地叹了口气，“太遗憾了。”

“所以，让你来做主角就会受欢迎了？”

“也是不可能的。”

“为什么？”

“你还好一点，但像我这么玉树临风、倜傥潇洒的男人，没办法让那些平凡的读者有代入感哪！这年头，写东西不都得考虑一下读者需求吗？”张一平神气地托起了下巴，“所以我不被他们喜欢是理所当然的事情。”

“要是针对女性读者呢？”

“当然也不可能。”张一平很知趣地说，“我嘴巴毒，说不了女性读者喜欢的甜言蜜语，做不了她们的梦中情人。还有最关键的一点是，哥我没有前程似锦的未来，哥我是个啃老一族，我还是有点自知之明的，因为我最喜欢的那类女性，偏偏是最鄙视我这种人的。”

“八——哥，真高兴你能认识到这一点。”

“算了，反正咱走的是高端路线，哥俩活得开心就好了，管其他人那么多干吗啊！”张一平毫不在意地说。走到门前，看到隔壁邻居家的儿子祝小福，笑着朝他扬手，“啊，小胖子，这么巧？去上学吗？”

祝小福把头一甩，哼地一声扬长而去。

“这小屁孩，拽什么拽？”

3

隔壁那家的儿子，那个叫张一平的，真不知羞耻，那么大年纪了，还能把啃老的事满不在乎地说出口，还有脸说自己走的是高端路线，丢死人了，我以后一定不能变成像他那样的人。

那个叫项维的也是，说是什么报刊的大记者，还不是赚不了几个钱，寄人篱下，连个住的地方也没有。胆子那么小还学人家查案，绝对就是糊弄人的。

祝小福想起第一次跟着父母去邻居家拜访的情形。

那个时候漂亮的姐姐还在。本来祝小福性格别扭、我行我素，但看到那姐姐的第一眼，他的眼睛就瞪大了。

哟，不得了了，这姐姐就是他的理想型啊！跟他五岁的时候就给自己定下的未来老婆的类型一模一样。

祝小福原本很不屑跟邻居打交道的，听说了这小娜姐是隔壁邻居的女儿后，接连好几天都催着爸爸妈妈找机会到隔壁串门去。

终于逮到一个机会了，祝小福兴冲冲地跟着妈妈进门后，却首先被屋子玄关的那个身穿警服的人给吓了一跳。

那警察叔叔瞪着一双严肃的大眼，一直盯着他，仿佛早看穿了他的不良意图。

八岁的祝小福哇的一声躲到了妈妈后面："妈！"

怎么回事？来之前也没听说邻居家有个警察叔叔啊！

妈妈看了那警察一眼，扑哧一声笑了，拍拍他的头："是不是你今天在学校惹是生非了，怕警察叔叔来抓你啊？"

"啊，你原来怕这个啊？"张一平走了过来，拍了拍那个警察的肩膀，那警察一点反应也没有，"这只是个假人啊，你居然怕他？胆小鬼！"

才不是胆小鬼，不过是一下没认出来而已。祝小福在心里这么反驳着，看到小娜姐也偷偷在笑，脸一下子仿佛烧了起来："谁让你在这里放个假人的啊！"

"啊，是因为某个曾经住在我家的叔叔怕坏人嘛。是吧，项维叔叔？”一平转身冲着坐在沙发上的男人调笑道。

叫项维叔叔的那个男人冲小福不好意思地笑了笑。

“他一个大男人，有什么可怕的？”

“小福啊，你不知道，以前项维叔叔的父母呢，不幸在一起事故中去世了。无依无靠的他就暂时来我家住了，因为他父母估计是被坏人害死的，那时候项维叔叔年纪小，没力量，所以想找人来保护自己。刚好在看到商场被丢弃的模特，于是就拖了回来做保护神了。这位警察叔叔，可是有名字的，他叫‘顶天立地大大壮’，是项维叔叔给取的，威风吧？可不像你的名字，叫‘小福’，多不够大格局，干吗不叫‘大福’呢？”

“你懂什么？我爸说了，小时候我是小福，上大学了就叫‘中福’，工作了就叫‘大福’，等做爷爷了就叫‘老福’，多有学问的，尔等凡人别乱说话。”

“哟，这小子行啊，这么小就知道掉书袋了，不得了啊。”张一平转身看着妹妹，“哎，不过这主意不错，小娜，你也可以学着点，现在是小娜，等上大学了叫‘中娜’，工作了呢，叫‘大娜’，等你做奶奶了，就叫‘老娜’，怎么样？”

祝母、张父跟项维一起笑了起来。

张小娜一张脸涨得通红：“哥你开什么玩笑？什么中娜大娜老娜的，难听死了。”

不许欺负我老婆！祝小福当时心里这么想，却不敢作声，偷偷看了小娜一眼，伸出左脚用力踩到了张一平的脚上。

“哎呦喂，小福，你踩到我的脚上了，快挪开！”

哼，现在呢，自己的未来老婆才从国外回来没多久，就被人害死了。

没用的家伙。

两个大男人再加一个顶天立地大大壮也保护不了小娜姐，害自己未来的老婆就这么没了。

祝小福擦了擦自己通红的眼睛。

唉，摊上这么个穷亲戚也是没办法，看来以后还得自己这个妹夫关照着他们。

所以目前这种满足自己小小愿望的事情，还是得靠自己想办法。

4

项维摊开今天的报纸，踢了踢瘫在沙发上的张一平，示意他转台到早间新闻。张一平打着哈欠给了项维一个不满的眼神，但还是拿起遥控听话地转了台。

电视上女主持人正在字正腔圆地播报着市内发生的重大新闻："花城银行最近系统升级，在处理储户的储蓄信息时，发现原本储户账号上的7.5万存款变更为75万。当银行发现问题的时候，储户已经分次转走了75万金额。之后银行方面虽然根据存取款记录找到了这名储户本人，并要求其归还那67万多的失窃资金，但储户方面……"

储户却声称虽然他的存折还在，但是与存折绑定的银行卡却找不到了。这就不能确定是储户本人转走了钱。再说，银行监控录像上显示的，利用银行卡转走巨额金钱的，前后共有两个人，看样子似乎是一男一女，都故意用不同方式遮挡着自己的脸部，还戴着手套，完全隐藏了自己。

"我真的不知道自己的卡丢了，早知道的话我早就去挂失了。"报纸上，同样的新闻，照片上大叫冤枉的储户被用黑横条遮住了脸，双手举起了存折，上面的名字账号被打上了马赛克，只显示出三个月来没动过的7.5万积蓄："我只知道我自己的账户里的钱只有这么多，根本不知道什么时候变成了75万。"

"你怎么看？"项维看着电视里的报道，问懒洋洋地瘫在沙发上的张一平。

"无论如何，都是银行的错。要不是他们自己系统出错了，哪里还会出这幺蛾子。最讨厌银行指责说储户丢失银行卡有义务及时挂失。我也经常性地找不到我的银行卡、羊城通啊，不到真找不到的时候，我怎么会知道自己的东西是真的弄丢了呢？”张一平指着储户的脸说，“或许他就跟我一个德行呢！”

“哈哈。对，说得有道理。”

“所以啊，要是他银行卡没丢，银行能顺利找回那75万，那银行好歹也该分个十万八万奖励一下，拾金不昧奖啊，这年头，有这么丁点儿原则的人是大熊猫，应该保护起来的。”张一平嘟囔，“唉，算了，反正不是发生在我身上的，多想无益。”

5

“赚钱？”

祝小福的同学赵明萌看着他，一双眼睛瞪得大大的。

祝小福点点头。

“干吗突然想赚钱了？”

“你管我，快说有没有什么方法好来钱的？”

“祝小福，你这是什么听取别人建议的态度。不是我说，你就一小屁孩，都没成年呢，谁敢用你啊？”

“我小屁孩，你不也是小屁孩？你脑袋比我灵活，给个建议不行吗？咱俩谁跟谁啊！”

赵明萌翻了个白眼。

“上回我们去做小工的餐馆怎么样？”

“还去你叔叔的餐厅做洗碗工啊？不行不行。”

“你嫌累啊？”

“不是嫌累，是那活儿短时间内赚不了大钱。”

“你还想短时间里赚大钱啊？”

“对啊，起码得25万，所以什么搬砖的打杂的活儿别介绍给我了，要能，嗯，就是能赚大钱的活。”

“25万？祝小福，你疯啦？我们不过是初二学生啊，哪能一下子赚那么多钱？你要知道，我还希望你能告诉我呢，让我也赚个25万。”

“你真没办法？”

赵明萌摇头。

祝小福显得有点泄气，一整天都兴致不高，放学的时候，他特意去那些招人的商铺看了一圈，要不写着待遇从优，要不写着三四千起的月薪，而自己压根儿连获得工作的最基本年龄的资格都没有。

“唉！”

要不看谁家有钱，找谁借一下25万，然后还回去得了。

祝小福穿过草坪走到行人休息椅坐了下来，他从书包里拿出了自己的通讯录和笔，托着腮想着，有谁可以借那么一笔钱给自己，然后圈出了几个名字，然后就发呆。“啪”的一声，笔掉到了地上，祝小福只好蹲到地上，四处瞄了一眼，把笔抓到手里的同时，视线无意中落到了后面的架棚脚下。

草坪后面是正在修整的篱笆墙壁，地上都是弃置不管的水泥管跟砖头，祝小福看到半截管道昏暗的环境中露出了什么的一角，像是小动物的耳朵。

等祝小福走了过去才发现原来是个行李袋。

以为能发现什么小猫小狗的祝小福心里有点失望，刚想走，又忍不住看了一眼那个行李袋。

哎，电视上不是老有人梦想成真吗？也有人在外面找到一大袋子钱的，这里面会不会也是一大袋子的钱呢？

祝小福心里这么想着，摇摇头，双脚却像生了根般不动了。

或许，这里面装的就是钱呢？

他还从来没遇见过什么幸运的事，或许这一次，好运就来了呢？

祝小福迟疑了片刻，看四处没人，蹲了下去，心里念叨着：“或许是钱呢，或许是钱呢！”

“哈！”

祝小福大叫一声，然后用手捂住了自己的嘴巴。

拉开的行李袋里，满满的都是百元钞票。

祝小福右手猛地掐了自己的脸一下，掐得太狠了，又疼得捂住了半边脸，眼泪流出来的时候嘴巴却咧开了。

哎哟喂，我的妈呀，不是做梦，真是钱啊！

祝小福马上把行李袋拉上，提起就走。但是装满钱的袋子对于一个初中生来说有点过于沉重，于是他走了几步后停了下来，把行李袋里的钱往书包里面分装了一些，再提起来的时候果然轻松多了。

“嘿嘿，我有钱了！”祝小福乐滋滋地想。

6

项维最后把一瓦煲无花果马蹄炖龙骨汤放到了桌上。

桌子上已经放了四道菜：玫瑰油鸡块，冬菇云耳蒸肉，清蒸加吉鱼，以及蒜香菜心。

项维颇有成就感地看着美味的菜肴，朝客厅喊：“一平，吃饭了！”

“来了！”

张一平扔了手里的杂志，来到了饭桌旁。

“小福呢？”项维边摘下围裙边问。

“他啊，我刚才去他家看过了，还没回家呢！不是被老师留堂了，就是跟他那死党去哪里皮了。”张一平抓起筷子便夹起菜吃了两口。

“没问问他？”

“有啥好问的？”

“好歹小福的妈托我们平时照顾他，你拿人家钱的时候是怎么说的？”

祝小福的父亲在海外工作，母亲是个上班族，平时经常加班加点，没有时间照顾儿子，于是就托一平在自己没空的时候帮忙照顾一下，还给了张一平一笔托管费，包括餐食费跟生活费。

“啧，那小子说过了啊，男子汉大丈夫不喜欢被人约束，我现在是在提供充分的自由给他！”

项维白了张一平一眼，拿起手机，接通了祝小福的电话。

“小福啊，你在哪儿呢？饭都做好啦，快回来吃饭吧！”

电话里传来吭哧吭哧的喘气声。

“哦，项维啊，我忘记跟你说了，我今晚不回家吃饭了，我去赵明萌家吃去了，吃完了做会儿功课再回去。”

“那你几点回来？要我去接你吗？”

“接什么接？男子汉大丈夫需要人接吗？我很忙，没空，就这样。”

项维听着电话那头传出来挂断的声音，愣了半晌。

“看，自讨没趣吧？所以我说，用不着管那小子。”

大概八点过后，项维才听到了隔壁有人回来的声音，他打开门看了一下，刚好看到祝小福满头大汗地拎着什么东西进门，他快走几步，刚伸手去抓行李袋的提手，就被祝小福飞快地连捶了几下：“干什么？你要干什么？”

项维没想到祝小福那么大反应，赶紧把手缩了回去，“我看你提不动，想……”

“想什么想？什么都不许想！”祝小福瞪圆了眼，然后用脚赶紧地把行李袋踢进了门，然后呼的一声关上了。

这小子，有点怪。

项维皱着眉头摸起了下巴。

与他一墙之隔的祝小福抹了把汗，吁了口气，然后把行李袋拖进了房间。祝小福把书包往床上一扔，整个人都跳上了床，高兴得蹦跶了两下：“发达了！”

在床上蹦了几下后，祝小福跳下床，把行李袋打开，从里面掏出一沓沓的百元钞票往上抛："哈哈哈哈，下雨咯，下钞票雨咯！"

撒开的钞票纷纷扬扬地落下，很快铺满了地面。

当把行李袋里的钱都撒完后，祝小福躺在了粉红色的海洋里，他伸开双手划啊划地做仰泳状，然后又在钞票上面滚来滚去。

花了好长时间，这种兴奋劲才渐渐收敛了些，躺着的祝小福抓了一大把钞票在怀里，涨红着脸地闭上了眼睛。

哎，这么多钱，怎么花呢？

首先得分一半给小娜姐，啊！不不不，小娜姐已经死了。那就，分三份，不不，分五份吧，五分之一给那个张一平，谁叫他是小娜姐的哥哥呢，又是个穷鬼，在心里叫了他那么多年姐夫，意思一下，得分一点给他。然后五分之二当然是给爸爸跟妈妈了，自己也要留五分之一。最后的五分之一嘛，给项维吧，那家伙虽然没用，但是很照顾自己。

至于赵明萌，哼，他比自己聪明，以后估计比自己能赚大钱，就不要考虑他了，明天请他吃一顿肯德基就算了。

嗯，就这么办！

祝小福坐起来，边哼小调儿边把钱一沓一沓地扎起来，做完这些似乎想起了什么，把扎好的一捆捆的钞票叠得整整齐齐，然后爬到电脑前面，开机，搜索，把BreakingBad里老白吩咐大胖子转移仓库里的巨款那一集调了出来。

画面里是大胖子与另一个帮手站在钞票前面，而后，大胖子转身，往钞票上躺倒下去。

祝小福也站在自己垒好的钞票前，转身往钞票上躺倒下去。

躺在钞票上的祝小福咧嘴嘿嘿笑了起来。

7

“啥？请我吃肯德基？”赵明萌瞪大了眼睛，“不是吧？祝小福，你向来可都是不舍得在别人身上花一分钱的，说是要存老婆本，将来娶那个，什么，小娜姐的！今天是太阳从西边出来了，还是你今天被附身了？”

“你就说去不去吧！难得我想请你吃一顿呢，唧唧歪歪的，给不给面子？”

“去去去，有吃的当然给面子了，我赵明萌是谁啊？会跟吃的过不去吗？”

片刻之后，赵明萌与祝小福坐在了肯德基，一人捧着一个全家桶吃得痛快。赵明萌抓了一把薯条塞进嘴里，吧唧吧唧吃到一半的时候，腾出来一只手往书包里掏出一个小本子放到了祝小福对面：“给，这顿算你谢我的。”

祝小福正喝着可乐，看到是自己的通讯录，吃了一惊，差点没把可乐全喷出来。“你，这，你从哪里捡到的？”

“什么捡到的？是刘叔叔送过来的。”

“啥？”

今天早上，赵明萌背着书包进校门口的时候，看到有个叔叔站在那里，手里翻着个小本子，不时地大声叫着一个个不同的名字。赵明萌刚开始还以为是哪个班的班主任在点名呢，直到听得仔细一点，才发现大叔念的那些名字，都是自己班上同学的。

赵明萌当即就觉得奇怪了，自己没有在学校看到过这叔叔啊，难道是新来的吗？就算是新来的也不应该站在校门口点名啊，他傻了？

赵明萌看几个被点到名的同班同学都装作没听到的样子进去了，耸耸肩膀，正打算自己不知道这回事呢，然后就从大叔的口里听到了自己的名字。

“赵明萌。”

赵明萌下意识地就站住了，朝叔叔望了一眼，偏偏正好被那叔叔逮住了，冲他笑了笑。

他下意识地就回了个笑脸，而后感觉叔叔手里的那个本子很眼熟。

哟，想起来了，这本子怎么那么像祝小福那死胖子的通讯录？

赵明萌之所以认得出这本子是祝小福的，一是班上就他跟那个孤傲别扭的死胖子走得近，二是这死胖子要自己留下通讯信息的时候，懒得动笔（他以小人之心推测估计是死胖子识字不多，不会写“萌”字）死活要自己亲笔填写上去的，所以他对这本通讯录有印象。

“同学，赵明萌，你是赵明萌？”自称姓刘的叔叔显得很憨厚地说，“我啊，在这附近捡到了这本通讯录，上面只写了你们学校的名字，也不知道是哪位同学的，所以……”刘叔叔为难地翻着通讯录，说道。

所以他就找到学校来，站在门口，想用这样的方式找到失主。

“哦，这是我们同班同学祝小福的，我帮你给他吧，谢谢你了！”

听完赵明萌说的话，祝小福嘴里的麻辣鸡翅一下掉到了地上。妈呀，昨天放学后，他光顾着拿钱，把通讯录落在原地了。那捡到自己通讯录的家伙，会不会就是……

“哎，就是他！就是那个刘叔叔把你的通讯录给我的。你要请他吃一顿肯德基吗？应该好好谢谢他吧？”

祝小福回头就看到赵明萌口中的刘叔叔穿着一身灰色的运动服，戴着一顶鸭舌帽，从眼镜缝隙露出来的眼神里——有股杀气！

祝小福咕嘟咽下好大一口口水，抱着没吃完的全家桶便从肯德基另一个出口溜了。

“喂，祝小福，小气鬼，你别跑啊，你……跑什么啊！”

刘叔叔推门进来，看祝小福跑了，也快步追了过去，经过赵明萌身边的时候，停了下来：“你知道你同学住哪儿吗？”

“干吗啊？不知道。”赵明萌忽然警惕起来。

刘叔叔不再停留，加快脚步从祝小福溜走的出口追了上去。

“唔，有意思。”赵明萌嘎嘣脆地咬着鸡翅，看着祝小福留在桌子上的通讯录，吃得津津有味。

8

完蛋了，完蛋了！那人绝对是那笔钱的主人，他知道自己拿了他的钱，所以就找上门来了！

哎呀，我慌什么啊，我把钱还给他不就行了吗？那笔钱本来就不是我的，而且自己睡钱的愿望也实现了，要不，现在停下来跟他说：“我把钱还你吧？”

祝小福挤在沙丁鱼罐头似的地铁上，偷偷望了一眼暂时被人群阻隔着不能过来的刘叔叔，然后又赶紧别过了脸。

果然，自己没感觉错，是有股杀气。

这叔叔气得恨不得杀了自己呀！

祝小福的余光瞥到那个刘叔叔正使劲往自己这边挤过来，他害怕地也向前挤了过去。幸亏他家离学校只有一个地铁站的距离。

很快叮咚一声，地铁到站了。还没有等地铁停稳，祝小福胖胖的身子就从人群缝间钻到了出口，门一开撒腿就跑。那个自称刘叔叔的男人看他像条泥鳅一样溜了，焦急地从人群里挤了出去，远远地跟在祝小福后头，直到出了地铁C出口，看着祝小福迈着胖胖的两条腿，怎么跑也跑不快，就稍微放心了，一边小跑着，一边拿出了手机。

“是我，我找到偷走我们钱的小贼了。”

9

怎么办？

那个刘叔叔，还在跟着我，再这么继续下去，绝对会跟到我家去的。

然后，今天妈妈不在家，他如果知道我住哪儿，一定会把我杀了，再把钱拿走的。

就跟炸鸡叔对付背叛他的手下一样。

啊，我还不想死啊！

祝小福吓得眼泪都流出来了，吭哧吭哧上了二楼，看到项维与一平站在门口，一下冲了过去。

“啊！是祝小福啊，干吗呢，吓了我一跳！”一平正在开门，项维提着大包小包的菜，注意到祝小福的脸色都青了，嘴唇发白，浑身还微微发抖，一怔，问道：“小福，发生什么事了？”

祝小福抬头，看着项维，眼睛流露着害怕，嘴巴张了张，还没来得及说什么，楼梯口那边出现了个人影，而后很快地又缩了回去。

祝小福只看了一眼，就确定了是那个刘叔叔。

他果然跟到这里来了。

祝小福一下钻到了项维与一平中间。

“干吗……”

“一平，有什么话进去再说。”项维注意到了祝小福的神色，当然也注意到了那个一晃而过的人影。他马上意识到小福确实发生了什么事情，等一平开门后，马上把祝小福塞了进去，而后关上了房门。

项维一关上门，那个刘叔叔就又出现在了楼梯口，望了望一平家的门，冷冷地笑了一声。

“祝小福，你干吗抱着个全家桶跑得满头大汗的，有人跟你抢吃的了？”张一平说着，毫不客气地从桶里挑了块鸡翅吃起来。

“小福，发生什么事了？”项维问。

祝小福把全家桶放到了一边，一下抱住了项维，哇的一声哭了起来：“项维叔叔，救命啊！”

10

“啥？”

就着鸡块听祝小福说完前因后果的张一平，眼睛都直了，“你说，你搬回家多少钱？”

“没数。”祝小福擦了擦眼角，脸上还留着哭过的痕迹，“25万以上吧。”

一平吹了一声口哨，问：“在哪儿？在哪儿？给我开开眼界！”

“一平。”项维制止了一平继续跑题下去，“小福，你是说，刚才那个人，就是失主？”

祝小福点头，说：“他在我发现那袋子钱的地方捡到了我的通讯录才跟过来的。”

项维唔了一声。

“那快趁还给他之前让我看两眼，我还没有见过这么多现金呢！”一平催促道。

“你不觉得奇怪吗？”项维反问。

“怎么奇怪了？”

“如果是真的失主，一般见到了拿走自己那么大笔钱的人，肯定会光明正大地要求我们归还吧？”项维说，“但刚才那人，分明是躲着我们的，所以……”

“所以，那笔钱其实是不义之财？”张一平笑了，祝小福恍然，一大一小互相击了一掌，兴奋地说：“哟，那我们是不是可以把那笔钱留下来了？”

“当然不行，我们又不知道这钱是怎么来的，还有，你们不担心刚才那人来找你们麻烦吗？”项维说。

“怕什么，他就一个人，我啊，能干得过他。”张一平满脸期待，“等把他打跑了，那笔钱就是我们的了。”

“张一平，你这么贪钱啊？你不是说拾金不昧这么有原则的人是大熊猫，很珍贵吗？”

“谁不喜欢钱啊？谁稀罕做大熊猫了？我只在对我有利的情况下才有原则。”张一平不知廉耻地拍拍胸膛，说，“我不觉得自己有多珍贵，也不希望你对我抱有这种误会。”

“我也是，我也是。”祝小福连连点头，“这笔钱本来就是不义之财，就应该拿来救济穷人，我们是穷人嘛！虽然钱是我发现的，但男子汉大丈夫，有福同享，那钱，我们平均分吧？项维你也有一份。”

“唉，你们哪！”项维头疼地说。

11

当天夜里，张一平陪着祝小福住到了隔壁祝家。按照项维的说法是，之前那个男人看着祝小福进了张家的门，他自会以为祝小福是住在张一平家的，反而不会怀疑到隔壁祝家，这样祝小福住回自己家反而比较安全。

小胖子一听要自己一个人待在家里，死活不干，刚好张一平要看看他拿回来的钱开开眼界，于是决定就让一平当晚住过去，万一项维估计错误也有个照应。

“哇！”张一平看着祝小福拉出来的那堆钱，眼睛都直了，“我说，胖子，你床底下藏那么多钱，你睡得着啊？”

“睡得着啊，一想到自己睡在那么多钱上面，睡得可香了。”

“啊，真羡慕你啊，我也想睡钱上。”一平刚说完，想到了什么，跃跃欲试，“哎，能让我试试睡在钱上的滋味吗？”

“你啊？”祝小福上下打量了一下张一平，摇头，“不行，你太高了，钱不够。”

“别管够不够的，先让我试试。”张一平说着，把一捆一捆的钱都拿了出来，铺在地上，躺了下去，虽然只能躺半个身子，也让他哈哈地笑了起来，“啊，果然，感觉不错。”

“傻帽。”祝小福看着张一平坐在那堆钱上笑呵呵的样子，撇了撇嘴，完全忘了自己也曾经这么傻帽过。

12

这天夜里，项维正睡得迷迷糊糊的时候，听到客厅传来轻微的开锁的声音，他一下警醒起来。

“谁？一平吗？”

一平不是说好今晚睡在隔壁照顾祝小福的吗？怎么半夜又回来了？

“一平？”项维披上睡衣，很快地走了出去。等走到门口的时候，那开锁的声音却停了。他忽然意识到什么，正打算开门的手停下来了，转而敲了敲门。“一平，是你吗？”

没有人回应，他透过猫眼观察门外，只来得及看到一个灰色的身影闪到了一边。

不是一平，难道是那个跟踪祝小福到这里的刘叔叔吗？

胆子够大的，明知道屋里有人还敢破门而入。

项维揉了揉太阳穴，明白自己今天晚上是无法睡得安稳了，干脆坐在沙发上，守在门口。

直到天蒙蒙亮的时候，睡在沙发上的项维再度被一声闷响惊醒了过来。

是什么重物落地的声音，从哪儿传来的？

项维辨认了方向，跑进了张小娜的房间，看到窗帘被晨风吹了起来，原本锁上的窗子被开了条缝。

他走到窗边，嘎吱一下推开窗，只看到楼下有个人影一瘸一拐地走了。

是那个刘叔叔。

原来这家伙还没死心，守了一夜，还想爬上来行窃吗?

张一平家就在二楼，楼房是以前的老式房子，小娜的房间外面就是一根通水管，估计那个刘叔叔是从通水管爬上来，撬开了小娜房间的窗户。

不过，怎么又摔下去了?

项维看到了站在窗台旁边的顶天立地大大壮，恍然大悟。看来是那家伙撬窗的时候见到了大大壮藏在窗帘后的身影，因为光线太暗看不清楚，以为房间里有人埋伏等他入瓮，所以惊慌失措摔下去了。

亏得楼房每一层的层高不高，又在二楼，不然非得摔死他。

项维这么想着的时候，就听到客厅的门开了，一平在外面喊："项维，起来没有啊?"

项维从小娜房间走出去，还没来得及说什么，一平就开始调笑他了："我说你啊，一大早跑小娜房间去干什么好事啦?"

"去，你想什么呢?"项维把前因后果说了一遍，末了，嘱咐道："你呢，今天开始得准时接送小福上学放学。"

"换你不行吗?"

"我一宿没睡好，困。"

"真倒霉。"

"你不想分钱了?"

"想！想！"

"那你接不接?"

"接就接呗！"

13

张一平开车把祝小福送到了学校，眼看着祝小福平安无恙地走进了学校，这才开车离开。

原本在校园门口等祝小福的赵明萌看见了之后吹了声口哨："行啊，

祝小福，昨天请吃大餐，今天开始有专车接送了啊，你这是发大财了？”见祝小福脸色不好，又问了一句，“发生什么事了？跟昨天那个刘叔叔有关吗？”

祝小福听赵明萌提起那所谓“刘叔叔”，下意识地弹跳到了一边，嚷道：“赵明萌，不吓人你会死啊，什么刘叔叔，我不认识！”

“哎，不就是那个还你通讯录的刘叔叔嘛，怎么，你想不认账？”赵明萌看他反应这么大，很是奇怪。他把通讯录塞给祝小福后，把手搭在了祝小福的肩膀上，“发生什么事了，还想瞒着我啊？”

“我说没事就没事。”祝小福甩开了赵明萌的手，心里头盘算着，那笔钱已经分成三份了，要是给这家伙知道了，再分成四份，自己身为第一发现人分到的钱可就更少了。

没事？瞧他昨天看见刘叔叔像见了鬼似的，今天马上就让那个大叔（叫什么来着，是这死胖子的邻居吧？）来开车接送了，怎么可能没事？

赵明萌不跟祝小福争辩，但在这一天都冷眼观察着祝小福，发现这小胖子一整天魂不守舍的，果然让自己猜中了，绝对是发生了什么事！

到放学的时候，眼看着那邻居大叔把祝小福接上车，赵明萌也叫了辆出租车，一直跟回了小胖子住的大楼外面，下了车在停车场旁边等着。

问死胖子不说，他倒要看看死胖子能瞒他到什么时候。

当看见祝小福耷拉着脑袋从停车场出来的时候，躲进旁边车棚的赵明萌瞪大了眼睛：那个拎着祝小福衣领一瘸一拐走出来的大叔，不就是那个刘叔叔吗？

这是闹哪一出戏呢？那个邻居大叔呢？

赵明萌正疑惑的时候就看到那个邻居大叔也走了出来，背后还跟着一个魁梧彪悍的陌生男人，看脸，似乎非常不好惹的样子。

祝小福与邻居大叔一前一后被押着钻进了旁边一辆车里。

然后，还懵愣着的赵明萌，在车经过自己面前时，看到一脸惊慌的祝小福哭了起来。

“救命——”

“闭嘴！”

赵明萌看着车开走了，猛地醒悟过来了。

完了，难道是死胖子得罪哪条黑道上的人，现在被绑架了吗？所以死胖子才嚷嚷救命的？赵明萌手忙脚乱，在身上摸了好久，才找出手机，要按110的手颤抖着总使不上劲儿。正在这个时候，他看到有个穿着公安制服的叔叔朝自己这边走过来，慌得一下扑了上去：“警察叔叔，救命啊，我同学被人绑架了。”

“绑架？什么人？为什么？”穿着制服的公安，名字叫莫老大的老刑警问。

14

同一时间，二楼。

项维打开了房门。

门外站着的本应该是附近酒家送外卖的服务生，但这个服务生却没穿着酒家的制服，而且她也不是平时负责这个区域外卖的那个男生。

项维看着毫不客气上下打量着自己的陌生女人，皱起了眉头。

那女人也不多话，把一个手机递到了他面前。

项维很快意识到了什么，飞快地接了过去，“喂！”

“75万，用那75万换回你的……朋友还有小孩。”

糟了。

“他们在哪里？”

“把钱给她。”对方命令道，“我们马上放人。”

“不行，我怎么知道我把钱给她后你们会不会真的放人。”项维看着朝自己摊开手要钱的女人，竭力保持冷静。

“哼。”对方似乎早料到了，“不许报警，不许声张，把钱带到我们给你的地址，一手交钱一手交人。”说完便啪的一声挂断了电话。

项维脸色发白，眼睛死死地盯着眼前冒充服务生的女人。

女人一脸不屑地从项维手里抽回了自己的手机，把外卖递到了项维手上，然后把一张纸条塞到了项维胸口的口袋里，还拍了拍，说：“这顿，算我请你的。吃完了，麻利地把钱还给我们。”

女人听到楼梯间的脚步声，急匆匆地转身就走，刚好跟上楼来的莫老大与赵明萌擦肩而过，当注意到莫老大身上的制服时，女人慌张地小跑着下了楼。等汇进人流中，女人拨了个电话：“是我，我把地址给他了。”

“一切顺利？”

“顺利。”女人想起了自己碰见的那个警察，犹豫了一下，问：“你们有警告那家伙不许报警吗？”

“怎么回事？”

“我下楼的时候，遇见了条子，不知道是不是他找来的。”

“条子？”对面厉喝声起，“你们报警了？”

“没有没有，我们打算私吞掉那75万呢，怎么会那么傻报警？何况你们也告诉那家伙不许报警了，那家伙不会报警的。啊，是楼上的黄警官，我们楼上住着一位黄警官，一定是他下班回家，被你们的同伙碰见了。”张一平连忙解释，“那黄警官五十出头的样子，矮矮壮壮的，你问问看，是不是？”

“没错。”女人听清楚了张一平的描述，“是他。”

“以防万一，你先到第一个接头的地点。”

“好。”

15

“项维，这是怎么回事？”

莫老大在楼下听了赵明萌的描述之后，马上明白过来其中一个是张一平，于是他第一时间上来找项维了解情况。

“他们真的被绑架了？不是闹着玩儿的？”

项维苦笑。

绑架者的同伙前脚才走，后脚莫老大就出现了，还说不要报警呢，这下不报警，警察也知道了。

衡量片刻后，项维将事情原委详细说了一遍。

赵明萌听完，又是鄙视又是气恼：“好你个死胖子，捡了这么多钱居然不告诉我，活该被绑了。”

“你们啊，你们……张一平也就算了，项维你怎么也跟着胡闹呢？”莫老大直摇头，“这就叫作钻进钱眼儿去了。”

“事到如今，指责什么的都没用了，我还是准备钱去换人吧。”项维后悔莫及。

“等等，你能肯定那钱就是他们的？”莫老大问，“万一这钱是黑钱呢？”

“虽然我也怀疑这钱的来源，但是黑钱也是他们的钱，我拿他们的钱能救回一平跟小福就不管那么多了。”

“但我身为警察，知道了就不能坐视不管。”莫老大道，“这样，你先去交钱的地址，我叫上克之稍后就到。”钟克之是莫老大的搭档。

“照你们这么说，对方至少有三个人，我们三个人先去应付他们，要是对方人多，节外生枝，还可以预备警员随时支援。”

“那好吧。”

“那我呢？那我呢？”赵明萌问。

“小鬼头添什么乱，还是赶紧回家去吧。”

“哼。”赵明萌悻悻然。

16

“啧！”

张一平看着被绑在另一张椅子上的祝小福，依然难以相信自己因为那75万被绑票了。

这一天想来还是很顺利的。

早上送祝小福去学校的路上都没发现异常，回到家后也没见人盯梢，楼下经过的路人也没发现谁可疑。自己还以为会风平浪静过一整天，还嘲笑项维的小题大作。下午接祝小福回到停车场之前还是好好的，谁料失主居然埋伏在停车场了，一上来就抓住了祝小福，而自己——面对两个牛高马大的恶棍，好汉不吃眼前亏，所以很识趣地就投降了。

于是他俩就被带到这间昏暗的房子来了。

张一平环顾了一周囚禁自己的屋子，也不知道这是什么地方，看这房子装修也有点年月了，通风不良，还很潮湿，散发着一股枯木腐味，真不想待在这种地方啊！

项维早点来把他们救出去就好了。

按照项维的个性，肯定会带钱来赎人的。不过，事情会发展顺利吧？那些家伙拿了钱之后就会把他们放出去吧？自己跟小胖子知道了他们的样貌，不知道打不打紧，只要自己跟小胖子答应不报警告发他们，应该会没事吧？不过75万而已啊，他们用不着为了75万就打算要了两个人的性命吧？

他们看起来不像道上混的，不会这么凶狠吧？张一平胡思乱想，开始慌了起来。

另一头，祝小福低低地抽噎着：“我以后再也不贪钱了，我以后在外面见到钱也不会捡了，捡了也不要。”

“哭什么哭呢，胖子！放心吧，项维会来救我们的，我们会没事的，你给我镇静一点儿。”祝小福的哭声让张一平心里越发没底。

门在这个时候开了，进来的是一位妇女，穿着朴素，但却很考究。她端着一盘饭菜，分送给了祝小福与张一平。

“真是，抱歉啊，委屈你们了。”

“你觉得抱歉的话就别委屈我们了，”张一平把捆着的双手往女人面前一递，问，“能给我们松绑吗？”

“这……”女人迟疑了一会儿，摇摇头。

“啧，那你假惺惺地送什么饭？我们这样子，你让我们怎么吃？”张一平嘲讽道。

“我……”女人不知道说什么好。

“阿姨，我们把钱还给你！我们一定会把钱还给你的，你放我们走好不好？”祝小福带着哭腔哀求，“阿姨你是好人，放了我们吧！”

女人看着祝小福，想起自己的儿子，顿时起了恻隐之心，刚走到祝小福跟前，就看到门被人打开了，一个声音怒喝：“你跑来这里干吗？”

“我……”女人慌忙退后了几步。

“你给他们送吃的？送什么吃的，他们拿了老子的钱，还想吃老子的？”男人正是挟持张一平上车的黑手，把女人送过来的饭菜一下全扫到了地上，然后抓着女人的头发便往外走，被揪痛的女人双手抱头：“孩他爸，你别这样，疼！”

“疼？这叫什么疼，没了那75万才真叫疼！都是你，头发长见识短，要不是你，怎么会有这些麻烦，你他妈给我好好滚进屋里去待着。”

女人被拽进了屋子客厅，里屋的孩子听到了父母的争吵声，走了出来：“爸，妈，你们又吵架了？”

“谁吵架了？没吵，是你妈她多事。”男人看见孩子出来，声音缓和了下来，摸了摸儿子的头，“快回去睡觉，明天还得上学呢！”

“哦，那你们也早点睡。”

女人冲儿子点头，勉强挤出一个笑脸，儿子一进里屋，她的眼泪便止不住地哗哗流了出来。

“你……”男人刚想骂两句，意识到自己嗓子扯高了，看了一眼里屋后压低了声音，“你嫌你闯的祸还不够多吗？你还以为自己什么错都没有？”

“大华，你，你还是觉得，是我的错？”女人看着男人，哽咽道，“大华，你现在做的事情，是犯法的你知道吗？”

“我犯法还不是被你逼的。”

“你……大华，那不是属于我们的钱，你怎么就不知悔改呢？”

“我不想跟你讨论这个问题，跟你说不清。”男人摔门而去。

女人无奈地缓缓坐下，长长地叹了口气。

17

女人叫万顺意，是一家专做外贸生意的工厂里的女职员。

她的丈夫，就是挟持了张一平的男人，名字叫黄华。

黄华原本跟万顺意在同一家工厂工作，认识万顺意时，已经是车间主管了。

结婚后两人贷款买了房，并很快有了孩子。从那时起，黄华就另外找了两份兼职，经常性地往外跑，很少待在家，一回家也是倒头就睡，很少有跟万顺意母子俩相处说话的时候。

为此万顺意不止一次地埋怨过，自己有丈夫等于没丈夫。

听万顺意发这些牢骚的时候，黄华总是不屑：“你一个女人懂什么？你上好那一个月三千多块钱的班，养好儿子就行了，其他的你别管。”

“大华，我也是一个女人啊，结婚就是为了找个人，知暖知热，互相扶持，养育孩子，而不是像现在这样，身边连个说话的人都没有。”

“你有什么话，跟儿子说。”困得上下眼皮直打架的黄华呵欠连连，把被子蒙上就睡。

“你啊！”万顺意使劲在被子上拍了一把，满怀委屈，“你知道我现在活像个守寡的吗？每天送走了小俊，心里就空落落的。以前下班还有你跟我一起做饭，厨房热热闹闹的，而现在呢，就我一个人在忙。小俊睡了以后，我心里就更慌了，不知道你在哪在干什么，就怕你孤身一个人会出事……”

“我没事，我没事。”黄华气得一把掀开了被子，“你也知道我好不容易能回来，那你消停一会儿，让我好好休息行不行，姑奶奶啊！”

“黄华，你还好意思说？你看你都几个月没回家了？我说过你什么了？我不过就念叨你一下下而已……”

“我不回家是因为我出去赚钱养家了啊，我每个月没寄生活费给你吗？”

“谁稀罕你的钱？我又不是贪钱才嫁给你的。我不求钱多，只求你人好好的，我们一家平平安安过日子就行了，谁要你这么拼命赚钱了，累坏了身子怎么办？”

“好好，是我不对，是我不对。求你了，顺意，我已经五天没合眼了，让我睡个好觉吧！”

“大华，你要答应我，钱够用就行了，你别——”

黄华看万顺意还要念叨，拉下了脸，再度把被子蒙上了。

万顺意叹了口气。

跟她一起在工厂工作的姐妹，也有成家的，不过她们的丈夫都陪在身边，每天都嘘寒问暖的。特别是一到休息日，她看别人一家三口其乐融融地出门，而自己却只身带着小俊，那对比，让她心里忍不住地发酸。

她也没想大富大贵，只要儿子跟丈夫陪在自己身边就够了，怎么黄华他就是不明白呢？要是家人不开心，赚再多的钱又有什么用？

万顺意与黄华夫妇最厉害的一次争执，发生在半个月前。

18

半个月前，黄华被迫病休难得回了家，但万顺意却很高兴，难得丈夫能在家待半个月，一家子总算有长时间的相处机会了。

与万顺意的高兴相比，黄华就显得愁眉苦脸多了："我这一生病就是半个月，少赚的钱也不知道去哪儿补上。"

"你都这样了，还惦记什么钱钱钱的。你人都钻进钱眼里面出不来了，生病的人就该好好休息，别想钱了。"

"你懂什么？"黄华鄙视地说道。

"是，我不懂。我呢，就只是希望你能一直陪在我跟小俊身边，教教小俊功课，跟我聊聊天，这样就足够了。"

"去去去，你又看什么鸡汤文被灌什么迷药了吧？"

"才没有，我一直就是这样想的。还记得吗？就是因为你追求我的时候，总是陪我说话，我才喜欢上你的。嫁给你，也是觉得，跟你在一起，什么时候都能聊得开……"

"其实啊，我说实话，我那个时候最讨厌你三更半夜吵醒我，拉着我跟你聊天。我第二天还得上班，得养足精神呢，谁有那么多工夫跟你聊？"

"黄华。"万顺意使劲拍了丈夫一下，"你不喜欢，那你还陪我聊？"

"那时候不是正追求你吗？没追到之前，当然得先讨好你了。"

"你——"

"我说，你可别再要求我干这种事情，我可不奉陪啊。"

"我是你老婆，凭什么你不陪？"

"哎呀，万顺意，你这女人也有点智商行不行？随时随地能聊天，那是有钱人家干的事情，他们有钱有时间，不用为生存活计烦恼。像我们这种为生活奔波的人，前一天没睡，第二天上班精神不济，做不好工作出漏子的时候你替我挨批啊？我可是负责车床车间的，万一睡眠不足，精神不好一个不小心被轧断了腿或是被压死了怎么办？那你不真成寡妇了？这随时随地陪你聊天的代价也忒高了，是吧？”

“呸呸呸，我说的是聊天的事！谁让你诅咒你自个儿了？”

“我的意思是你不要小看聊天这件小事，说不定后果就是这么严重。所以，别打扰我休息。”

随后黄华便出去拿下个月的生活费，回来的时候掩饰不住的兴奋，一把抱住她使劲亲了一口：“顺意啊，今晚你要找我聊天，聊多久我都奉陪。”

“怎么了？瞧你这兴奋的劲头，捡到钱啦？”

“真捡到钱了。”

然后，黄华说出的事情让万顺意大吃一惊。原本黄华准备去银行取儿子读书基金应付下个月的房贷和生活费的，谁料发现里面的7.5万元变成了75万元。

“75万？”

“对！”

“是不是银行弄错了？”

“弄不弄错是他们的事，钱在我卡上就是我的。”

“你敢拿银行的钱？你以为他们查不出来吗？”

“让他们查不出来就好了。”黄华想了想，通知了他的弟弟黄英。

“大华，你想干什么？”

“当然是在不惊动银行方面的情况下转走这笔钱了。”

“你想钱想疯了？那不是我们的钱，不能要。”万顺意劝道。

“送上门的钱还能不要吗？顺意，我跟你说，其他别的什么我都能听你的，但这一次的事情，你给我站一边去，什么都不许说，什么都不许做，不然……”

“不然怎么？你干坏事还有理了？”

“不然我带着小俊跟你离婚。”

“你……”

19

黄华把事情告诉了黄英，两兄弟一合计，当下决定由黄英跟恋人刘芝乔装打扮后，在城市的不同ATM机分次转走那75万。因为不知道银行方面不知道什么时候会发现出了纰漏，所以也做好了在转钱的时候被逮个正着的对策，没想到事情却进展得相当顺利，当银行方面发现时，他们已经成功地转走了所有的钱。

当银行方面的负责人出面跟黄华交涉的时候，黄华按照事前想好的计划，假装银行卡失窃，自己毫不知情，于是，事情就这样暂时搪塞了过去。

银行方面自然不会轻信黄华的片面之辞，第一时间就报了警备了案，一方面继续派人与黄华交涉，一方面从银行的监控视频上拿黄华的卡的人转移巨款的画面入手，追查取钱的这两个人是否与黄华有所联系。

“啊，那些家伙真是！明明是自己做错的事情还想怪我。”黄华被银行以及警方的人接连的探访弄得有点火大，“他们要做好自己的事情，我还能钻空子吗？”

“大华，你别这么干了，你贪了别人的钱，良心上过得去吗？”万顺意劝道。

“你懂什么？别瞎嚷嚷！”

“你知道自从你做了这种事情，我每天都心惊胆战睡不着吗？就怕哪天……”

“够了，我说了这事你别管！”黄华烦躁地吼了一声，万顺意无奈，只能作罢。

那天傍晚，准备落跑的黄英和刘芝带着满满一袋子钱来听黄华的安排，万顺意看到那么多钱，她并没有普通人看到钱时的喜悦，而是充满恐慌。

如果，黄英他们真的带着这些钱跑了，那么丈夫偷钱的罪行就落实了。

不能让他们这么干，要趁一切还来得及，把钱退回银行。

万顺意趁他们不注意，提了那袋子钱偷偷跑了出去，但很快就被黄华与黄英发现。当时她只慌乱地想不能让他们把钱偷走了，于是四下望了望，把钱塞进了管道里，自己则被强行带回了家。

“钱呢？你把钱藏到哪里去了？”黄华质问道，就差没动手扇自己的妻子两个耳光了。

“我不知道。”

“你不知道？这屋子里就你一个人偷偷跑了出去，是你私吞了？”

“胡说！黄华，你以为谁都像你一样那么贪钱！来路不正的钱，我才不要！”

“万顺意啊，我真怀疑你这女人到底有没有长脑子。”

“我没长脑子，就你长脑子了，你长了脑子还敢去偷钱，你真有本事。”

“对，我没本事，我只能偷别人的钱，你说得对极了，谁叫我没本事呢？”黄华大吼道，把桌子上的东西全扫到了地上，“万顺意，你有本事，你有脑子！今天，我就跟你算笔账看看：我们两口子，你一个月工资到手不过三千三，而我每个月实际到手一万左右，就是说我们家每个月的总收入也就是一万三四千的样子，那总支出呢？你算过吗？不算小俊的学杂费，我们家的生活费用每个月最少也要两千吧？然后房贷六千，电费煤气跟小区管理费五百要吧？对了，还有你爸你妈的生活费，我爸妈好歹有退休金，但你爸妈可是没有的，我每个月还得划三千块给你爸妈做生活费；再加上其他吃的穿的用的，你算一下，每个月还能剩下多少钱？月光！基本上我每个月赚的钱都花光了。更别说小俊他就快参加中考了，我得准备择校费跟学费，你说，那钱要从哪里挣回来？你说！”

万顺意没吭声。

“你他妈的总在老子面前说你不贪钱，我也不想贪钱啊，但过日子就得花钱，我没钱，我不是官祖宗富家子。为了活下去，为了养这个家我总得想办法挣钱，你清高啥啊？我要是不使劲想办法赚钱回来，你靠你三千三的工资，能养得了这个家，养得了小俊吗？我看你养活你自己都难。还在我面前使劲唠叨钱够用就好了，多少钱才算够用啊？你有脑子，你想过没有？”

万顺意哇的一声哭了起来。

“还学别人家女人矫情呢，要我随时陪你说说话聊聊天，我现在可是连生病的时间都没有，我他妈要有那个闲工夫，还不如想办法多赚点钱！我要是赚不到钱了，你跟小俊就喝西北风去吧！”

“哥，别说了，嫂子她……”

“我就是看她总是拎不清，气的。没钱他妈的还学人家要什么情趣，像我们这种人能闲下来吗？说我不够关心她，我们这种人对家里人最大的关心就是多赚点钱，支撑这个家。要是我只顾着跟她谈情说爱，赚不来钱，那我们早就住不上房子，吃不上饭，沦落到睡大街去了，那个时候她就不会埋怨我没用，赚不了钱了？”

“哥，够了，够了。”

“你别劝我。我跟你说，万顺意，那钱是我账号上的，就是我的钱，要说错了，也是银行那边先弄错的，关我屁事。75万啊，对于银行来说只是一笔小钱，想想我们能用这75万干多少事情，最起码，我们不用担心小俊以后的生活了，是不是？”

“嫂子，真的，那钱等于就是送到我哥口袋里的，你说，别人送上门来的钱，怎么可能不要呢？我们只要瞒过了银行，那钱就是属于我们的了，谁也不知道。嫂子，你替这个家想想，把钱交出来吧！”

万顺意抹着眼泪，把藏钱的地点说了出来。

黄英当即回到了那个地方，想把钱找回来，结果却没发现那袋子钱，遗落在现场的只有一本通讯录。

于是，靠着那本通讯录，黄英找到了祝小福，追着他找到了住址。

原本黄英想趁他们睡着了破门而入的，结果被警觉的项维发现了，黄英只得暂时离开。随后，不愿意就此罢休的黄英，发现那户人家的其中一个房间的窗口在通水管道旁边，于是他爬上通水管道，刚要撬窗时发现窗边站着一个男人，以为屋子里的人早有防备想抓他个正着，吓得他赶紧爬下去，中途却因为慌张摔了下去。

黄华与黄英想办法怎么把那75万拿回来，一起守在了住宅楼外，发现祝小福由一个男人开车接送上学。两兄弟一合计，于是在停车场守株待兔，等祝小福跟男人回来的时候，把他们绑了回去，然后让刘芝通知另一个男人交钱。

20

“钱呢？”

“人呢？”

项维摘下渔夫帽，把从祝小福家里找到的那袋子钱放到了脚下，看着面前的黄华问道。

“你先把钱拿过来，我再告诉我同伙放人。”

“不。你在电话里说的是一手交钱、一手交人。现在钱就在我这儿，但我可没见到你带了人。”项维沉住气地问，“你让我先交钱，万一你食言，拿到钱不放人怎么办？”

“我信不过你，要你先交了钱再说。”

“笑话，你以为我就信得过你吗？”

“哼，人在我手上，不在乎你信不信得过我。想见人，就得先交钱。”

项维想了想，把那行李袋踢到了黄华那边，说：“数数，75万，一分不少。你交人的时候也得保证他们俩是毫发无伤的。”

“当然。”

正当黄华弯腰去拿钱的时候，门外的刘芝惊叫了一声猛地撞开了房门：“有条子跟过来了！”

“你报警了？！”

“没有啊！”项维心里一下慌了。

莫老大怎么那么不小心，这就被他们发现了？

其实莫老大压根儿没有想隐瞒行踪的意思，一路跟着项维来到此地，趁项维跟黄华见面的时候，就跟钟克之商量摸透屋里的情况后怎么抓人，恰好跟放风的刘芝打了个照面，在刘芝跑进屋去告诉同伙的时候，莫老大与钟克之也破门而入：“别动！”

项维早在黄华想抓他的时候闪到了一边，埋怨道：“莫老大，你这么打草惊蛇，一平和小福要有个三长两短怎么办？”

“那我们也让他们有个三长两短。”莫老大举起了枪，喝道，“不想吃枪子儿就给我举起双手，好好蹲下。”

刘芝一下软瘫到地上，黄华还想负隅顽抗，被格斗好手钟克之两三下就制服了，拷起来押到椅子上坐下。黄华看这个形势对自己十分不利，便恶狠狠地说：“你小子，别想再见到活人了。”

“说，你把人质藏到哪里了？”莫老大冲刘芝一瞪眼，问。

“在……”刘芝才颤巍巍地说了一个字，便被黄华打断了，“你想连累他吗？”

他当然指的是黄英——刘芝的男朋友——了，想到了自己的男朋友，刘芝闭上了嘴。

“哼，嘴硬是吧？你们不说，我们迟早能查出来。”莫老大说着，开始搜索他们身上，看有没有手机跟证件之类的私人物件。

“是啊，迟早的事情。我跟我同伙说了，如果我们在一个小时内没回去，就杀了那一大一小。”黄华笑道，“就因为怕你报警，所以我们也留了一手。查啊，恐怕等你们查出来我们是谁的时候，人没了，我们的同伙也逃了。”

“你！不过是75万而已，需要这么狠毒吗？”项维急了。

“我狠毒，也是被你们逼的。”黄华啐了一口唾沫，看向项维，“要是你遵守约定，说不定我们早达成交易了。”

项维冷静了下来，他看到身后的铁铲，一下操了起来，慢慢走到了黄华面前，举过头顶：“说，一平跟小福在哪里？”

“哼，你想打人吗？打死我，我也不会说的。”

“项维，别冲动。”莫老大想抓住项维的肩膀，被项维别开了。

“我没冲动。你告诉我一平跟小福人在哪里，我让他们放了你，那75万，也一并让你带走。”

“你以为我是三岁小孩子吗？既然警察都知道了，他们怎么可能那么轻易放过我们？”黄华冷哼。

“你考虑清楚了，当真不说？”

“不说。”

项维冷冷地看着黄华，莫老大怕项维气愤之下真的会动手，就站在项维旁边劝道：“项维啊，这事交给我们，我们一定会问出一平他们的下落的。”

项维点点头，缓缓把铁铲放下，到快要触地的时候，项维却猛地往横一抽，啪的一声，铁铲重重地砸在了黄华的膝盖上，黄华痛得连呻吟都来不及发出来，便满头大汗地弓起了身子。

“项维你……不许严刑逼供！”项维的动作突如其来，莫老大提防不及，只能呵斥道。

“看，很痛吧？膝盖可是身体最脆弱的地方，只要稍微用力，这里的骨头就碎了。”项维不顾莫老大的阻止，蹲下去把手按在了刚才重击过的膝盖上，一用力，黄华痛得忍不住号了起来，项维仰着头死死地盯着黄华的眼睛："你说，比起你同伙杀掉我朋友的速度，你这条腿残废的速度，会不会更快一点？"

"不，别，疯子，你这个疯子！我说，我全说，我都跟你们说。"黄华恐惧得冷汗直冒，他不敢直视项维的眼睛，于是忍着痛，冲莫老大跟钟克之喊："你们不是警察吗？快阻止这个疯子！"

"项维，你太乱来了。"莫老大终于一下把项维揪了起来。

"啊，是吗？"项维一脸无辜地笑了起来，把之前摘下的渔夫帽戴到了头上，"可是，很有效不是吗？"

半个小时后，张一平与祝小福被警方从黄华家的杂物房里解救了出来。

21

张一平用毛巾仔仔细细地把身上的水珠抹干，把包着头发的毛巾取下来挂在壁钩上，这才吹着口哨走出了浴室。一开门，混着水汽就看到项维背靠着浴室对面的墙，盯着浴室的门发呆。

"项维，你在干什么？偷窥我这个美人出浴吗？"

"哈，哈，真好笑。"

"你把莫老大跟钟克之晾在外面了？"

"你真的没事？"项维没有回答张一平的问题，反问道。

"没事。"张一平答，而后意识到什么，一把揽住了项维的肩膀。

项维一下没了力气，整个身子全靠在了张一平身上："你没事，就好。"

张一平拍了拍项维的头，说："别怕，我不会像你爸妈那样轻易出事的，我也不像小娜那么脆弱，你不是听算命先生说过吗，我一生福星高照、鸿运相伴，能平平安安活到九十九呢！如果你也像我一样长寿，那到九十多岁还是我的老哥们儿。"

“哈哈！是的，是的，八哥。”项维一扫低落的心情，笑了起来。

“话说回来，莫老大找你干吗？我一听那个黄华说有警察找上门，就知道那老头找上门来了，他是有什么案子又要请你帮忙吗？”

“不，这一次，是我请他帮忙。”

“关于什么？”

“一平，小娜她，或许没死。”

“什么？”

“还记得，我们调查小娜自杀的时候，汤莹莹说的那些细节吗？”

“啊，大概的还记得，细枝末节的东西就不清楚了。她说了什么话暗示了小娜还活着？”张一平紧张地问。

“没错，当时汤莹莹说她是把小娜按在水里淹死的吧？可是，我记得小娜水性很好，加上坚持健身，身体也比一般女性强壮，以汤莹莹的力气，小娜怎么会任由她把自己按在水里丝毫不挣扎呢？小娜应该能在水里脱逃才是。”

“唔，确实呢！”

“另外，你说过，小娜不会开车，所以不可能撞死人，而到了国外后也没能学会开车，对吧？”

“对。啊，我想起来了。”张一平点了点额头，“汤莹莹说，当时小娜是开车去找她的！小娜不会开车，所以，那个死去的小娜其实不是小娜？”

“对，还有一点，小娜跟汤莹莹说话的语气，是站在第三者的角度考虑问题的。她指责汤莹莹，用的并不是小娜身为朋友的口吻，而是旁观者的角度。”项维点头，“所以我把最近回国后的小娜用过的梳子上的头发，跟以前小娜留下的私人物品拿去找于法医鉴定过了，发现了两组不同的DNA。这足以证明，死去的小娜根本不是我们认识的小娜，真小娜或许在回国之前就被掉包了。”

“是谁？她为什么要这么做？”张一平握住了拳头，“如果死的不是小娜，那我们的小娜在哪里？”

“冒充小娜的人，估计是熟悉小娜的人。她知道小娜与汤莹莹的这段旧事，否则不可能在冒充小娜的时候，还故意去接近汤莹莹。”项维分析道，“但是，小娜不可能答应让别人冒用自己的身份，所以这个冒牌货，一定是对小娜做了什么，才轻易盗用了小娜的身份。”

“他们，对小娜做了什么？”张一平倒抽了一口冷气，“他们是谁？”

“关于这一点，或许，莫老大比我知道得更清楚。”

“他也在调查小娜这个案子？”

“是的，正确的说法是，他在调查一系列类似的案子。”

22

莫老大是在两年前发现端倪的。

两年前本市某一酒吧发生了一起伤人案，两名青年因为争风吃醋大打出手，其中一名青年在争执中被人用刀捅伤大量失血，送医院急救时，其家属发现此人血型与自己亲人不符，随后证实此受害人非其家属。当受害人最终因重伤身亡后，受害人家属报了警，而处理这件案子的人恰好就是莫老大与钟克之。

“我们经过调查发现，受害人是海归人士，在回国后就用诸多借口疏远原来的家属，大概这也是防备冒充一事被人发现的措施：不与原来的家庭成员接触对假冒人来说更便利安全，而家属也以为是因为受害人在海外生活过多年的关系，所以对其心态、性格的变化并没有起疑心。”莫老大解释前因，“为了弄清楚冒充者的真实身份，我们找相关的专业人士还原了死者本来的样貌，并且让局里的头骨复原师依照五官得出了死者的画像。发现死者是多年前被通缉的犯罪分子，因为潜逃在外没有线索，警方一直没能缉拿归案，却没想到，他竟然伪造了第二身份潜藏在国内。”

“你是说，那些假冒别人身份的人，都是犯罪分子？”项维想到了冒充小娜的那个女人，莫非，她也是？

“事后，我们重新排查了那名犯罪分子的社会关系，终于让我们找到了一条线索：当初这名犯罪分子犯案后，曾经跟一名叫江先生的人接触过，之后他就销声匿迹了，直到三年后，他以受害人的身份回到了国内。”

“那么，他销声匿迹的这些年，已经换上了受害人的面貌，盗用了他的身份了？”

“我们也有这种猜测，”莫老大点头，“但也有可能是犯罪分子在回国的时候，才盯上受害人的。我们掌握的线索很少，无法肯定这一点。但很明显，江先生是本案的关键，我们一直想找到这个江先生，可惜这人狡猾得很，轻易不露面，我们一直没能抓到他，直到，一年前我们又破获了同样性质的一个案子。”

“又有人被冒名顶替了？”

“对，不过这一次，冒牌货被我们活捉了。虽然他提供的信息有限，但帮我们弄清楚了一件事：国内确实存在着以江先生为主的，专门帮犯罪分子制作假身份的团伙。江先生等人收受犯罪分子的金钱，帮他们物色被顶替的人选，然后找整容医生帮他们改头换面，安排第二身份，靠这种方法也不知道帮了多少犯罪分子逃脱追捕。听说他们还成立了一个海外分部，可以安排潜逃国外的犯罪分子回国，程序跟国内相同，只是反过来，物色有可能回国的人选而已。”

所以，打算回国的小娜才成了他们盗用身份的目标？

“可是，难道都没有人发现吗？”张一平感到有点不可思议。

“你之前发现小娜不对劲了吗？”莫老大反问。

张一平哑口无言。

“在中国，地大人多，人员流动非常频繁，不出事的话，谁能一眼认出冒牌货？再加上，那些逃往国外的犯罪分子之所以那么容易得逞，是因为我们国内还存在着许多连自己的证件都不会办理的百姓，尤其是那些不识字的人，他们一辈子恐怕也不会想到要出国，自然也不会去办理护照；而我们的户籍管理也有纰漏，只要外貌上相差不大，他们就有可能盗用这部分人的身份顺利办下护照，甚至连在局里留下的指纹也是冒充者的。你说，针对这一情况，我们怎么能杜绝？”莫老大说，“正是因为这一点，以江先生为首的犯罪分子才这么猖狂，并频频得逞。我们在知道他们的存在后，就开展了调查，但收效甚微。后来我们干脆把调查重点放在了有海外生活背景的那些人身上，对可疑目标进行针对性的暗访。”

“结果呢？”

莫老大摇头，说：“收获也不大，如今‘海归’的数目很大，我们调查的权限除了江东公安局管辖范围，最广也就扩大到整个省。虽然其他省的同志也有参与到调查当中，但缺少线索，进展缓慢。”

“有什么我们可以帮得上忙的吗？”项维问。

“小娜她也被人冒名顶替了，是吧？根据项维提供的资料，我们把那个女人的身份查出来了。”莫老大把一份用牛皮袋装着的资料递给了项维，“你们能不能利用这一点，去接近这个女人原来的关系圈，看看能不能挖出点什么？”

“怎么利用？”张一平问。

“那就看项维的了！”莫老大期待地看了一眼项维，“你小子，得给我好好干。”

“我能把它作为我的专栏内容吗？”

“不能影响案子的侦破，不得泄露我们的机密。”

“得，那我等案子侦破了再报道。”项维点头，算是应允了。

“那，小娜她……小娜她还活着吗？”张一平担心地问。

“这个，说不准。”莫老大有点迟疑地说。

“如果，对方是想要彻底取代小娜的话，肯定要杜绝小娜回国的可能性，那样恐怕……”项维没继续说下去，但在场的人都明白，犯罪团伙看中了小娜的身份，为了阻止小娜回国，肯定会对小娜采取行动，或许是把小娜囚禁起来了，又或者采取一劳永逸的手段——杀了小娜，假冒者就没有暴露真实身份的后顾之忧了。

无论是哪一点，小娜的处境都很危险。

“我能马上出国去找小娜吗？”张一平问。

“不行，目前我们还需要利用这个假冒者的身份，暗中调查这个犯罪团伙，不能让他们发现你们已经知道了小娜是假冒的了，这样会打草惊蛇。而且万一，对方知道你们已经察觉到他们的犯罪活动，想杀人灭口，你们就危险了。”莫老大安抚道，“不过在项维告诉我小娜被冒名顶替的事情后，我已经通知在国外处理这个案件的警察，暗中查找小娜的下落了，你放心，一有小娜的消息，我们会马上通知你的。”

“我想你可以问问小娜的前男友，关于小娜在国外生活时的事。”比起张一平，项维显得理智多了，说，“我怀疑冒充小娜身份的人，曾经出现在小娜的生活圈子，最起码，在犯罪团伙盯上小娜的时候，这个人就已经开始接近小娜，不然不会对小娜的事情知道得那么清楚。让她前男友告诉我们小娜在美国的情况，我们也能知道更多的信息。”

“好吧。”张一平无奈道，“这种事情你比较有经验，就听你的。”

第六章　长大后，你就成了我

1

一连串激昂的乐声响了起来。

钢琴的黑白键符受力微微震颤着，一双手悬在空中，十指很快地落到了琴键上，如小鹿在跳跃，而一首音声俱佳的曲调行云流水般地洋溢在整个练琴房。

与此同时，康诚正在书房一手拿着颜料一手用笔虔诚地用留白液为画上女人的眸子里点上星光。

画纸上是一位气质温婉的女性，鹅蛋脸上是精致的五官，一双眼睛满含笑意，越过康诚，越过他身后一幅幅跟她神韵相似的画像，看向了摆放在靠墙位置的作为模特使用的人体骷髅架。

听到音乐响起的那一刹，康诚以为自己听错了，直到确认了音乐是从练琴房传出来的后，立即冲了过去。

是谁？竟然胆敢动那架十几年都没用过的钢琴？

康诚赶到练琴房门口，还没有进去，便看到了弹钢琴的人，是他的新婚妻子——洪敏。

洪敏似乎并没意识到自己的丈夫出现在身后，她闭着眼睛熟练地按下琴键，陶醉在自己演奏出的乐声里。

康诚浑身颤抖起来，一步一步地走到了妻子旁边，眼睛死死地看着活泼跳动着的那纤纤十指，流露出的是兴奋、欣喜，还有嫉妒。随即，他的视线落到了钢琴盖上贴着的一张纸条——“不准弹钢琴”。

康诚的脸色一下难看起来，他下意识地看向洪敏，才发现不知道什么时候，洪敏睁开了眼睛。她知道康诚在想什么，也瞥了一眼贴着的纸条，但手却一直没有停顿过，甚至嘴角微微上扬起来。

康诚的脸色由红变白，而后由白变青，在他咬着牙想出来说什么之前，洪敏忽然用尽力气般双掌重重地按了琴键几下。

钢琴陡然发出了巨大的声响，既高昂且清亮，吓了康诚一跳。

洪敏停止了演奏，站了起来，指着那张纸条，冷冷地看着康诚。

“康诚，我最后一次告诉你，如果你还把你妈在屋子里贴的所有这些规矩当作金科玉律，我就要跟你离婚。”

2

洪敏记得，小学的时候康诚是全校最受欢迎的男生。他每天穿着服帖的小西装，头发梳得一丝不乱的，尤其让人惊讶的是，他小小年纪就弹得一手好钢琴。

那是自然的。

康诚的父亲是市里有名的钢琴家，从小耳濡目染，康诚当然也走上了演奏钢琴这条路。

每当学校里的校庆或是什么演出活动，总是少不了康诚的钢琴演奏。而每一次，他的演奏都能收获满堂的掌声。

洪敏就是鼓掌观众里的一员。

在她眼里，康诚身上带着耀眼的光，夺去了她所有的注意力。站在康诚身后的，迎下所有人眼里羡慕或嫉妒或赞叹的康父康母，也一样的耀眼。

洪敏的父亲在外地做生意，经常不在家，母亲则在菜市场租了一个摊位卖水果。按照道理来说洪敏是不可能和钢琴世家的康家扯上什么关系的。

那天洪敏在帮母亲看着档口卖水果，碰巧就看见了康诚的母亲潘婉冰，洪敏忍不住激动地叫了一声："阿姨！"

"啊？"

"啊！"

洪母的惊讶跟潘婉冰的惊讶截然不同，洪母是没想到自家女儿居然认识这个大方得体的顾客，而潘婉冰是认出了洪敏是儿子的同班同学。

"你是，小诚的同学？"潘婉冰问。

洪敏没想到康诚的母亲竟然记得自己，脸涨得通红，使劲点点头。

"啊！"洪母没料到这个顾客竟然是女儿同学的母亲，便问道："小敏，这是哪位同学的家长啊？"

"是，康诚。"潘婉冰笑着说，"我儿子叫康诚。"

"康诚？"洪母表示没印象。

"是我们班上弹钢琴最厉害的那个同学，他就是康诚。"洪敏飞快地补充道。

"啊！"洪母恍然大悟，"啊呀呀，小时候就已经这么了不起了，长大了，跟他爸爸一样，又是个大音乐家了，哪像我家小敏啊……"

"妈！"洪敏觉得在康母面前听母亲数落自己怪丢脸的，扯了扯母亲让她别说下去。

"你家小敏挺好的，这么小就乖巧懂事，还会帮着你卖水果了，也很了不起。"潘婉冰掂着菜，笑着跟洪母说。

听到潘婉冰称赞的洪敏脸又红了，同时心里暖乎乎的。

"哈，康诚妈，你也很了不得啊。"洪母看着潘婉冰，手脚麻利地帮她选着水果，“对了，康诚妈啊，你以后到我这买水果，你要什么，提前给我说，我把好的都留给你。”

“那怎么好意思呢！”

“没什么不好意思的，咱孩子是同班同学嘛，互相照应也是应该的。”

从那以后，潘婉冰就成了洪敏家档口的常客。洪敏的母亲也不食言，总是留最新鲜的瓜果给潘婉冰，有时候潘婉冰没空，就会让洪敏帮忙送上门去，也就是因为这样，洪敏才有机会踏进康家。

3

康诚的家是一幢西洋风格的独门独户。门前有一个矮坡，坡上坡下都种着花草，就连明黄色的门楣边上，都用小巧的铁架子做依托放了一盆小小的蝴蝶兰，屋檐上面的绿萝垂了下来，让人还没踏进屋去，就生出了几分期待。

洪敏至今还记得第一次上康家的情形。

她停下代步的自行车，提着重重的水果篮子走到了门前。从屋内传出来的细碎钢琴声增加了这扇门的神秘，她不禁想象这或许是被施了魔法的一扇门，敲开这扇门，说不定就会像午夜的灰姑娘，看见一个难以想象的世界。

洪敏伸手，拽了一下门前垂下的绳子。

她听到了屋内响起了代表着自己到来的铃铛声，而后是不徐不急的脚步声，随即咔嗒一声，门开了。

洪敏睁大了眼睛，抬头说：“阿姨，这是你要的水果。”

“啊，是小敏啊！”潘婉冰接过了洪敏手里的水果，拉住了她的手，“大老远地送过来，累了吧？进来休息一下。”

“不了……”

“怎么不呢？钱我都还没给你呢，你不要啦？”

洪敏本来就好奇康诚的家是什么样子的，这个时候也就顺着潘婉冰的意思踏进了康家。

一走进去洪敏就后悔了。

虽然说潘婉冰是自己家的老主顾，但她在班上可是跟康诚一句话也没说过的，如果康诚发现自己忽然出现在他家，他会怎么想？

洪敏正这么担心着，潘婉冰早把磨磨蹭蹭的她拉进了客厅。

“来，坐下，先吃点零食，我给你准备饮料去，你想喝什么？橙汁还是椰汁？”

“都可以的，谢谢阿姨。”洪敏看着潘婉冰把桌子上的零食盒子推到她面前，把她塞给自己的一颗巧克力抓在手心，听着越发清晰的钢琴声，忍不住打量起屋子来。

声音是从一边的练琴房里发出来的，门虽然被掩上了，但是透过门上的玻璃视窗却可以清晰地看到里面的情景：康诚坐在钢琴旁边的座位上，十指在琴键上跳跃着。康父站在钢琴的右边，不时用手指一下琴键并说着什么，应该是在指点儿子的琴技。

真好！我也想弹钢琴。洪敏艳羡地想。

“椰汁来了！”潘婉冰把一罐椰汁开了，递给了洪敏，随后把钱塞进了她口袋里，“小敏啊，阿姨跟你打听一个事。”

“阿姨你说。”

“我家阿诚，在学校里乖吗？”

洪敏喝着椰汁，点点头。

“那，跟班里同学们处得好不好啊？”

洪敏继续点头。

“真的？”

“真的，康诚他可受欢迎了，老师也很喜欢他。”

“是吗？”潘婉冰笑得眼角都翘了起来。

正在洪敏与潘婉冰闲聊的时候，琴声停了，康父与康诚从琴房走了出来。洪敏注意到康诚在看到自己时眼神里流露出的惊讶，不由得低下头去。

“阿诚，这是你的同班同学洪敏，小敏，是吧？”

“嗯。”康诚坐到了潘婉冰身边，又瞅了一眼洪敏，搔了搔头。

“小敏可乖啦！”潘婉冰称赞了洪敏一番，然后叮嘱康诚，“阿诚你以后可得好好跟小敏做朋友啊！”

“知道了，妈。”康诚乖乖地回答。

“阿姨，我得回家了。”

“要不，小敏你留下来吃饭吧？”

“不了，谢谢阿姨。我来的时候我妈妈已经煮好饭等我回家了，今天就不打扰阿姨了。”

“阿诚，看人家小敏，多懂事。”潘婉冰惋惜地说，“那你赶紧回家吧，别让你妈妈担心了。以后有空，再来阿姨家玩儿。”

“好。”

4

说是这么说，但洪敏却再也没有去过康家。不久之后，她就转学了——一直飘荡在外的父亲回来了，决定举家到外地寻求发展，得到母亲同意后，一家子都搬走了。

在离开学校那一天，她走出教室，忍不住望了一眼靠窗的位置——康诚的座位，她看到康诚正托腮望着窗外阳光下的绿树，一副悠闲的样子，看来她的离开，并没有引起他的太多关注。

想来也是，对康诚而言，自己不过是再普通不过的同班同学，连交谈的机会也没有过。在这个班级，自己在或不在，都是无关紧要的一件事。

然而，康诚一家那样幸福美满的印象，却一直留在了洪敏心里。

如果我父母也是那样子的话，那或许我也能学钢琴了。洪敏想。

洪敏那个时候不知道的是，很快，她的愿望便实现了。

父亲的事业发展得很顺利，家里的钱渐渐多了起来，不仅换了房子，买了新车，连学校父母也给她选了最好的。

当那一天，父亲问她想要什么的时候，那个一直深埋在心底的愿望猛地蹦了出来。

“爸，妈，我想学钢琴。”

“好啊！明天我们就去看看，哪里有教钢琴的，带你去报名。”

就这样，洪敏开始了学习钢琴的漫长道路。

第一次坐在钢琴面前的时候，洪敏闭上眼，脑海里浮现的却是多年前，那个小小的少年坐在钢琴前面的情形。

洪敏深呼吸了一口气，睁开眼睛，举起双手，试着在琴键上弹出音符。

一开始很生涩，琴声断断续续的，很快，音符成调，调子成曲，最终软滑得宛如丝绸。

心里的渴望得以释放后，对爱好的追求越发热忱。洪敏珍惜这个来之不易的机会，比一般人更努力地练习着。她有时候会忍不住去想：当年那个小小的少年，琴技进步到哪个阶段了，自己跟他比起来，还差多少个阶段？如果自己弹出了名堂，某一天会在舞台上遇见他吗？

如果真有那一天，那么，我一定不会像以前那样，只能站在远处遥遥望着聚光灯下的他，我要和他出现在同一个舞台上，弹奏着同一架钢琴，跟他平起平坐。

总有一天，我也会发光的。洪敏想。

洪敏没有想错。

她真的成了音乐圈小有名气的钢琴家。

巡回演出的其中一站，就是小时候自己曾经生活过的城市。在她演奏会后的庆功宴上，她被介绍给了一位老前辈，虽然那位前辈头发斑白，面容带上了岁月的痕迹，但她还是一眼认出来了——“康老师？”

“啊，你认识我？”

“当然记得，我以前曾经在这个城市生活过。那个时候，我和您儿子康诚是同班同学。我还去过您家送水果呢！”洪敏有些激动，说不定这次她可以看到那个她曾经憧憬的少年。

“啊，是吗？”曾经的康父显得有点尴尬。

“康诚他还好吗？阿姨最近身体怎么样？”

“这个啊，对于他们现在的情况，我也不是很了解。”

“啊？”洪敏愣了。

“你不知道吧，我早跟康诚他妈离婚了，所以……”

5

洪敏再一次站在了康诚家门口。

这幢房子，依然有记忆中蓬勃生机的花花草草。原本装着花的铁架，斑斑锈迹透露着这些年光阴走过的印记，但垂挂下来的叶子，翠绿得仿佛要坠落下来，流进她的心里。洪敏心里突然冒出了某种期待，她走上前拉了拉垂下来的那根绳子，然而，拉了几次，并没有像回忆里那般清脆的铃声响起来，洪敏只好伸手敲门，并喊了几声：“你好，请问有人吗？”

“你好？”

“潘阿姨？”

洪敏就在门外叫了几声，没有得到回应，正当她想转身离开的时候，门开了，站在她面前的是一个高高瘦瘦的男人。

头发梳理得一丝不乱，一件整洁的条纹衬衣外面套了一件马甲。他打开门看到洪敏，疑惑地托了托眼镜，问：“你找谁？”

“你是康诚吗？我是洪敏，是你的小学同学。”

“谁？”

“洪敏，家里卖水果的洪敏，我还曾经给你家送过水果呢，还记得吗？”

“啊，小学啊，抱歉，时间有点久，我忘了。”康诚笑了笑。

“不，没事，是我冒昧了。”洪敏抿嘴笑了一下，有点不自在地问，“以前多亏你妈帮衬我妈的生意，这次我刚好回来看看，所以想来探望一下潘阿姨，不知道她方不方便？”

“方便方便，难得有小学同学上门呢，进来吧！”

屋子里的摆设跟她记忆里的相比并没有多大的变化，只是色彩不再那么光亮，这也是必然的，毕竟已经过了那么多年，事物都不可避免地增加了岁月感。

在康诚泡茶的时候洪敏才知道，潘婉冰并不在家。

“我妈她啊，总是不在家，我也不知道她今天回不回家，我先打个电话问问她。”康诚用手机拨了个号码，问了几句，就挂断了，而后抱歉地看着洪敏说：“我妈说，她工作忙，今天就不回了。你看，不如你下次再来？”

“好。”洪敏应了一声，瞥了一眼紧闭着门的练琴房，问：“康诚，你还有在弹钢琴吗？”

“什么？”康诚脸色一滞。

“你以前弹钢琴不是很厉害的吗？你现在还在弹吗？怎么不见你举办过音乐会呢？”

“啊，是啊，不过后来因为某些原因，我就没再弹了。”康诚托了托镜框，略带苦涩，有点不自在起来。

洪敏遗憾地点点头，表示理解。

是因为，父母离婚后，他就不再练琴了吗？真可惜！

“其实，康诚你知道吗？小时候，看你弹琴，我打心眼里羡慕你。”

“啊哈哈，是吗？”康诚恢复了自然，笑了两声。

“是的，那个时候，对我来说，弹琴什么的，那是可望不可即的事情。能跟你一样在舞台上弹琴，一直是我最大的心愿，一想到或许我这辈子都无法接触到钢琴，心里就非常的难过。”洪敏追忆，“后来，我搬家离开了……”洪敏忽然没有说下去了。

“后来，怎么了？”

洪敏犹豫了片刻，还是从手提包里拿出了两张演奏会的入场券，“这是，送给你跟阿姨的。”

康诚接过去，看到上面的内容后，手下意识地抖了一下，而后苦笑：“原来那个很有名的新秀钢琴家就是你啊！了不起，你这也是实现你的心愿了！”

“是的。”洪敏答。

因为憧憬着能跟你一样，在聚光灯下弹钢琴，所以才一直那么努力，以为总有一天，会在音乐圈跟你重逢，可惜……

“如果不嫌弃，请你跟阿姨一定要来我的演奏会，听听我弹奏的钢琴曲！在你们面前或许是献丑吧，但……如果不方便，那就算了。”

6

当天晚上的演奏会。

洪敏在上台之前，特意在幕后看了一眼送出入场券的两个位置，就在第一排，正中的两个位置。

她看到康诚穿着挺直的西装坐在了其中一个位置上，另一个位置，却是空的。

阿姨没空来啊！

洪敏没有感到过多的遗憾，因为在见到康诚的刹那，她浑身都充满了干劲。

那一场演奏会，她弹得格外用心，格外投入，在飞扬的乐声里，她仿佛看到小时候的康诚，在偌大的舞台上，在耀眼的灯光下弹着钢琴的情景。

似乎，那个小小少年的身影，跟现在自己的身影，重叠了。

在掌声再次响起来，她起身向观众鞠躬退幕的时候，看到中间的两个位置都空了。

他提早退席了吗?

在去后台的时候，她才知道康诚并没有离开，而是等在走廊里，手里捧着一束鲜花，见自己出来，笑着迎上来，把花送给了她。

“弹得真好，恭喜你！”

“谢谢！”洪敏捧着花，忍不住笑开了怀。

“我坐在台下的时候，忽然理解你说的意思了。”

“什么？”

“就是，看着舞台上弹奏钢琴的你，生出的那股可望而不可即的感觉。”康诚托了托眼镜，笑说，“现在，你成了我的憧憬了！”

“怎么会？！其实，如果你……”如果你像小时候那样一直练下去，你的琴技一定会比现在的我更出色的。

后面那一截话，洪敏不忍说出口。

“不，没什么其实，不过，我虽然不弹琴了，却也发展了另一项才艺呢！”

“是什么？”

“要再来我家做客吗？”康诚邀请，“那时我会告诉你的，而且，准会让你大吃一惊。”

“真的？”

7

第二天，洪敏如约拜访了康家。

这一次，没有了往常的局促感，洪敏的心情平淡多了。康诚一早预备了招待她的茶点，寒暄过后她就被康诚带到了二楼的书房里。

书房很大，两个靠墙的书柜里排满了书，地上放着很多木箱布筐，装着的都是画具，在书桌前，铺开的是一大张纸，展露着没有完成的一幅画。

“这是……”

“我的画。”康诚说着，把原本摆放在书桌前的一具人体骷髅的模型架小心翼翼地搬到了一边，“你看看，怎么样？”

那是一幅衣袂翩飞的仕女图。

“你学画了？”

“对。”康诚点头，跟洪敏解释，不再练琴后，他开始了绘画。

“很多人找我创作作品，壁画、海报，还有游戏开发的角色设计，工作很多呢！”康诚骄傲地说着。

“可是……”话说到一半，洪敏不再说下去了。

“你说话可以大方地说出来，都是成年人了，有些事情，我也都看开了。”康诚答。

“当初，为什么你不继续练琴了呢？”

洪敏看着康诚给自己展示的一幅幅作品图，终于问出了口，却没有注意到，康诚的脸还是抽搐了一下，他的手不由握紧了人体骷髅模型的手，极力自然地说，“因为，我父亲跟我母亲离婚后，我母亲很恨我父亲，连带憎恨父亲的钢琴。然后就再也没让我碰过钢琴了。”

洪敏怔了好一会儿，才抬头去看康诚。

康诚耸了耸肩膀，表示无所谓。

“康诚。”洪敏的心底某个地方仿佛被什么触动了，怜惜地叫出口。

“你跟我母亲很久没见了吧，本来我还想说今天她能回来，可以见一面呢。可惜，她还要加班。”

“阿姨她，还跟你住在一块吗？”

“有空的时候。”

“有空的时候？”

“对，她有她自己的生活，也有其他住处，一般她都住在外面，至于这个家，她很少回。”康诚说着，环顾了一下书房，“毕竟，在这里留下过的记忆，是她不愿意想起的。”

洪敏释然。

洪敏在那个城市的演奏仅仅是短短的一周，在这一周里，除了每天的采访以及应酬，其余的时间都和康诚在一起。

两个人相识时无交集，此刻却相见恨晚，尤其是谈到钢琴，两个人之间的话题，总也说不完。这天，在康诚家吃过晚饭，兴头上的洪敏看着紧紧关闭着的练琴房，问：“阿诚，能让我为你弹奏一曲吗？”

康诚仿佛听错了一般，直直地看着洪敏。

“不可以吗？”

“我妈，不喜欢这个屋子里有钢琴声。”

“但她现在不在，不是吗？而且，她也不跟你同住，就算我们在房间弹琴，她也不会知道。”洪敏说着，便起身打开了练琴房。

“等等，你……”康诚来不及阻止，洪敏已经站在了那架蒙尘的钢琴前面，看到了贴在琴盖上的那行字——“不许弹钢琴”。

“这是？”

“也是我妈留下的。”康诚苦笑。

经康诚这么一说，洪敏才意识到，这些天来，她在康家已经见过不少类似的留言了。

“十一点就该睡觉了。”

“刷牙至少三分钟。”

“放在冰箱的食物不能超过三天。”

“睡不着的时候，暖杯牛奶。”

“外套与内衬要分开洗、分开放。”

……

之前，洪敏还觉得潘婉冰即便不跟儿子一起住了，还留下标签叮嘱儿子，非常体贴关照，却没想到，对于潘婉冰来说无法接受的事情，也不让儿子接受。

就因为这样，康诚才不能继续弹钢琴的，如果她……

“好了，我们出去吧。”康诚说着，把洪敏拉出了练琴房。

“阿诚，你不需要顾及你母亲……”

“已经过了这么久了，我已经无所谓了。”康诚笑了笑，阻止洪敏继续说下去，“要知道，在这个家有新的女主人之前，我妈说的话才是圣旨哟。”

洪敏笑了起来，有点羞赧。

8

那个家会有新的女主人出现吗？

离开那个城市后，洪敏不止一次地想象着康诚跟其他女人一起在那个家生活的情景，一想到那点，她的心都很失落。

就像很久以前，无数次在夜里想象着康诚与父母在那个家里生活的情景，自己心里的那股失落、憧憬，还有嫉妒。

是的，嫉妒。

虽然自己一直憧憬着那个家，但产生失落感也是因为自己不在那个家生活，而嫉妒着能在那样美满家庭里生活着的康诚。

即便，后来康诚的父母离婚了；即便，阿姨不允许康诚再弹钢琴，但阿姨还是把康诚照顾得很好啊！

那个家，还是如自己记忆里那般温馨美满，真羡慕能在那个家生活的人。

如果，那个家有了新的女主人，也一定和潘阿姨一样，维持一个美满的家吧！

如果，是我生活在那个家的话，一定会的。

在遐想中，洪敏把自己想成那个站在康诚身边的女人，“我这是怎么了？怎么可以……”

洪敏摸着自己的胸口，感觉到里面的心跳得飞快，以至于都没有注意到响了许久的手机铃声。是个陌生的号码，而区号显示，是来自那个城市。

难道……

洪敏按下了接听键。

“是我。”电话那头传来了康诚的声音，“你还好吗？还在忙演奏会的事吗？”

“没没没，巡回演出已经结束了，现在正在休息呢！”洪敏捂住了胸口，生怕那颗扑扑跳动的心掉出来。

“那是意味着你有空咯？”

“是的。”

“有空的话，能再来我的城市吗？”康诚的语气里，充满了期盼，“不知道为什么，你离开以后，我很想再跟你聊一聊，听你说说你在我这个城市生活时候的事情。”

洪敏屏住了呼吸。

“小敏，要来吗？”

“好。”

两人交往了三个月后，水到渠成，低调地领了证。

然而……

洪敏看着康诚，问：“你妈呢？”

“她留了这封信给你。”

洪敏看完信才知道，潘婉冰此时身在国外，与朋友一起环球旅行，所以无法见证两人的结合。

“你不觉得你妈有点过分吗？她……”

康诚竖起手指摆了摆，示意洪敏别说了，“我已经习惯了。”

“习惯什么？”

“她的冷淡。”康诚淡淡地说，“自从父亲跟她离婚后，她开始厌恶这个家，连作为他们爱情结晶的我，也成了她厌恶的对象。所以，我已经习惯了她在我生活中的缺席。”

“可是，那些留言……”

那些贴在房子里的那么多留言，难道不是她对自己儿子爱护的体现吗？

“那是她以前留下的，而我一直保留着它们，想着借由它们才能让我感受到，我曾经有过那样一个爱我的母亲。”康诚的声音有点颤抖，“这样我才不会觉得我只是孤身一人地活在这个世界上。”

“阿诚。”洪敏将康诚抱住了，“从现在开始，你再也不是一个人了，你还有我。”

康诚紧紧地回抱住了洪敏，在她额头上吻了吻：“谢谢你，小敏，谢谢你救赎了我。”

9

洪敏终于搬进了那个家，那个一直在记忆里浮现的家，她以为终于可以按照她所期待的，计划着她所想要的生活。

然而，事情却没有她想象中那么美好。

她与康诚之间随着相处时间的增加，越来越多的冲突与矛盾显现出来。其中最厉害的一点，就是那些她曾经所敬爱的潘婉冰阿姨留下的便利贴。

一开始她是想把那些贴得到处都是的留言清掉，但康诚不同意。

“它们的存在，是我妈曾经在这个家生活过的痕迹，再说它们也不碍事，不是吗？”

洪敏只好作罢，但对于那些以母亲的口吻教训小孩的留言，尤其是“不许弹钢琴”，让她深恶痛绝。

她是钢琴家，现在初步获得了成就，但她想要让自己的成就继续扩大。

然而，康诚不允许她在自己的家里弹钢琴。

“为什么？”

“你应该知道的。”

“我不知道，你告诉我。”

“我妈……”

“你妈妈不允许你弹钢琴！是的，但现在这是我们的家，我为什么不能在自己家里弹钢琴？”

康诚怔怔地看着洪敏，好一会儿，才幽幽地叹了口气，说：“因为，我也不能接受在这个房子里听到钢琴声。”

“你……”

“每次一听到这个房子里响起的钢琴声，我就会头痛。它总是提醒我，那段悲惨的过去，而我……”康诚托了托眼镜，语带忧伤。

“康诚，你自己说过，大家都是成年人了，很多事情已经看开了，而你已经无所谓了。”

“但某些伤痛依然是伤痛，它一直就留在那里，你不去触动它，它或许就被我们遗忘了。一旦被人提起，那伤疤就会再次被人揭开，不是吗？”康诚恳求道，“小敏，你有没有想过，你在这个房子里每弹一次钢琴，就相当于揭开我的伤疤一次呢？”

“你……”

“我妈，她不让我弹钢琴是正确的。”

洪敏简直有点气坏了。

她是钢琴家，哪有钢琴家不练钢琴的？

自己家里明明有个练琴房，有架钢琴，自己还得每天大老远地跑到外面租钢琴房，这不是笑话吗？

这天，洪敏终于忍不住了，气冲冲地闯进了练琴房，啪地打开钢琴盖，支起来，坐下，酝酿片刻，双手一提，一连串激昂的乐声响了起来。

让你不让我弹钢琴！

我不是你！

你妈更不是我妈！

我才不要像你们母子一样！

洪敏陶醉地闭上了眼睛，倾听着自己弹奏出的音乐。

她在琴音中听到了慌乱的脚步声，那脚步声在练琴房门口慢了下来，一步一步，靠近她，最后站在了她旁边。

她睁开眼睛，瞥了一眼琴盖上的那张纸条——“不准弹钢琴”，而后挑衅地盯着康诚，直到曲调完结，她还用力在琴键上重重地按了几下。

看着康诚被沉重的声响吓到退后一步，她站了起来，指着那张纸条，说：“康诚，我最后一次告诉你，如果你还把在这屋子里的，你妈贴的所有这些规矩当作金科玉律，我就跟你离婚。”

康诚看着洪敏，张了张嘴，却什么都没说出来。他看着那架重新被使用的钢琴，苦笑一声，无奈地说：“好，你说怎么样，就怎么样。”

10

难得的休息日，张一平如往常那般斜斜地瘫在沙发上，翻着一本《风尚周刊》。

不用去上学的祝小福坐在地毯上，胡乱地按着手里的遥控器，看着挂在墙上的电视屏幕闪过一个个频道，有点不耐烦地问：“张一平，听说你也算是混娱乐圈的？”

“一般一般，我才刚刚踏进去了半只脚。”

“说实话你会死吗？什么半只脚？我看你连十八线的小咖也算不上，

还半只脚。”祝小福翻了个白眼，“为什么电视上有那么多装逼的人，而我在生活里就只见过你这么一个欠扁的？”

“因为他们不是我啊，在现实里装不了逼，有机会的时候，当然要在电视里装装逼过过瘾了。”

“为什么说是搞笑的节目看起来一点都不好笑呢？”

“因为他们以为我们这些观众智商都很低啊，以为只要暴露他们的低智商就可以娱乐我们了。说起来你应该感谢他们有奉献精神才是。”

“那为什么电视上的人长得那么别扭，好像都跟我们不一样呢？”

“因为他们都是潜伏在地球上的扑克星人跟塑胶星人啊！”

祝小福扑哧一声笑了出来，“张一平，你果然很欠揍啊！”

“好说好说。一般一般。”张一平翻了一个身，视线却没从那本《风尚周刊》移开，伸出一只胳膊递给了祝小福，“揍轻一点，希望大爷手下留情。”

祝小福毫不客气地握起拳头举了起来，落下去的时候又展开手掌，轻轻地拍了一下，“项维呢？”

“有点事，出去了。”张一平才说完，门便被推开了，他支起了身子望向门口，“哟，说曹操，曹操到，项维你回来了？”

“嗯。”项维摘下渔夫帽，挂到了一边的墙上，“小福，我刚在走廊上碰到了你妈，让我喊你回去呢！”

“小福！”似乎是印证项维的话，门被敲响了，一个女高音中气十足地嚷了两声。

“来啦，我马上回去！”祝小福应着，骨碌一声站了起来，奔到门口，刚要拉开门，又停下来了，瞪大眼睛看着屋子里的两位；“跟你们说，我捡到钱的事，还有我被绑架的事，不许跟我妈提。”

“那怎么行呢？”项维一拍额头，还想说什么，被祝小福打断了，“我说行就行，万一我妈骂我贪财揍我屁股罚我跪地怎么办？万一我妈她担心得整天睡不着怎么办？”

“你说怎么样就怎么样，小胖子，我发誓不说。”张一平看祝小福出去了，坐正了身子，“你已经把事都跟他妈说了？”

项维苦笑地点点头。

“完了完了，以后小胖子准得恨死你了。”

“这种事情，怎么可能不让家长知道。”项维才说了两句，便听到了隔壁祝小福哭着大叫：“老妈饶命，我下次不敢了！”

张一平哈哈笑了两声，问：“你调查的事情怎么样了？”

“那个洪敏，已经嫁到隔壁城市去了。”

“真是那个钢琴家洪敏吗？”

“对。”

根据莫老大的调查结果，冒充小娜的人叫庄仁静，少时父母离异，五年前跟着母亲移民去了美国，是半年前发生在美国斗殴致死事件的嫌疑人之一，当地警方苦于没有证据，迟迟未能找到真凶。随后，庄仁静便下落不明，若不是后来我国警方就张小娜一案接触他们，他们还不知道庄仁静已经偷偷潜回国内并已死亡。正因为这一契机，他们获知了盗用身份这一犯罪团伙的存在，协助莫老大的同时在海外展开了相关调查。

项维让张一平联系小娜的前男友，打听小娜的生活圈子里是否出现过疑似庄仁静的人物，同时自己去调查了庄仁静在国内时的社交圈子，几乎没查到什么信息，仅有的一条有效线索，是莫老大的调查里提供的，庄仁静在海外曾经有一个关系很密切的朋友，叫洪敏。

“洪敏？”项维看着莫老大送过来的庄仁静与另一个女人的合影，觉得眼熟，而后很快认出来了，这个洪敏就是最近风头正盛的钢琴界新秀。随即他便利用报社资源暗中调查了一下，才知道她早在半年前就嫁人了。

“那怎么办？”张一平问。

“这好办。”项维稍一思忖，很快想出了办法，“我让主编给个任务，以记者的名义去给这个新秀做专访，不就解决了？”

“好主意。”张一平拍手，“那我就是你的助手了。”

“什么助手？”

“摄影助手啊，别忘了我可是模特，玩相机也有两手。”张一平看项维想说什么，站起来摆摆手，“别跟我说你不让我去，与小娜有关的调查，我不可能置身事外。”

“我就知道就算我不同意你也会跟着去的。”

11

“你们是？记者？”

洪敏接过项维的名片，看了看。

“对，我们是《洋紫荆日报》的记者，我叫项维，这是我的摄影助手张一平。我们主编有幸欣赏了你的一场演奏会，非常喜欢你的演奏，特意让我来给你做个专访，他应该有跟你提过吧？”

“啊，是周主编吧？他跟我约了今天下午。”洪敏毫无戒心地把两人请进门去。

原本坐在客厅里的康诚，看着洪敏领了两个陌生人进来，皱起了眉头。

察觉到丈夫不悦的洪敏解释：“他们是记者，来给我做采访的。”

康诚的眼里一亮，而后闪过了一丝落寞，站起身，留下一句“你们慢聊”便上了楼去。

“那一位一定是你丈夫了？是，康先生？”项维人还没坐下，便问，“听说康先生的父亲也是一位钢琴家，是你的前辈？你跟你丈夫就是这么认识的吗？”

“可以说，算是吧？”洪敏给两人奉上了香茗，“其实我跟他小时候就认识了。”

“哦？”

“我小时候就生活在这个城市，跟我丈夫恰好是小学同学。说起来我之所以能走上钢琴家这条路，也是受他的影响。”洪敏说着，看了一眼墙上挂着的丈夫与婆婆的老相片。

项维顺着她的视线，自然也看到了那些照片，“你们跟你婆婆住在一起？”

“没有，我婆婆搬出去住了，她住在公司宿舍。”

“那，你跟她关系还好吧？”项维注意到没有洪敏跟她婆婆的合照。

“还好吧，她工作太忙，而且喜欢和好友出去玩，一直都没机会多聊聊。我跟阿诚算是闪婚，一切都是两个人决定的，她都没见我呢，就答应我跟阿诚的事情了。”洪敏道。

“婚礼上她也没出席吗？”

“嗯。”洪敏担心项维误会，又解释了一下，“康伯伯也没有出席，一是婚礼太仓促，两方面的时间都没能安排上；二是康诚觉得这是我们两个人的事，不需要他们在场。”洪敏看项维疑惑，又开口道，“康诚的家庭有点复杂。不过，婆婆她人很好，我小的时候她就很关照我。”

“难怪你不留在花城，却愿意嫁到这里来了。看来，洪老师你是个很重情义的人啊。”项维道，“洪老师跟初中高中的同学也应该保持着联系吧？”

“有一些吧，感情好的都会联系。这不，上次我的演奏会，我的一些高中同学特意大老远地跑来给我捧场呢，真是……他们啊！”洪敏笑着摇头。

“那，大学同学呢？我听周主编说，洪老师大学是在国外读的？”

“对。”

“跟你一样，回国的大学同学多吧？他们应该没像你这样成功吧？”

“那个，项记者，这问题你让我怎么回答你呢？”洪敏苦笑。

“啊，叫我项维，这问题的确有点冒犯了。”项维笑了笑，“我听洪老师说，那段留学经历在自己的成功中起了很大的作用，不过也有跟洪老师你不一样的人吧，一样是去留学，那些人非但没有学业有成，反而毁了自己，跟那些人相比，洪老师你取得的成就，实在让人钦佩。”

“不不，我只是比别人幸运一点而已……”

“洪老师不必过谦了，若光是幸运，没有自身的努力拼搏，是无法达到你这样的成就的。就比如说，你的那位同窗，在国外出事那位，叫什么来着？”项维假装自己在努力回想中，“是条吸引了国内不少人注意的新闻，嫌疑人之一至今下落不明的那起斗殴事件……”

“她？是阿静。”

“阿静？”项维与张一平对视了一眼。

“对。”洪敏脸上蒙上了深深的忧愁，“她全名叫庄仁静，是我很亲近的一位朋友。我回国的时候，她已经成功申请读博了，可是没想到她会发生这样的事情。不过，我不相信新闻上说的，她不是那种人。”

“哪种人？”

“会去伤害人的人。”

项维与张一平没有吭声。

“对了，你们，不刚好是报社的人吗？不能帮忙调查一下阿静的事情吗？”

项维一愣。

“你们可以报道阿静真实的情况，阿静她或许是因为被当作嫌疑人所以害怕躲起来了，又或者发生了什么不好的事情，结果让人误会她畏罪潜逃了。你们如果报道了事实，让大家知道阿静不是那样的人，或许……”

“或许，她跟你想象的不一样，就是那种人呢？”张一平忍不住反唇相讥。

“一平。”项维适时制止了张一平，转头向洪敏说：“那种跨国报道的专题，需要社里立项批准才可以进行，再说这一次，我们是专门来给你做采访的，要先完成了这个任务才好。”

“对，我差点忘了。”洪敏不好意思道。

“那个，我们还需要拍摄一些关于你生活环境的相片，比如，练琴的地方，休息的场所之类的，以供专题配图使用，可以吗？洪老师你本人的相片也需要。”项维补充，“当然，我们会注意保护你的隐私权的。”

“可以，只是刊出照片前，必须让我过目，我同意了才能采用。”

“OK。”张一平会意地拿起相机，随意走在屋子中，调整了一下焦距，选取几个合适的角度，四处拍了起来。他很快就发现了屋子里贴着的字条，一时觉得有趣，专门把那些纸条拍了下来。从练琴房拍完相片出来后，看项维与洪敏相谈甚欢，望了望楼梯，想了想，放轻脚步上去了。

12

二楼有四个房间门，其中有三间房门紧闭，只有一间是虚掩着。

张一平迟疑了一下，便把门推开了。

那是间书房，满满两大柜子的书，毛笔、刷子、颜料等工具杂乱却带某种序列的放在不同形状的展示柜里，这些元素本身便构成了一幅抽象画，就更不用说或随意扔在一边，或展开一半，或挂起来的那些肖像画了。

走进来的张一平，被眼前的场景吸引着，手里的相机不知觉地按下了快门。

“你在干什么？”一个声音严厉地从书房靠窗那一边传了过来。

原来康诚一直坐在靠窗那一边，背对房门口的椅子上休息，被按下快门的声音惊动，转过椅子就看到张一平竟然在拍照，从椅子上一下子站起来，吼着朝张一平扑了过去。

张一平看康诚的脸色有点狰狞，吓了一跳，慌忙躲到一边时却不小心撞到什么东西，只听啪的声音，他撞到的东西重重地摔在了地上。

倒在地上的是那个人体骷髅模型。

“你看你，你干了什么好事？！”康诚咆哮起来。

咆哮声引来了楼下的项维与洪敏。

“张一平，怎么回事？”项维问。

“我……我看这些画很漂亮，所以忍不住拍了几张，结果他，然后，我，最后，就……”张一平依次指了指那些画，然后指了指康诚，再指了指自己，最后指着地上的那个人体骷髅模型。

“这些画是我丈夫的作品，你们怎么能私自拍下来呢？”洪敏有点生气了，看康诚似乎受到什么打击般呆呆地看着地上的模型，心疼，“我不是不同意你们拍，可你们怎么不知道一点分寸？”

“抱歉，是我的疏忽，他是新人，不懂规矩，真是过意不去。”项维一边说着一边弯下腰，想把那个模型扶起来，然后他发现左手桡骨已经断裂成了两半，而其他枝骨上也出现了不同程度的龟裂，四周还散落着星星点点的尘末，在项维惊诧地看向张一平的时候，康诚早冲过来推开了项维，“不需要你们帮忙，给我滚！”

项维被突如其来的力道影响差点没站稳，被张一平及时扶住了，“一平你啊，这次可真是闯大祸了。”

“对不起，我赔一个全新的模型给你。”张一平理亏道。

“赔？你赔得起吗？”康诚脸色发青，“你们给我滚！”

张一平还要说什么，被项维强行拉出了书房，“真是抱歉，洪老师，有关专访我们下次再约时间。”

“还有下次？我警告你们，别再踏进我家半步，不然，我打断你们的腿！”康诚眼圈发红，额头上青筋直冒。

“阿诚？”印象中丈夫一向温文尔雅，此刻却凶相毕现，让洪敏吃惊不小。

“都是你，爱慕虚名，做什么专访？什么不三不四的人都带回家！”

“你说什么？我是钢琴家，他们看得起我的才华才来采访我的。我爱慕虚名？难道我的名气不是靠我的实力挣来的吗？我哪点配不上了？我是实至名归好不好？”洪敏生气了，“难道你以为这世界上就只有你的钢琴演奏才是最好的吗？别忘了现在弹钢琴的那个是我，不是你。”

“洪敏！”康诚大吼了一声。

“不是吗？你就是个胆小鬼，现在连弹钢琴的胆量都没有了。是，我知道自己没有你那么有才华，不像你从小就能练钢琴，你知道，我为了走到今天这一步，付出了多少心血，吃了多少苦头吗？你是天才，用不了一年甚至一个月能够学会的技巧，我要练五年、十年，甚至二十年。你荒废了你的才华，却来说，说我的……我的一切努力，都是虚名？”洪敏忍不住流出了眼泪，“康诚，为什么你总要否定我的一切呢？为什么就不能支持我鼓励我呢？我弹钢琴，在你眼里，是错误的吗？”

康诚张了张口，无言。

13

“啧，没想到那人表面上看起来斯斯文文的，性子原来却是这么暴躁的。”张一平上了车，系安全带的时候悻悻然说，“你看看，这是不是就是所谓的表里不一呢？”

“但你确实是做错事情在先，怨不得别人。”项维脸色有点怪异，看着张一平欲言又止。

“怎么了你？”张一平看出了项维的不对劲，顾不上开车了，追问道，“你跟那个洪敏谈了些什么？是不是有关于小娜的线索了？”

“啊，有一点。”

“哪一点？”

“庄仁静这个人，跟你一样有个特点，很爱臭美。”

“啥？”

“详细地说，就是对自己的外表极度不自信，过分依赖现代科技，来伪饰自己的形象。”

“什么跟什么？谁对自己的外表极度不自信了？我？！你开玩笑的吧？！”

“她从小就接触美容，除了矫正牙床，第一次做相关的手术是在十五岁时候，割了双眼皮……”

“哦，你指的是那个冒牌货啊？她怎么跟我一样了？”张一平缓缓发动了车子，“听你这么说就知道她的长相跟她的身份一样，都是假的了。我可不一样，我长这么帅是天生的，全身上下没动一处刀子。”张一平说着，用手使劲拍了拍自己的脸，“看看，没填充物，不浮肿，无变形，我可是天然产品，谁跟冒牌货一个样了？”

“哈，哈。”项维笑了两声。

“她爱整容就整容吧，跟我们找回小娜有什么关系？”

“你忘了？那些犯罪分子利用什么手段给人替换身份的？”

张一平这才明白过来，“啧，说重点。”

庄仁静在国内时候就因为过于在意容貌而多次整形，根据洪敏所说，其中有一位她多次提到过的医师，姓李名高宏。

“李高宏？怎么听起来有点熟悉。”

项维竖起了食指指着张一平，“这可是整容医师呢，你张一平竟然觉得这名字有点熟悉，是不是说明了点什么呢？”

“能说明什么？你忘了我是混影视圈的啦？影视圈的人接触多几个整容医师是很正常的事情，绝对不是因为我想在自己脸上动刀子才知道的这个名字，我张一平可以对天发誓。”

“是，是。”项维把张一平上车时放到一边的照相机拿了起来，打开，看他刚刚在康家拍下的相片。

“那么，我们现在是要去找这个李高宏了，对吧？”

“为什么？”

“为什么，还用说吗？这家伙，这个李高宏，说不定就是幕后黑手啊，他有重大嫌疑，对吧？”

“没错，不过——”

“不过什么？”

“李高宏是庄仁静在国内做整容手术时的医生，但庄仁静是在从国外回来的时候整容成小娜的，李高宏可能跟整件事情毫无牵连。”项维来回看着相机里的几张相片，“不过，你说要去找他是对的，毕竟他是首先进入我们认知范围内的第一条线索，又有可能是那个犯罪团伙里极为关键的身份，究竟有没有嫌疑，我们要进一步核实。”

“你，项维你，干吗盯着我拍的东西看？验货啊？怕我摄影技术不过关？”

“这些，是什么？”项维把自己反复看的那几张相片展示给张一平。

“画啊，就是康诚的作品。”

“看出什么蹊跷没有？”

“有什么好蹊跷的，一看就知道康诚画功不好，说是肖像画，但每个人的五官都跟一个模子里印出来，雷同得没有特色。”

“你也看出来了？”

“当然，我对美的事物还是很有鉴赏能力的。”张一平得意，“不过，这也不能怪人家康诚，他整天对着那副骷髅作画，技巧难免刻板，谁能对着一副骨架子想象美若天仙的容貌呢？不过换我就不一样了，如果他请我做模特……”

“行了行了，你最帅，你最有气质，你就是行走的荷尔蒙，最有魅力。”

“那等会儿你跟我这个最有魅力的助手，是去找李高宏？”

“不，在那之前，我们还有一起事件需要解决，如果真的有案件已经发生了的话。”项维的脸色显得有点凝重。

“你想干吗？”

14

康诚，H市本地人，现年二十七岁，是钢琴大师康道恒与前妻潘婉冰之子。

康道恒在康诚十岁那年与潘婉冰因感情不和分手，离婚后另娶，潘婉冰则没有再婚，也没听闻她有工作，母子两人一直依靠康道恒给的一大笔赡养费过活。康诚年满十八岁后，康道恒还一直按时给之前的银行账号转钱。

“另外，在我儿子初中毕业那一年，我就给他设立了一笔教育基金，是康诚的学费。听说康诚没去念体制内的公立学校，我也不知道她是怎么想的，至于那笔钱是怎么用的，也就由他们去了。”康道恒说，“我知道的，就这么多，别的我就不清楚了。”

“您最近，有见过他们吗？”

“没有。”康道恒摇头，“离婚之后，阿冰她就拒绝见我，也不让我再接近儿子，再说我们也住在不同的地方，而且，我也有了新的家庭。赡养费用方面，我也从来没有拖欠过，因此见不见面也无所谓，不过刚离开那段时间，阿诚经常打电话问我一些生活上的琐事，知道他放弃钢琴以后，我们更没共同语言了，联系就少了。”

“那他跟洪敏结婚的消息，你知道吗？”

“知道。洪敏跟阿诚是小学同学，是巡回演奏的时候，他俩重新联系上的吧？洪敏人不错，也很有才能，前途不可限量。阿诚能娶她做妻子，也是他的福气。”康道恒点头，疑惑道，“你们问这个干吗？这跟洪敏的专访没有关系吧？”

“只是想详细了解一下洪老师的家庭背景。您本人是资深的钢琴家，儿媳妇现在也是钢琴界的新秀，你们康家，跟音乐，跟钢琴，结缘很深哪！”

“那是。啊，项记者，你能不能帮我一个忙？要有机会，跟洪敏提一下，我呢，很期待能有一天能跟她同台演奏呢。你让她看看，什么时候在她演奏会上，我跟她，完全可以来个合奏嘛！”

“有机会，有机会。”项维点头，“对了，你这里还有你跟康诚的全家福吗？”

“有的，我找找。”

康道恒从抽屉底部抽出了一张相片，殷勤地递给了项维，“记得帮我跟洪敏提一声，还有康诚，许多年没去见他，我这做父亲的，也有点过意不去，怪挂念他的，能约出来一起吃饭就好了。”

“好，我尽量。”

项维上了车，把那张全家福塞给了张一平，张一平看了一眼，吹了声口哨，说：“哟，原来，他那画是照着他母亲的五官画的啊！”

“对。”

“不对！这哪里对了！这也太不正常了吧？他身边有个青春美貌的妻子呢？要说康诚照着谁的样子画像，那也应该照着妻子的样子来画吧？结婚之前照母亲的样子画那没什么，那认识洪敏之后就应该让妻子当模特了吧？这种搞艺术的不都是说灵魂伴侣才是自己的缪斯嘛？这都结婚多久了，他还，还……难道，他有恋母情结？”

“我们去康家的时候，你有见到康母吗？”

“没有，不过我发现了一些东西。”张一平说着，把拍下来的那些留言的相片，递给项维看，“都是妈妈的口吻呢！”

项维一张一张看着那些留言，神色有点凝重。

“怎么了？”张一平撞了一下项维的肩膀，“从康家出来后，你就有点怪怪的。”

“我们，还得跑一趟康家。”

“还去？康诚可是放话说如果我们再去，就打断我们的腿。”

“这你就怕了？”

“谁怕了？我不相信他真敢打，只是我相信他敢骂。男人撒起泼来更可怕，我心脏脆弱，承受不起。”

“那不还是怕吗？”

“怕？谁怕谁啊，去就去！”

“开车。”

“等等，我先去遛个弯儿。”

“干吗？”

“我不是摔坏了人家的模型嘛，我去买一个赔给他，省得他又骂我。”

15

洪敏看着没有提前打招呼就来造访的项维与张一平，刚想把门关上，项维抢先把脚挡在了门前。

“洪老师，我们是来赔罪的。”

项维这么说着的时候，后面抱着个骷髅模型的张一平，抓起模型的左臂长骨扬起手说着“嗨”。

“不需要，你们回去吧。”洪敏摇头。

“不不，我想有些事情，洪老师应该也需要康先生解释清楚的。”

“什么？”

“是关于，你的婆婆潘婉冰女士的事情。”项维看洪敏不解，“我想洪老师也一定会想知道，潘女士现在在哪里吧？”

“婆婆她出了什么事情？”

洪敏终于让出了入口。

16

“你们问这个干吗？”康诚看着张一平把那个赔给他的骷髅模型小心翼翼地放到一边，眼神呆滞。

“我们想见见她，麻烦你联系一下她可以吗？”项维请求。“有点事情，需要找她确认一下。”

"她很忙，没空见你们。"

"你不问她，怎么没知道她没空见我们呢？"项维追问，"或者，你把潘女士的联系方式给我们，我们自己联系？"

"不需要，我妈不喜欢无谓的人去打扰她的生活。"

"那么，我们不打扰她的生活，不出现在她面前，也不找她说话，就是，远远地望她一眼，可以吗？"

"你以为你们是什么人！凭什么我妈就一定要见你们？"康诚的语气慌乱起来，转头问洪敏，"洪敏，你不是说他们是来找你做专访的吗？现在纠缠着我跟我妈不放，是什么意思？"

"项维？"洪敏质问，"我也想知道，你到底是什么意思？"

"对啊，我也想知道是什么意思？"

"我是，这个意思。"项维伸出手，把张一平刚放好的骷髅模型推倒在地。

"项维，你欠揍啊？！这模型可是很贵的，摔坏了要你赔……"张一平慌忙去扶起模型，看到模型毫发无损，松了一口气，但同时他意识到了什么。

康诚的脸也在这时变得如死灰般难看。

"对了，就是这一点。"项维问，"不知道，康先生书房里的那个模型用了多少年呢？"

康诚避而不答。

"这种骷髅模型，正常来说，不是用各种聚氯或者酚醛等树脂，就是普通的PVC塑胶材料做的。摔下去的话，除非是关节联结的部位，一般是不会在骨脂表面出现皲裂的裂缝，或者有粉末状的异物出现。"项维解释道，"不知道，康先生书房里的那个模型，是什么材料做的？"

已经明白此刻项维在说什么的张一平紧紧抱住了那个骷髅，冷汗直冒："项维，难道，那是？"

根本不明白发生了什么事的洪敏，一会儿看着项维，一会看着自己的丈夫。

“我来这里之前，拜访过你的父亲。康老先生说，从他和你的母亲结婚开始，潘女士就一直在家做全职太太，从来没有在外头工作过。离婚之后，靠他支付的赡养费用，你们就能过上很好的生活，潘女士根本没有工作的必要。我问过住在这附近的人们，他们似乎已经很久没见过潘女士了。而所有关于潘女士的消息，在哪里工作，去了哪里，在做什么，都是从你那边听说的。所以，我们才想要拜托你，联系上潘女士，让我们见见面。”

康诚缓缓地低下了头。

“可是，那是无法办到的事情，对吧？康诚？”

“为什么？”洪敏依然不解地问，“婆婆她，是发生什么事了吗？”

“其实，潘婉冰她一直都在这个房子里，只是我们再也见不到她了，对吧，康诚？”

“项维，你，到底在说什么啊？”

“洪老师，你还不明白吗？你婆婆，就是你丈夫书房的那具骷髅。”

“我不明白，我不明——”摇着头的洪敏，猛地停住了，眼神里面充满了惊惧，“你，你是说？是说？”

“对的，虽然表面处理过了，但那是人骨，那就是潘婉冰。”

“不，不，不可能，不可能。”洪敏惊惧地后退了几步，看着丈夫，“康诚？”

康诚慢慢抬起了头，视线茫然地越过了项维、一平，落在了屋子里的那些留言上：

“十一点就该睡觉了。”

“刷牙至少三分钟。”

“放在冰箱的食物不能超过三天。”

“睡不着的时候，暖杯牛奶。”

“外套与内衬要分开洗、分开放。”

……

“康诚，是你杀了你的母亲吗？”

17

呼的一声，钢琴上摆放着的装满花束的玻璃瓶被推了下来，摔在地上。瓶子碎了，水洒了出来，花，连同纷纷扬扬落在地上的琴谱碎片，被重重地踩在高跟鞋的脚下，很快失去了生气。

“我说了多少次了，你就是不听是不是？不准弹钢琴，这辈子，你都绝对不允许弹钢琴了。你以为趁我出门的这点工夫偷偷弹，我就不知道了吗？”

潘婉冰歇斯底里地吼着，把手里撕碎的琴谱扔了，揪住了儿子的耳朵，责骂道：“我跟你说过很多次了吧？康诚，这是那个臭男人留下的东西，你不应该去学的，绝对，不能学，学了，你也会变得像他一样，变成一个不知羞耻、抛妻弃子的坏男人的，懂不懂啊？懂不懂？难道你以后想学他一样抛下妈妈吗？”

“不是的，妈，我只是喜欢弹钢琴啊。”十岁的康诚一下哭了出来。

“喜欢？不准喜欢！我最后一次说不准喜欢，听明白了吗？你要听话，别学那个臭男人，明明说好了不准去喜欢别的女人的，他还是要去犯贱，犯贱就算了，还要丢下我们母子俩不管！你绝对，不能学他，妈说不准你喜欢钢琴，你就绝对不能弹钢琴，明白了吗？”

“妈，别打了，疼，我疼。”

“你答应我，以后都不弹钢琴了，妈就不打你了。”

“可是班主任说，一个月以后要送我去市里参加钢琴大赛……”

“什么钢琴大赛？狗屁！才跟你说不准弹钢琴，你就说什么钢琴大赛，你是不是不听话？”

“不是的不是的，求求你，妈，别打了。”

"你听话妈会打你吗？都是因为你不听话才打你的，妈不就是为了你好吗？你要再不听话，妈就把这钢琴砸个稀巴烂，看你还怎么弹钢琴！"

"妈！妈！"再也受不了了，康诚的手一把抓起了地上的玻璃，猛地朝眼前已经完全疯掉了的，对自己又打又掐的那个人身上插了过去，"住手啊，妈！"

潘婉冰的动作停了下来。

但在她睁大的眼睛里，流露出恐惧的同时，还有难以置信。

康诚哆嗦地松开手，后退了几步。

潘婉冰一头栽倒了下去。

血从潘婉冰脖子上的大动脉汩汩地流了出来，很快蔓延到了地上，染红了刚才泼了的水，染红了那束花，染红了散落一地的琴谱。

康诚被吓傻了，许久没敢作声。当地上的红色越来越多的时候，他回过神来，小心翼翼地推了推母亲，母亲没有反应。他用力把母亲翻了个身，看到母亲的脸上，一双眼睛睁得大大的，于是叫了一声："妈。"

他没有得到任何回应。

十岁的孩子虽然还小，对死亡只有着模糊的认知，但十岁的康诚潜意识里知道，相较于父亲的离开，母亲离开了，再也无法回来了。

康诚蹲在母亲的尸体旁边，默默地哭了一个夜晚。

作为孩子，他不知道该怎么处理眼前的这一切，但按照以往的生活秩序，他知道，在天亮之后，在每天固定的时间，该做的事情是什么。

于是，第二天早上，他跟练琴房里的母亲说再见，拿着冰箱里的早点，照常去了学校。

父亲跟母亲离婚的事情当时闹得满城风雨，他从别人眼中艳羡的目标，变成了奚落的笑话，他们自然也知道被丈夫抛弃的妻子喜怒无常。于是父母在家长会上的缺席，他身上出现的伤痕，人们都视若正常，也正因为这样，没有人去深入追究，此时康家已经发生了什么事情。

因为孩子心性，他一度觉得轻松，觉得妈妈终于再也不会为难打骂自己了，也不会阻拦自己弹钢琴了。然而，当他坐到钢琴前面，揭开琴盖看着那些黑白按键时，他举起的手，总会失去力气。

他失去了按在琴键上的力气，失去了忘记一切的勇气。

他看着身后逐渐僵硬的母亲，慢慢地低下头。

夕阳从练琴房的玻璃门照进来，照在一母一子身上。

那些阳光毫无温度，冷得让人发寒。

不久之后，康诚才察觉到了生活上的危机。

“妈，我错了。我应该听你的话的，你要我做什么，我就做什么，你不让我弹钢琴，我就不弹钢琴。妈，你不要变坏好不好？”

开始腐烂的尸体在练琴房散发着难闻的气味。看着母亲的尸体一天比一天难看的康诚，终于想起来以前小猫小狗死去的时候，是要把他们用土埋起来的。

所以，他也要把妈妈埋起来吗？

康诚看着花园里新翻的土，感受着处理妈妈尸体时的触觉，默默地流着眼泪。

自己以后就是独自一人了，要怎么办呢？

记住以前妈妈说过的话就好了吧？不懂的，问问爸爸吧！

康诚回到书房，认认真真地，把他记住的，妈妈以前嘱咐过他的话，一一写了下来：

“十一点就该睡觉了。”

“刷牙至少三分钟。”

“放在冰箱的食物不能超过三天。”

“睡不着的时候，暖杯牛奶。”

“外套与内衬要分开洗、分开放。”

……

最后，他来到了练琴房，把“不许弹钢琴”贴到了钢琴上。

看着钢琴上的那句话，康诚重重地叹了口气。

那一声，连同空荡荡的夕阳，在练琴房弥漫成雾，久久不散。

18

那以后的这么多年，他都想念着母亲。

孤独的他，开始学画。他想把母亲最真实的一面留下来，不是那张狰狞可怕的面孔，而是很早之前，父亲还在的时候，那张温婉的含笑的脸庞。他想让自己记住，母亲最美丽的时刻。他画了那么多的人物图，每一幅，都长着母亲的面孔，仿佛这样就能抹去心中已然扭曲的母亲的形象。

然而，什么是真实呢？

那个和蔼温柔的母亲是真实的，那个歇斯底里的母亲是真实的，那个恶狠狠毒打自己的母亲是真实的，那个在夕阳余晖里逐渐腐烂的母亲是真实的，那个被自己拖出去埋在地下散发着恶臭的母亲是真实的，那个——那具因为花园翻新，不得不被自己拖出来，经过特殊处理后变成骷髅模型的母亲，也是真实的。

还有，随着母亲死去，不得不一起埋葬掉的自己的梦想，而如今却被他人窃夺般实现了的事情，也是真实的。

康诚看着仍然被事实震惊的洪敏，心底有无尽的悲哀涌起。

原本，他才应该是她的憧憬。

而现在，她却成为了他的憧憬。

那一天，坐在观众席上，看着她光彩夺目地在台上弹奏着钢琴，他就深深地体会到了这一点。

长大后的她，成了他。

台上的她，万众瞩目，是多年前他在心底描绘了很多次的，他未来的情景。

原本，他可以做到的，然而……

所以，他忍不住地想要靠近她，靠近这个他自孩童时候起就拥有的梦想。

所以，一直抗拒外人走进禁忌之地的他，才会容纳，这个眼睛里的自己依然如从前那般闪着光芒的她。但是他也深深地妒忌着她。他被自己复杂的情感拉入了极端，开始排斥那些把她与钢琴联系起来的一切事物。

要是，这个叫项维的记者，没有突然冒出来，一切会变得怎么样呢？

他妥协了，允许钢琴声在这个禁忌之屋重新响起来，或许，她可以是他的救赎吗？

还是，他的妒忌，终有一天会毁掉她的光芒？

不清楚。

只是以后，他再也不必困在这个禁忌之屋了。

康诚感觉到一阵轻松。

像许多年前，意识到母亲再也无法阻拦自己的那种轻松。

或许自己期待这一天已经很久了吧？

不然，自己怎么会生出那么疯狂的念头，要把母亲的遗骨做成模型，公然放在书房呢？

他是想要昭展自己的罪恶啊，想要谁能发现这一点吧？

要是某一天，自己的犯下的罪过被人发现了，那就可以放下一切，重新回去弹钢琴吧？

一行热泪从康诚的眼睛里流下。

“阿诚？”

“很好听，你的琴声，很好听。”他看着洪敏，仿佛在看着另一个自己，“以后，不要放弃，继续练习吧。我相信，你的琴声，一定会更好的。”

“阿诚！”

然后，有一天，我会再度弹奏钢琴，直到，打败你。

19

看着警察把康诚带走，坐在车里的张一平生出了感慨："我忽然又发现了你的两个缺点。"

"我一点都不觉得稀奇，你张一平什么时候发现过别人的优点了？"

"你这种人，就是别人口里的瘟神，走到哪儿，哪儿就有倒霉事情发生。而且啊，你就不能睁只眼闭只眼吗？像这次这个，都已经过去多少年了，你还非得报案，真是不近人情、不讨喜啊，绝对会更不受欢迎的。"

"那你很近人情、很讨喜了？"

"没啊，我没觉得自己讨喜，不过近人情倒有，起码看见那些可怜、顺眼的人，我会帮帮他们。"

"哼，我看你就光嘴上说得好听，实际上从没有行动过。"项维看着后座上的那个骷髅模型，"你不是觉得康诚可怜吗，怎么把赔给他的东西拿回来了？"

"反正他也用不着了，所以我就打算拿回家给大壮做个伴。"张一平讪讪地笑了笑，把手机递给了项维，"不说这个了，之前你不是让我联系小娜的前男友问问有没有关于庄仁静的事情吗？"

"有消息了吗？"

"有，他给我回邮件了。"

嗨，一平：

你发过来的相片上的人，是Nana的一位朋友，叫Jean。

我们是在学校附近的医院遇见Jean的，当时我跟Nana去了附近一家新开的餐厅尝试新品，不料吃到的餐后甜点是夹带了花生仁的，我吃完后就出现了过敏症状，鼻子发红发肿还出了疹子，所以就近找了医院看急诊。

那个时候，Jean也陪着她朋友来看病，Nana排队拿药的时候，就跟她认识了，之后约在外面见了几次后，Nana跟Jean就变得很要好了，Jean也是个基督教的信徒，平时两个人一起去教堂祷告，做弥撒。

Nana不是一个容易交上朋友的人，看她跟Jean情同姐妹，我也很高兴，可惜后来Jean出事了，Nana还到处托人帮助她。在Jean失踪后，Nana茶饭不思了几天。至于后来的事情，我就不太清楚了，因为那个时候Nana已经跟我提出分手，预备回国了，对我很冷淡，她们的事，也没有再跟我提过了。

Nana自杀的事情，我也感到抱歉，希望你节哀。不过，为什么你们想知道Jean的事情？你们有关于Jean的消息吗？Jean跟Nana那么要好，Nana一定希望她平平安安的，Nana死了，但愿Jean没事才好。

有什么我还能帮得上忙的吗？上个礼拜，这边的警察因为Nana的事找我了解过情况，是不是还有什么问题没有解决呢？你们如果有需要，请一定要告诉我，我希望能最后为Nana做点事情。

“还真让你说对了，庄仁静真的是小娜生活圈子里的人，还跟小娜挺要好的。”张一平把托尼——即小娜前男友——发过来的，小娜跟庄仁静的相片也找了出来。

“托尼说小娜找神父忏悔，这个庄仁静一定也是知情的吧？所以她可能从小娜嘴里知道了汤莹莹撞车的事情。不过，她可是假冒了小娜的身份，居然还以为自己是真小娜找上了汤莹莹？你说她这是什么心态？”

“或许是出于自己陷害了小娜的愧疚心理，于是回国后想代替小娜完成她的心愿？”

“她有这么好心吗？她要真好心，那么她一开始就不应该冒充小娜。”张一平愤慨地说道，“我看她啊，一开始接近小娜，八成就是怀着想要盗用小娜身份的不良动机的。”

“不太像吧？依照托尼的说法，庄仁静认识小娜在先，卷进案件在后，她不可能预先知道将来有一天自己会落到必须假造身份潜逃回国的地步吧！”

“如果她本身就是是非之人，还有人提前指点她呢？”

“你是说？”

“那个李高宏，如果真是犯罪团伙的主谋，而且又跟庄仁静又有千丝万缕的关系的话，你觉得他有没有可能早早地就把庄仁静发展成了潜在顾客呢？”

“明白了，我来看看，我们有没有机会可以跟这个李高宏见上一面！”

第七章　父与子

1

凌晨五点。

天色刚蒙蒙亮，静谧的马路两边，灯一盏一盏地灭了。

天光墟的人影越来越多，筒灯不约而同地亮了起来，给安静的晨醒时分增添了几分神秘。

他们流连于各个收藏旧货的小摊前，看到钟意的便拿起来，放到光下细细地揣摩，决定是买还是不买。

天光墟小摊上的旧货琳琅满目：有二手的电子商品、停刊的杂志，有旧手机旧相机，喇叭唱片机，也有古书、钱币、烟斗跟帽子。其中大多数，都是前一个时代，或是相当有辨识度的东西。

来这里淘货的人，有纯粹是过过瘾儿的，有想感受旧日情怀的，也有想从中发掘点真货发财的。这其中，有一对父子，他们似乎对天光墟非常熟悉，经常给那些看起来是第一次来的墟友指点迷津，而两人本身，看到满意的物品就买，也不讲价，买得痛快。

俞庆鱼一开始并没有留意这对父子，直到她逛到他们淘货的那个小摊前时，看他们毫不犹豫地买下一幅卷轴的时候，才听墟主说："钟伯啊，你是上次在这里淘到真东西了吧？这几次这么豪爽地帮衬我们，以前可没见你出手这么阔绰。"

"哪里哪里，像我们这辈人，还是用以前的老东西才顺手，看着也亲切，人情味够分量，所以啊，就添置多一点这样的心头好，除了能用，还能摆在家里，别人看着也会觉得我们家有文化底蕴呢。"钟伯呵呵笑了，"再说，我还有个铺子呢，大家都是混口饭吃，互相帮衬，互相帮衬。"

"说到文化底蕴啊，那你买这幅画就真是买对了，这是我大伯用来压箱底的中国传统水墨画，旧年代不挂，现在的人喜欢西洋壁挂画，再挂这种画就风格不合了。你喜欢这种老东西，刚好，买回去挂起来最有文化底蕴了。"

"哎哟，那感情好啊。我啊，就喜欢在家挂个山水国画，那才叫大格局，回去我就给挂起来。"

"那你看看，这幅画够不够气派？"

"好。家涛啊，把画打开看看！"

一条腿有点跛脚的年轻人，把卷轴展了开来，画确实是国画，却非气势磅礴的山水画，而是几枝红黑相间的梅花枝丫。

俞庆鱼的眼睛像被点燃了一般，倏地亮了起来。

"爸，我们去下一档吧？"

钟家涛一回头，就对上了一双亮晶晶的眼睛。

第一次相遇，那双眼睛就深深地镌刻进了他的脑海里。

此刻，他看着这双眼睛里带着恐惧，如灯光般渐渐熄灭，心里充满了愤恨以及悲哀。

许久，他才一把将她抱起来，走出了房门。

不能把她留在这里。

2

唔，天气不错。

他推开窗，感受到了一股雨后的味道，看着渐渐晴朗起来的天边，微微眯上了眼睛。

旁边是一个白瓷盆，装着白色的液体，散发的那股清香暗示了，这些液体是牛奶。

他把洗过的双手用毛巾细细地擦了擦，而后，将双手慢慢地浸泡进了牛奶里。

肌肤与牛奶碰触的感觉，有点凉，有点滑，双手搓揉的时候，感觉到如丝般的细腻缠绕，滋润了每个毛孔，抚平了每道皱痕。

这是每天早上起来，他必做的事情。

他如此重视的这双手，已经创造出了许多完美的艺术品，以后也将继续创造更多完美的艺术品。对他来说，这双手无比重要——能创造出艺术品的双手，何尝不也是艺术品呢?

他把双手从牛奶里抽了出来，从指尖滑落的奶滴落到了瓷盆里，激起了圈圈涟漪。

之后，他戴着白手套，拎着雨伞，走进了美术馆。

这是，他每个星期必做的事情。

创造艺术品的他，身为艺术家的一分子，总喜欢忙里偷闲，感受艺术气息。

时间还早，展馆刚刚开门，观光者很少。

正合他意。

如果可以，他当然希望独自享受一展厅的艺术品，可惜，这不可能实现。

所以他总是最早进入展览厅，做第一批观光者，趁着人少的时候，呼吸较为自由的空气。

他走进了第二展厅——据说这里近期正在展出交流中心主办的近代水墨画家的新作，如今还在展期之内，他亦有兴趣一探究竟。

一踏入展厅，他就察觉到了异常。

有几个展台歪了，展示框摔碎在了地上，从房间内可以看到后院的那扇窗户被打破了，玻璃碎了一地。

他朝窗户那边走去，才迈了两步，便看到了一双脚——是躺在地上的某个人的脚。

稍一思忖，他就明白了发生过什么事情，很快地后退。以自己敏感的身份，不能跟任何可能引起麻烦的事件扯上关系。

他想装作什么都没发现，就此离开，但已经晚了，他听到了走向这边的脚步声，以及对话。

“果然啊，项维，我们这么早过来是对的，人真少啊，好像我们包场了一样。”

他看到了一高一矮两个男人走了进来。

他瞥见另一个观光者也发现了异常，眼睛睁大地看着他刚发现的地方。

来不及了。

“你们快去找负责人过来，出事了！”他不得不说。

“什么？”

3

项维一怔，随即看到了展厅里的异常，旁边另一个人已经尖叫起来。

被砸烂的玻璃，空白的展示框，以及倒下的一双脚，这代表了什么，项维非常清楚。

失窃事件？伤人事件？

没有理会神色匆忙赶过来察看情况的负责人，项维先一步走到了案发区域。

躺在地上的被袭击者，是个女性，从她的脸色来看，已经死去多时。

现场留有打斗过的痕迹——展台偏离了原来的固定位置，展示框摔得破碎，而原本应该在展示框内的东西，不翼而飞。

应该是，有人破窗而入准备行窃的时候，正好被受害者看见，于是便出手杀了她，而后卷走了展品。

在负责人报警之后，项维建议闭馆谢绝来客，以防破坏案发现场。

“真是凑巧啊！”张一平远远地望了一眼那具尸体，然后看着刚才让他们把负责人叫过来的男人。

项维点了点头，看那男人被负责人留了下来，稍微放下心来，小心翼翼地退后几步——被打破的玻璃窗碎片，落了一地，有几片还溅到了死者的衣物上面。

项维搔了搔头，转身问负责人：“你们这里应该装了防盗系统吧？有监控录像吗？”

“有是有，不过昨天夜里台风暴雨，我们今天上班的时候发现电闸跳了，昨天晚上的防盗系统根本没起作用，整幢楼的监控记录都没了。”

“认识她吗？”

“认识，是我们的画展协作，俞庆鱼。”

项维唔了一声，“她今天几点来上班的？”

“她今天早上没来上班。”

“啊，你是说……”

俞庆鱼昨天夜里就已经死了？

“那她昨天什么时候下班的？”

“不清楚，这个画展安排是由她负责的，她的工作完成后就能下班了。”

“她有展馆的钥匙？”

“有，大门跟这个展厅的她都有。不然她一个人工作到那么晚，谁锁门呢？”

“她工作得很晚吗？”

“对，昨天夜里，大概十点的样子吧，她还打过电话给我，我没接到。”

“你怎么知道她那个时候还在这里？”

“因为她发了条朋友圈，配图是在我们馆里拍的。”

项维看了负责人给他看的朋友圈，相片是从玻璃窗口拍的外面的雨景。

在拍下这张相片多久之后她就遇害了呢？

“昨天没有跟她一起留下的工作人员吗？”

“我问问……”负责人刚说完，意识到什么，盯着项维，“我说，你问这么多干吗啊？你是警察吗？”

“我们只是想帮忙。”张一平过来打圆场，“我们都是现场的第一目击证人，问问情况不犯法吧？”

张一平说这话的时候，警察已经到达了现场，恰好，派来的警察正是莫老大与钟克之。

“项维，怎么又有你？”莫老大看到项维就叫了起来。

“对啊，就是这么巧，莫警官。”项维不得不应了一声，眼角的余光瞥到第一目击证人此刻正默默打量着自己，心里有点惋惜。

最先发现现场的人，正是他们今天想要接触的对象，那位整容医师李高宏。

李高宏，现年四十三岁，未婚，在市内一家著名的美容整形医院做主刀医生。无不良嗜好，深居简出。在摸清了他的生活规律后，项维与张一平今天起早，打算在美术馆与之来个暗中摸底，却不料李高宏成了案件的第一目击证人。而且在来不及知会的情况下，负责案件的莫老大一上来便暴露了项维与警方的有所牵连，李高宏现在估计已经有所警惕了。或许，改变原计划，直接试探更能奏效？

4

在等待警察过来的那一段时间，李高宏的神经绷得紧紧的，脑海中盘算着该怎样才能和这件事情撇清关系，最重要的是不能让他们发现自己做的那些事。他的视线不经意地扫过展厅，只一会儿，他的注意力便放在了一高一矮的两个男人身上。

高个子的男人很扎眼，甫一进来，就让别人感觉到了他的存在，不得不被他的一言一行所吸引。然而，在众人的目光被转移开之后，却是旁边那个其貌不扬的男人——稍微不留心，便会让人忽略的男人，在不被人所察觉的时候，默默留意着现场的细节，甚至连自己的动作，都可能被他纳入眼底。

他是谁？为什么对凶杀现场如此坦然，却又观察得如此仔细？便衣吗？看着并不太像。那会是什么？他发现什么了吗？他问负责人的那些问题，是很自然地进入调查状态的模式，看来他已经遇到过很多次类似的情形了。

在关注着项维一举一动的时候，李高宏丝毫没有察觉警察已经赶到现场，直到那个老警察喊了一声："项维！"

项维?

他皱了一下眉头，然后想起来了，眼睛里闪过一丝惊骇。

项维，那个因为破获了"制裁之手"的案子而名声大噪的男人。（详见作者的另一部作品《谁是第十二个》）

他竟然在这里碰到了那个记者"大侦探"！居然在这里，在这个情形下，撞见了这个项维，是不幸呢，还是运气?

说不幸，偏偏自己干的一些勾当是无法见人的，项维如果真如传说中那么嗅觉灵敏，恐怕自己有被识破的危险。

说运气，自己此刻身为命案现场的第一目击证人，又是让他们去报案的人，只要不自乱阵脚，按照道理来说没有人会怀疑自己，反而自己知道了项维的真面目后，倒能避开此人。

李高宏在心里告诫自己切勿轻举妄动。

“先生，你就是第一个发现现场的人吗？”

“对。”

“麻烦你跟我去录一份口供。”

“好。”

“姓名？”

“李高宏，木子李，高兴的高，宏图伟业的宏。”

在向钟克之讲述发现命案现场的经过时，他用眼角的余光追随着项维的一举一动。

5

根据初步调查的结果，俞庆鱼是昨夜留到最后的工作人员，虽然监控录像无法证明这一点，但有她昨天夜里发的微信图片为证，遇害的时间大概在十点左右。

“这个画展的工作，有那么繁重吗？一定要忙到这个时候？”

“因为画展接近尾声了，一些展品要归还；一些已经交易的作品，要联系买家；还有一些要送到其他展览会的，所以免不了有很多细碎的工作。”

“这些画值钱吗？”

“说不值钱吧，这些作品的作者名气也还不太大，但谁知道将来会不会有升值的空间呢？说值钱吧，平均每幅也就是五六千的样子，目前来看在书画市场上要价并不太高。所以得看个人眼光，你觉得值，那就是贵比黄金；你要是觉得不值，那就真的一文不值了，很难说。”

“那杀了俞庆鱼的人，是个很有鉴赏眼光的人？”莫老大猜测，“他为了偷走那四幅画，可是不惜赔上一条人命。”

“或许吧！”

“你查查，尽快把失窃的那几幅画的作者信息和价钱给我们，看看有没有线索。”莫老大看着勘察人员忙乎的现场，眼尖地眯起了眼睛，“俞庆鱼有美术馆的钥匙？”

“有。”

“还有哪些工作人员有钥匙？特别是，昨晚下班的时候，带有美术馆的钥匙的员工，还有进这个展区的钥匙的人的名单，都给我弄一份。”

“好。”

“还有，这俞庆鱼，平时有谁跟她要好的？尤其是那些她上班的时候会来见她的，以及下班的时候，会来接她的。”

“小俞工作期间没见有特别亲密的朋友来探访过她，都是些画家，还有买家。啊，最近，倒是有个男人来见过她。”

“谁？”

“是个老伯，我听小俞好像叫他钟伯。你得问问小俞家里人去，就来过一次，而且不欢而散，估计是小俞亲戚吧！”

“哦，好，我们记住了，对了，把俞庆鱼同事的名单也给我来一份。”

“好。”

莫老大说完四处看了看，没看到项维，走出去问张一平，才知道项维到案发现场窗外的院子里去了。

展览厅的窗外也洒落了些玻璃碎片，项维蹲在通往侧门的花坛与碎石路旁边——那里有一双脚印，一直通往侧门。侧门的锁看起来有毁坏过的痕迹，现场勘察的警员证实封锁现场之前，侧门就是开着的，鉴于一发现案发现场就报了警，这里还没有别的人经过，推测这双脚印应该是昨天夜里的行凶者留下的。

这就有点奇怪了。如果行凶者看准了昨天的天气作案，那就应该从侧门破窗进入展厅，结果没想到被还留在展厅的俞庆鱼发现，争执间杀了俞庆鱼，再从原路潜逃。可是，现在侧门这里，只有离开的脚印，却没有进入的脚印，这是怎么回事呢？

或许是，行凶者是从正门进来的，直接进入展厅，在那里杀害了俞庆鱼后，仓皇间从侧门离开？

不对。若是那样的话，行凶者就没必要打破窗户了，而且负责人说今天开馆的时候，大门是锁上的，毫无异常。俞庆鱼不可能在自己离开之前就把自己锁在展馆里头，行凶者从侧门逃离的话也不可能把门锁上，更何况钥匙还在俞庆鱼身上，那么是谁最后把门锁上的呢？

“观察了那么久，有什么收获吗？”莫老大问。

“真是个拙劣的犯案现场。”项维起身，眼光从一深一浅的脚印挪开，看着走出大门的李高宏，“老大，抱歉，我还有点急事。”

6

李高宏留下了自己的信息给钟克之，那颗心原本就悬着，正想尽快离开，就看到项维边朝自己走过来边叫自己的名字，心不由得又忐忑起来。

怎么回事？他为什么要叫住自己？自己露出了什么破绽吗？不，不应该的，他应该只是为了今天的这件案子，至于其他事情，他应该什么都不清楚才对。

“你是第一个发现死者的目击证人，方便跟我说说当时的情景吗？”项维递上了名片。

果然。

“我不过就是意外发现的，没什么好说的。”

“怎么会呢，李先生。你发现尸体的时候，可是相当冷静的，另一个目击证人吓得都叫喊起来了，但李先生你却很沉着地让我们找负责人报案，处理得相当好呢！不知道李先生平时是做什么的？”项维语带赞赏地问。

“我是个医生。”

“医生？啊哈，难怪，应该是见多了这种场面吧？是，哪科的医生？”

“我，我是……”李高宏有点迟疑。

没什么好隐瞒的，如实相告就好了。

“简单地说，是美容医师，专门给人整形的，人体艺术家。”

项维笑了，“那真是巧了，我有一个朋友，就是跟我一块儿来的那个，他最近对自己那张脸不满意，想找个人弄一弄，李医生还收病人吗？”

“他？”李高宏想起了那个扎眼的男人，有些疑惑。

“他是个不入流的模特，外形限制了发展，想在这方面改进一下。”

“承蒙项记者看得起，不是我自夸，我们医院在这一方面是最有权威的，而我也是这行的代表人物。”李高宏挺起胸膛，用一只手拄着雨伞当手杖，一只手掏出了自己的名片，“让你朋友有空来找我，他要有顾虑，告诉他，我有很多客人跟他一样，都是娱乐圈的人：主持人、影星，也有模特。他要是在娱乐圈的人脉够广，让他随便找人打听一下，我李高宏是口碑在外的。”

“一定。”项维笑嘻嘻地接过了名片，“那我代他谢谢李医生了。”

7

“什么？你胡说什么？我这张脸哪里需要动刀子了？”张一平刮着胡须，听项维这么一说，差点没刮伤了自己的下巴。

“我这不是为了查案，好尽快调查线索找到小娜吗？”项维看着手上那张李高宏的名片。

张一平没吭声，将最后的胡茬子处理完了，抹了抹，“行，你说怎么样就怎么样，谁叫我是你助手呢，说吧，什么时候让我去见那个李高宏？”

“不急，过两天吧，太快了恐怕会引起他的怀疑。”项维把名片递给了一平。

“所以，我们是，先解决那个美术馆的案件？”张一平接过名片随便塞进口袋，问。

“对。”

死者俞庆鱼，二十四岁，美术馆画展协助，本地人。参加工作后，便从家里搬了出来，在父母留下的老房子里独居，平时社会关系简单，为人好相处。事发当晚估计也是因为加班之后遇上暴雨不得不滞留在馆内，以致于碰见入馆盗窃的小偷，在厮打中不幸丧命。

“是这样吧？”张一平说着自己的推断，觉得哪里不对劲，“不过，不过莫老大为什么不是调查那天夜里的外来人员，反而去调查她的同事去了，他怀疑是内鬼干的吗？”

“那是因为，他跟我一样，都看到了你忽略的东西。”

“是什么？”

项维戴上了渔夫帽，“既然莫老大去排查她的工作关系了，那么我们就从她的生活关系入手吧！”

“怎么做？”

“美术馆的人说，曾经有个叫钟伯的人去找过俞庆鱼，但她的父母却表示不认识钟伯。俞庆鱼是一个人独居的，我想这个钟伯，或许是她的邻居吧！我们去她住的小区打听一下。”

出乎意料的是，拜访俞庆鱼的邻居时并没有发现一个叫钟伯的人，反而是一位邻居听说俞庆鱼出事后，提供了一条信息。

“俞小姐平时不爱跟我们这些人打交道，我们跟她都不熟。不过，说到来找过她的人，有一个小伙子我倒是记得。”

“哦，知道他叫什么名字吗？”

“啊，好像，是叫什么涛，是钟家涛吧，对，对，就是叫这个名字。他好像在追俞小姐，不过啊，俞小姐这人眼高，肯定瞧不上他。”

“为什么？”

“因为他是个瘸子啊，这小伙子人长得不错，可惜就是腿脚不行。像俞小姐，又是做美术这一行的，眼光那么高，怎么可能看上他呢？”邻居八卦道，“那天我看到这小伙子骑着三轮车来找俞小姐，还被俞小姐骂了呢，所以我才知道，他叫这个名儿的。”

“他们，吵架了？”项维来了兴趣，“什么时候的事情？”

“啊，记不太清楚了，就是前两天的事情吧，具体我也说不准。”

钟家涛，那去找过俞庆鱼的钟伯，跟他有关系吗？

“那你会不会恰好知道上哪里去找这个钟家涛呢？”

“这我就不知道了，我是个外人，怎么能知道得那么清楚呢？不过嘛，我听他们提到了天光墟。”

“天光墟？哪里的天光墟？”

“不知道，不过城里有天光墟的地方所剩无几了，你们逐个去找不就对了？”

8

天光墟，俗称“跳蚤市场”。一个天蒙蒙亮就开始营业，天亮则结业的特殊集市。如今只剩下两三处还仍然保持着营业，其中最为邻里街坊所叨念的，是从人民北路那段开始的墟市。

项维与张一平带着手电筒，跟别的墟客一样，逐个档口找下去，别人是买物淘宝，他们则是询人问姓。

“你说的就是钟老鬼跟家涛父子吧？我当然认识他们，他们俩经常到这里来淘货的，你们要找他们，来这里是找对地方了，他们刚经过我的档口，你们往前面去一点点，准能碰到他们。”

项维与张一平又经过了几个档口，就看到前面有个年轻男人拉着一个行李袋，一瘸一拐地走着，同行的还有一名正在说话的老人。

“钟伯？钟家涛先生？”

父子俩闻言停了下来。

“你们，大概已经听说了俞庆鱼小姐的事情了吧？”

项维将自己的名片递给他们，没有错过听到俞庆鱼的名字的时候，两个人脸色的变化。

“这跟我们没什么关系吧？”钟家涛率先反问。

“是吗？”项维没想到自己都还什么都没问，钟家涛就已经先撇清了关系，“我听说，你在追求俞小姐？”

“她死了关家涛什么事？家涛又没去她家！”钟伯异常紧张地护在了儿子身前，“你们又不是警察，问什么问？”

“我们在追踪报道俞小姐遇害一事，刚好调查到你儿子好像在追求俞小姐，所以……”

“你们弄错了，我，我们，都跟她一点关系也没有。”钟家涛轻轻推开了父亲，站在了项维面前，“你们大概不知道吧，确实，我是对俞小姐有点意思，但是俞小姐她并不这样想，那之后我就没有再找过她了，我们也就是普通的墟友关系而已，她的死跟我们无关，我们知道的也并不比别人多多少，所以请你们不要来打扰我们了。”

项维看看钟家涛，再看看钟伯，点了点头，“明白了。”

9

“为什么不追问他们了？”张一平看着两父子离开，问。

“他们并不想说，就算问他们，也得不到答案。”项维盯着钟家涛拖着瘸了的右腿消失在墟市的人潮中，“而且，我想，既然他们是天光墟的常客，或许我们从摊主还有这些墟友口中能知道点什么。”

很快，项维便弄清了俞庆鱼与钟家涛父子相识的始末。

钟家涛父子经常在天光墟淘货，还以低价淘来的旧货开了个“老东西”货铺，因为迎合了某些怀旧讲究情怀的顾客的需求，生意还算不错，有时候淘到以前被低估了的好东西，转手卖出去的时候价格能翻几倍。

他们就是在这里淘货的时候，认识了同样在这里淘货的俞庆鱼。那次钟伯他们买了一幅画，虽然看上去并不值钱，但俞庆鱼却很喜欢，因此他们就搭上了话。当时俞庆鱼想把那幅画从钟家父子手里买下来，钟家涛当即就答应了，但钟伯不乐意，这事就耽搁了下来。

后来再听钟伯提起的时候，说自己的儿子因此认识了个好姑娘，乐呵呵的。据说在一段时间内，钟家涛与俞庆鱼非常亲近，钟家涛甚至把那幅画当作定情信物送给了俞庆鱼。之后没多久，就听说两人的关系淡了下来，来天光墟的时候，两父子一提起俞庆鱼就叹气，再之后，就没听说过俞庆鱼的消息了。

“那幅画，是什么样子的？”

“也没啥好稀奇的，就是几枝墨梅，也不知道俞庆鱼为什么特别喜欢那画。”

“你们知道俞庆鱼是干什么的吗？”

“不清楚，她也没说。”

项维从天光墟打听到的消息中，知道了“老东西”货铺的地址，便和张一平一起，来到了铺子。

铺子布置得很雅致，非常有民国时期的古朴氛围，分门别类地摆放着他们从天光墟淘来的二手货：古画、老相片、老衣服、铜钱、古玩、红木雕花椅，等等。

看项维不请自来，坐在铺子柜台里的钟家涛脸色很是难看，但也没作声，默默看着他们在铺子里走走逛逛。

“俞庆鱼死那一天，你见过她吗？或者说，联系过她吗？”项维还是忍不住问钟家涛。

“我不是说了吗？我们没有关系，当然不可能见过她了。”钟家涛道，“你们真不应该来找我们问她的事情。”

“我们去找过她的邻居，他们说你追求过俞庆鱼，你喜欢过她吧？这还是不久之前的事情，难道说你这么快就能放下她了？你对她的死，一点也不难过？”

钟家涛的脸色先是变红，而后变白。

“像她那种人，有什么好难过的，她啊，就是个骗子，专门来骗我们家阿涛的感情的。”不知道什么时候，钟伯从后屋的帘子钻了出来，“你们是不是来买东西的，不是的话，走走走，别打扰我们做生意。”

“哎呀，钟伯你不知道，我们虽然是在跟踪报道俞庆鱼的事，但也可以给你们这铺子做个专访，宣传一下啊，到时候，你的铺子就出名了，那生意不就兴旺了吗？”张一平帮腔。

“不稀罕，你们快走，快走！”钟伯扬手送客。

“听美术馆的人说，钟伯你曾经去美术馆找过俞庆鱼，有这回事吗？”项维丝毫不气馁，厚着脸皮问。

“去找过她又怎么了？”

“我们打听过了，她跟你儿子认识，是缘于一幅画吧？你说她是骗子，是不是也指她利用了你儿子对她的好感，但目的却是得到那幅画呢？”

钟伯与钟家涛的脸一下变得难堪起来。

“你听谁说的？”许久，回过神来的钟家涛幽幽地问。

“天光墟的人都是这么说的，他们说得不对吗？”

“既然你都清楚了，又何必再问？”钟家涛表情很受伤，“所以，我们对她的死这么冷淡的原因，你们这下都清楚了吧？”

“就是，快滚吧，我都说过了，我们跟她的死一点关系也没有。”钟伯也赶紧地解释。

“既然知道受骗了，那你们把那幅画要回来了吗？”

钟家涛与钟伯对视了一眼。

“画都送出去了，还能要回来嘛！”钟伯愤愤地说。

“爸，别说了。”钟家涛制止父亲继续说下去，告诉项维：“总之，在我们这里，她是个不受欢迎的人，所以，你们要是来买东西的，我们无比欢迎，但要谈她的事情，对不起，我们无可奉告。”

“没错，反正呢，她死那一天我们都没去她家找过她，你们找错人了。”

10

俞庆鱼的家依然如同主人在世时，收拾得干干净净。

毕竟是从事艺术相关职业的，屋子里的摆设都颇具艺术感，大到沙发、橱柜，小到吊灯、抱枕，甚至是墙面转角，都是精心挑选过的，与整体风格相配，透着不拘一格的趣韵。

张一平跟在项维背后，有点不解，“我说，你调查钟氏父子就调查钟氏父子，怎么突然要俞庆鱼的父母让你来她家了？这里并不是案发现场啊！”

“你怎么知道这里不是案发现场？”项维应着，推开了书房。

两间卧室的其中一间，被俞庆鱼改造成了书房，书房里摆放的书并不多，仅有的几本都是些美术鉴赏、艺术收藏方面的彩典，更多的是挂画古玩，书桌的画布上是来不及完成的一幅画，地上放着一些装裱修补的用具，如浆糊、白胶、金边等。

“一平，帮我找找，这屋子里有没有一幅……就是有墨梅的画。”

“墨梅？是俞庆鱼从钟家涛那里骗过来的画吗？”

“没错。”

遗憾的是，两个人在屋子里找遍了，都没有看到任何关于梅花的墨画。

“这就奇怪了，钟伯是说他没找俞庆鱼要回那幅画吧？”

“对。可能，她把画给了她父母？”

“没有，我问过了。”项维摇头，“我们先问问莫老大那边的进展吧！”

莫老大与钟克之已经调查过了俞庆鱼工作上的同事和她负责的那些顾客，案发当晚都有不在场证明。

“为什么你们不去查查被偷走的那几幅画的下落呢？只要找到那几幅画，不就知道是谁偷走的，然后不就找到凶手了吗？”张一平奇怪地问。

“你上次没听负责人说吗？那几幅画现在的价值并不高，并卖不了好价钱，而且现在脱手不正暴露了自己的行踪吗？凶手应该没那么笨。”项维道，“最重要的是，那个现场是假的。”

“假的？”

“对，是凶手故意制造出来，用来混淆视听的。”

“怎么说？”

“第一，我们当时发现的破窗而入的现场，死者身上竟然掉落了玻璃碎片，你想想，如果真是凶手闯进来偷走画的时候杀死了俞庆鱼，死者是在两人经过一场厮打之后才倒在地上的，那身上怎么可能有玻璃碎片？”

“啊，所以说窗户是在俞庆鱼死了，倒在地上之后，才被打破的？”

“对，还有第二点，正门与展厅大门是正常锁上的，而侧门那边只发现了一对向外逃走的鞋印。我不知道制造这个现场的人是怎么想的，但是想要制造破门而入的小偷无意中被人发现，失手杀死了人，却在仓皇中留下了如此矛盾的疑点，我想，凶手肯定是个考虑不周的人。”

“你有嫌疑目标了吗？”莫老大问。

“有。”

“谁？”

“钟家涛。”

“你怀疑他？”张一平摇头说，“不可能，他可是个瘸子，怎么可能杀人呢？”

“谁说瘸子就不能杀人了？”项维反问，“正因为他是瘸子，我才说他是最大嫌疑人。”

“为什么？”张一平不明白。

“脚印。”这一次，莫老大开了口，“看到逃往侧门的脚印了吗？”

“我看没什么特别啊！”

“那脚印是一深一浅的，左脚深，右脚浅，一般正常人留下的脚印是均衡用力，即便深浅有别，也不会相差太大。但现场留下的脚印，左脚比右脚深很多，就是说，这人在走路时，左脚承受了比右脚更多的力。因此，如果不是这人左边肩膀上扛太多的东西，就是这人走路时，右脚无法受力，身体的支撑点全转移到了左脚。你说，拿着失窃的几幅画逃跑，能增加负重多少？排除了这个可能性，就只剩下另一个可能性了。”

“凶手是个右脚瘸了的人。”张一平明白了。

11

“老东西”货铺。

钟家涛与钟伯收拾好铺子，拉闸，上锁，随即迈上了回家的路。

一路上，父子无言。

钟家涛看着父亲佝偻的背影，心里无来由地一阵抽痛。

如果当初没有认识俞庆鱼就好了，或者，自己不生出那种奢望就好了。

钟家涛看着自己的右腿，手垂了下去，仿佛丝毫感觉不到痛一般，使劲地拧了拧。

那是，他小时候因为患小儿麻痹症，家里人缺少救治意识，也缺少金钱，没有及时治疗，才落下的病根。

从小，他就很自卑。因为自己的腿，他觉得比起健全的人，自己是低人一等的。

有了这样的心理，他觉得比起别人，自己做任何事情都做不好。

于是，学没上好，工作没找好，感情生活更是已经放弃了。在这样的社会，自己这样的条件，有谁会看得上一个瘸子呢?

但偏偏，在看着那双眼睛的时候，他鬼迷心窍了，真以为这次自己能跟俞庆鱼走到一起。

结果，到头来，却是自欺欺人。

那个俞庆鱼，原本就是冲着他们手里的那幅画来的。

画没到手之前，家涛前家涛后叫得亲热，给父亲带好吃的好喝的，哄得父亲心花怒放，自己也产生了那么不切实际的错觉。甚至连父亲都以为，儿子终于能找到赏识自己的姑娘了。

把画骗到手后，她就连敷衍都不愿意了，直接划清界限。

好一个俞庆鱼。

该死。

她确实该死。

钟家涛的眼睛里冒出了杀气。

“钟伯……啊！钟家涛先生，你也在。正好，省了我们上门的工夫。”项维出现在他们面前，身后还跟着张一平、莫老大与钟克之。

“关于俞庆鱼的死，我们还有一些问题，麻烦你们跟我走一趟。”莫老大与钟克之掏出了警员证。

“我去就好了。”钟家涛瘸着腿，走到了他们面前，“我去。”

“可是……”

“是我干的。”钟家涛低下头，不敢去看父亲，说，“跟我爸爸没关系，我跟你们过去。”

“家涛，你？”钟伯惊讶地一下子睁大了眼睛。

“我爸他什么都不知道，你们别为难他。”

“你怎么证明是你干的？”项维忍不住问。

“画，那幅画，我藏在家里了。”钟家涛答道，“我杀了俞庆鱼后，就把画偷了出来，跟从美术馆偷走的画放在一起了，你们去我房间里搜，一定会找到的。”

“家涛啊，你，你不能做这种事情啊你……”

“爸，别说了，都是我的错。我恨她，所以……”

所以，才杀了她。

12

钟伯看着钟克之把那幅《悬梅》和美术展失窃的几幅画从钟家涛的房间里搜了出来，血色全无。

“钟伯？”

“家涛他，他这个傻孩子。”

“钟伯，你一早就知道了你儿子杀害俞庆鱼的事情吗？”项维问。

“我，我……”钟伯哀号一声，忍不住哭了起来。

他一直都觉得，自己这个做父亲的有愧于儿子。

在儿子六岁时患上那场改变了他一生的疾病之前，还是个活泼聪明的健康男孩，总喜欢嚷着去游乐园，要去当兵，要开飞机，年纪虽小，却对自己的未来有着无数的憧憬。

而他，也相信自己儿子的未来有无数种可能性。

然而，一切却都被那场疾病给毁了。

刚开始儿子说身体不舒服的时候，他还以为只是普通的感冒，所以没有多加重视，只让妻子买了点感冒药，让儿子吃了下去。直到儿子病情加重，开始呕吐腹泻，甚至倒在地上四肢抽搐的时候，他才急急忙忙地把儿子送进了医院。

但为时已晚。

医生马上查出了是小儿麻痹症，而且已经进入了麻痹期。

经过精心治疗与周全的照顾，儿子康复了，但从那时候起，他的右腿因为瘫痪期间出现的肌肉障碍，留下了后遗症，再也无法正常行走。

儿子健康的右腿被病魔夺走了。同时被夺走的，还有儿子的笑脸。

自那以后，察觉到与别人，不，应该说，察觉到与以前的自己不一样的儿子，对别人投来的视线非常介意。他不喜欢别人提起他的右腿，甚至当看到别人聚在一起聊天时，都感觉他们在偷偷议论自己。原本开朗的性格，变得自闭寡言，朋友渐渐离他而去。他对任何事情，都提不起劲，也不喜欢接触新事物。就这样，儿子在得过且过中，长大成人。

对于这样的儿子，他不敢多说一句话。

因为这都是他害的。

如果，当初他警惕一点，早点察觉出儿子的病情，那儿子的腿就不会瘸。

而现在，却连儿子的生命，都要被夺走了吗？

不，不，不能眼看着儿子锒铛入狱，自己不能再毁了儿子的人生。

钟伯擦了擦泪眼模糊的眼睛，看着项维："是我，是我杀了那个俞庆鱼，不是家涛。我才是凶手。"

13

从一开始钟伯就知道，俞庆鱼是为了那幅画，才接近他们父子俩的。

所以，那天在天光墟，俞庆鱼跟儿子说，想要从他们手上买下那幅画的时候，他当场就拒绝了。

"不好意思，我们也是刚拿到这幅画，暂时不打算卖出去。"

"爸！"钟家涛却一反常态，回过头跟自己的父亲说，"拿回铺子也是卖，这里也是卖，她要是真想要这幅画，我们卖高点价格给她，也不亏。"

"对啊，我给高一百块的价格买下来，老伯，你看行吗？"

高一百块？

钟伯看看手里的画，再看看儿子此刻的神情，依旧摇了摇头，却从兜里掏出了一张名片给俞庆鱼说："这画呢，刚买下来还没暖手就又转卖出去，对我们淘货的人不吉利，你要真想买这幅画，就到我们铺子里来。"

俞庆鱼相当失望，最后还是接过了钟伯的名片。钟伯看儿子明显在生自己的气，撞了撞他的胳膊，向俞庆鱼介绍："这里的人都叫我钟伯，这是我儿子家涛，小姐你呢？"

"我叫俞庆鱼。钟伯啊，你家的'老东西'铺子，什么时候开门啊？"

"我们今天刚淘完货，估计下午三点才开。"

"晚上开吗？"

"开。"

"那我晚上下班后去找你们。"

钟伯看到儿子听说还能见到俞庆鱼之后发亮的眼睛，笑了笑，随即又摇了摇头。

做父亲的，怎么会不知道儿子现在是起了什么心思，不过就怕他有了希望，却又绝望。

那天夜里，在俞庆鱼出现之前，儿子就有点坐立难安了，时刻注意着自己的着装是否整洁，铺子的卫生也搞了几次，就怕俞庆鱼来了，留下不好的印象。

还好俞庆鱼没让两父子失望，在八点左右的时候，她真的出现了，开门见山要那幅画。

"那一幅吗？我们拿去重新装裱了，要不你先在我们铺子里看看，有没有其他你喜欢的旧画？家涛啊，你招待一下俞小姐。"

"好。"

"不了，我就是喜欢今天早上的那幅画，放我家书房最合适。"

"你家还有书房啊，你一定看过很多书吧？你是学生？还是工作了？"

"工作了，在一家贸易公司做进出口的。"

"哦。"

每次俞庆鱼到铺子里，钟伯总是找借口不把那画卖给俞庆鱼，让她不得不多跑几次，好制造儿子跟她见面的机会。而自己这么做的努力，似乎也没白费。

她跟家涛渐渐走得近了，甚至还显得特别在意他，有时候还会带一些小东西过来给家涛，而他，从来没见过儿子如此高兴过。

这俞庆鱼不错，给儿子当女朋友刚刚好，或许不久，自己就能抱孙子了。

看到他们关系进展顺利，钟伯也产生了这样的错觉。

直到某一天，儿子闷闷不乐地窝在家里不肯出门，连铺子也不想打理。在他细问之下，才知道俞庆鱼说她以后再也不会来了。

"她不来，你去找她啊？你们谈了那么多天，你不是送过她回家吗？"

"找过了，人家不稀罕我去。"

"那你，把那画拿出来，去送给她去。"

儿子嗫嗫嚅嚅。

"家涛？"

"那画，我早就送给她了。"

"你——你怎么就送给她了？"

"她说她要过生日，我想自己没什么好送的，所以就把那画当作礼物送给她了。"

"你——你啊，你明知道她就是冲那幅画来的……"

"你也知道人家是冲那幅画来的，又不是冲我来的，你搞那么多事干吗？当时在天光墟把画卖给她不就什么事都没有了吗？"儿子吼道。

钟伯哑口无言。

随后，他思来想去，决定帮儿子去找俞庆鱼。

他儿子人品好、性格好，长相也周正，不就瘸了点吗？俞庆鱼接触了儿子那么长时间，应该也看到家涛的优点了，可能小姑娘家顾忌这点，自己给她说说，或许她能回心转意呢？

钟伯找上俞庆鱼家，碰巧她不在，于是问了她的邻居，才打听到俞庆鱼的工作地点是美术馆。

她不是在什么贸易公司工作吗？怎么变成美术馆的工作人员了？

钟伯找到了美术馆，没找到她，却听到了令他吃惊的事。

他从俞庆鱼同事的口中知道，俞庆鱼最近在二手市场，淘到了一幅价值上千万的画。

"上千万？"钟伯倒抽了一口气，联想到自己儿子送出去的那幅画，急忙问道："什么画那么值钱？"

"当然值钱了，据说那是关山月大师的《悬梅》呢！"

"关山月？是那个，画《江山如此多娇》的那个？"

"对，就是那个关山月大师。"

"那，《悬梅》那画，长什么样子？"

"就是一枝墨梅啊！"

"就是……"钟伯描述了一下自己记忆中那幅画的样子，得到了肯定答案。

果然，就是那幅画。

这个俞庆鱼，骗他说自己是贸易公司的，就是为了不让他们知道，她本人是干这一行的，她肯定一早就知道那幅画这么值钱吧？

钟伯气愤极了。

他又去打听了一下，才知道关山月留下的作品中梅枝往下的悬梅非常少，现存在世的画作也多散佚，若俞庆鱼手上的画是真迹的话，起码能值六千万。

"六千万？"钟家涛听说这个数字，也傻了眼，"那，我们不是亏大了？"

"对啊，你去找她要回来！"

“送都送出去了，哪有再要回来的道理。”钟家涛嘴硬。

“那，我去把那画要回来。她这是在骗我们，这个骗子。”

于是，那天夜里，不顾刮风下雨，钟伯还是出门去找了俞庆鱼。

俞庆鱼当然不肯把画交出去。

“那画你儿子已经送我了，你儿子都没让我还，你做父亲的来找我要画，这算怎么回事？”

“你明明知道那幅画值那么多钱，你却不告诉我们？”

“这说法就不对了，在天光墟淘货的人都知道，画值不值钱，要看自己的眼光，你看不出来画的价值，就赖在我头上了？”俞庆鱼笑道，“你去天光墟淘货的时候，自己估好价的货，你告诉卖家了吗？”

“那不同，画不是家涛卖给你的。”

“那就更没什么不同了，画是你儿子送我的，我也没逼他送我，我不欠你们父子俩的。”

“你明知道家涛为什么要送这幅画给你。”

“我当然知道你们父子俩心里打的什么主意。”

“那你，你跟家涛好，我就不要你还那幅画了。”

“那个瘸子？他想做我男朋友？”俞庆鱼不屑一顾地嘲笑起来，“你们是癞蛤蟆想吃天鹅肉吧？”

钟伯又羞又恼，抓起旁边的东西便往俞庆鱼头上砸了下去，俞庆鱼当即就倒在了地上，等他冷静过来后，看着地上一动不动的俞庆鱼，吓得赶紧逃了出去。

回到家后就把这事跟儿子说了。

“然后，家涛跟我说他去看看，等他回来，他说他已经处理好了。”

“是我的错，是我杀死了人，不是家涛干的。”

“他只是为了保护我这个父亲。”

“他没杀人。”

项维把那幅《悬梅》展开，看了看，苦笑了一声。

“怎么了？”张一平问。

“这不是关山月大师的作品。”

“怎么会？价值六千万的好东西，你一句不是就能否定了？”

“我记得1965年之后，关山月大师就没画过梅枝向下的墨梅了，而这画的落款是1971年，虽然很像，但不是真迹。俞庆鱼身为美术馆的职工，专业素养不够啊！”

14

一步一瘸地，钟家涛拖着腿走出了拘留所。

他回头，望了一眼拘留所，而后慢慢地走远了。

许是累了，他停在人行道上的长椅前，坐了下来。

背靠着椅子，他抬头望着湛蓝的天，笑着，而后又哭了，接着又笑了起来。

自首的父亲，把自己这个儿子从拘留所里换了出来。

惊讶吗？还是该高兴，事情一如自己所料般发展顺利？

钟家涛的眼睛里闪过了俞庆鱼那张脸。

贱女人！

该死！

那一天夜里，听说父亲失手杀死了俞庆鱼后，他表面上是震惊，内心却是窃喜，然后马上焦虑地想到了那幅画。

但是，要怎么拿出来呢？

她死了，警察一定会调查她的死因。而他曾经多次出入过她居住的小区，警察总会查到他们钟氏父子的。

那么自己跟俞庆鱼有过来往，又把那幅画送给了她的事情，警察也会查到，要是就这样去俞庆鱼家拿回那幅画，不就是把嫌疑往自己身上引吗？那样的话，父亲是凶手的事情，一定会暴露的。

那，不管那幅画吗？

那么值钱的画，不拿回来，太可惜了。

话说回来，不管怎样，警察肯定都会查到他们身上的，父亲是凶手的事情，警察迟早会知道的。与其白白损失六千万，不如赌一赌，去把画偷回来吧。那样即便父亲到时候被抓了，那幅画，还可以属于自己。

有了那幅画，自己干什么不好？

有了它，就再没有别人嘲笑我是瘸子了吧？

于是，他跟父亲说他去处理现场，冒着暴雨出门了。

大风大雨的天气，他又对俞庆鱼住的小区熟门熟路，没人知道他偷偷溜进了俞庆鱼家里。

父亲说得对，他慌张地逃跑了，连门都没锁上，他很顺利地进了门，找到了那幅《悬梅》，然后把俞庆鱼的尸体搬到了美术馆的展厅。

钟家涛抹了一把眼泪，叹了口气。

父亲，一定不会知道他处理俞庆鱼现场时的事吧？警察，还有那个自以为聪明的项维，也不会知道。

什么进入与逃离美术馆的线路自相矛盾，什么玻璃窗在俞庆鱼死后才被打破的，明明，都是他故意留下的。

是的，都是他故意留下的。

不是他考虑不严谨、设想不周密才制造出了这么一个拙劣的案发现场。

而是，他故意告诉他们，美术馆的展厅不是案发现场。

甚至，连那串明显的脚印，也是怕警察太愚蠢，所以才故意留下那么大的破绽，告诉他们，嫌疑人是个瘸子。

父亲，你一定不知道吧，是我故意让警察找到我的，然后……

然后，杀了人后愧疚的你，一定会说出真相的。

可是父亲，你却不知道，我才是那个知道完全真相的人。

钟家涛想起了自己推开俞庆鱼家的门时看到的情景。

他当时只想尽快拿到那幅画走人，谁料到，俞庆鱼——这个本来应该已经被父亲杀死的女人，竟然拿着毛巾敷着红肿的头部出现在自己面前，一看到自己就勃然大怒：“该死，你们姓钟的人，能不能别纠缠不休啊，明明那幅画是你自己答应送给我的，现在还想反悔啊？你这个瘸子还是不是男人了？”

瘸子。

他平生最痛恨自己被人叫作瘸子。

“这是我家，瘸子你给我滚出去！”

他心里的怒火噌地烧了起来，呼的一下反手关上门，粗暴地就把俞庆鱼推倒了。

“你想干什么？”

尖叫声在屋子里响了起来，却被淹没在肆虐的暴风雨当中。

你这个贱女人！

该死！

等他满腔的怒火渐渐平缓下来后，他才发现俞庆鱼早没了气息。

这下，这个贱女人是真的死了。

在看到她口袋里掉出来的钥匙那一刻，他就决定把她的尸体搬到美术馆。

这是非常容易的一件事情，他非常清楚她的工作场所以及工作内容，而他，也幸好开来了一辆专门收送旧货的三轮车，且美术馆离俞庆鱼住的地方并不远，只有半个小时的路程。这种台风天气，路上就算有人肯定也不会注意到自己。

于是，第二天，警察发现了那个所谓“拙劣”的入室盗窃杀人的案发现场。

但现在，他是曾经意欲代替父亲入狱的孝子，令人称颂；他也是一幅千万价值的名画的主人，资产富有。

他的人生，从现在开始，才要美好得闪闪发光。

第八章　毗邻之居

1

带着热气，如一面墙般大的镜子蒙上了一层水雾。

一只手，拿着毛巾把那层水雾抹去，镜子上露出了一张棱角分明的脸。

那张脸凑到镜子前仔细看了看，咧开嘴龇起牙，审视着自己的牙床跟牙齿，而后满意地点点头，随即哼起了小调，用须膏打出泡沫，沾满下巴后，拿起须刀，细细地剃了起来。

张一平，现年二十八岁。爱好是睡觉，以及世界上一切不需要耗费体力的事情。最享受的生活方式是衣来伸手、饭来张口，最讨厌的事情是被人当作自大狂，以及妹控。

他觉得自己是世界上最有魅力的男人，应该让天底下的人都知道这世界上还有这么光彩夺目的一个男人存在，最大的愿望是有朝一日晋升影视圈一线。

无论是脸，还是体魄，甚至细小到指甲、毛孔，他自认为自己没有一处是不完美的。

尤其是脸，他觉得在这个男女都能靠脸吃饭的时代，自己才是最名副其实的那一个。

他觉得自己的演技也是一流的，现在不过是怀才不遇，等哪天有伯乐识马，人们就能见识到他的厉害了。

而这么赏心悦目的一张脸，项维竟然跟整容医生说，自己要动刀子，开玩笑呢！

他需要动刀子吗？

张一平放下了剃须刀，抚了抚光滑的下巴，想起了项维跟自己说，要在去见那个李高宏之前，好好部署一番。

哼！

有什么好部署的，他张一平出马，有什么解决不了的？

他马上就要去会一会这个李高宏，如果他跟陷害小娜的犯罪团伙有牵连，看他不扒了姓李的的皮。

不过，用对自己的脸下手这个理由真是太委屈自己了，还是找个别的借口吧！

张一平吹着口哨走了出去。

对了，终于想起来为什么自己当初听说李高宏这个名字的时候觉得有点熟悉了，金可海不是在自己面前提过这个名字吗？不如就叫上金可海，就说是她想做这方面的手术就好了。

主意打定，张一平拨通了金可海的电话。

2

张一平所说的金可海现在正处于羞恼状态。

三天前，她刚跟上一任男朋友分手。

原因是两人交往了将近半年了，她的男朋友竟然还把他与前女友的相片放到微博上。

可恶。

还以为这一次，她终于找到了一份稳定的感情。

这是她跟男人交往以来，时间最长的一段恋情了。在这个前男友之前的前前男友、前前前男友，还有前前前前男友等等，确定关系后，最长的，也不过只维持了三个月而已。

并不是她金可海挑剔，而是那些臭男人们，让她金可海忍受不了的缺点实在是太多了。比如说某个前任吧，他竟然可以三天不洗澡，有个自称自己是运动高手的，原来是有畏高症的，还有个谁，更过分，竟然说女人不应该抛头露面，让自己放弃工作，别干了。

开什么玩笑呢？她金可海最向往的事情，就是出现在荧幕上，饰演一个又一个受人欢迎的角色，将来或许有一天，能到香港演上一出戏，拿个“最佳女主角”回来。

虽然现在自己还是个不起眼的平面模特，但好歹，也算是迈出了通向梦想殿堂的第一步啊，自己的梦想，也不是没有实现的可能性。但那臭男人，竟然嘲笑自己的梦想，说是不可能的，真是夏虫不可语冰。大名鼎鼎的“星爷”不是说过了吗？做人如果没梦想，那跟咸鱼有什么分别？连马云都说，梦想还是要有的，万一实现了呢？

虽然自己的样貌不起眼，可很有特色啊，可以像安吉丽娜·朱莉一样，做性格演员嘛，或者像查理兹·塞隆、米拉·乔沃维奇，遇上豪迈洒脱的酷角色，不就能一炮而红了吗？

可惜了目前的影视圈，虽然缺少我这种外形硬朗干练的演员，但不知道为什么，受欢迎的，大部分还是那些看起来软软弱弱的“傻白甜”。唉，都不知道那些制片人跟导演是什么眼光。

看来，这里的大趋势是注定了自己少有出头之日的了，去香港闯闯或许还能搞出点名堂，或者痛下决心，把自己这张脸整一整，往锥子脸那方面发展一下？

“你说，我去动动手术怎么样？”

金可海记得自己第一次萌发这个念头的时候，抓着小镜子看着那张脸，问同为模特的同事“张自大”。

“张自大”原名张一平，极其普通的一个名字。

金可海之所以叫他“张自大”，是因为这个张一平是个自大狂。因为……

好吧，不得不承认，“张自大”长得确实可以，但他有必要整天用帅啊、有魅力啊、完美啊这些词来自我夸耀吗？尤其是在自我赞美、自我陶醉一番后，还不忘嘲笑自己一定是投错胎了，原本应该生为男人的生成了女人，不然肯定受欢迎了，或者生得更娘一点，长得那种所谓的中性美才有市场。

啧！

凭什么女人就不能长得帅气了？

他“张自大”才是投错胎了！

估计啊，他前十辈子都丑得跟猪八戒似的，这辈子才能偶尔帅上那么一回，所以才要不停地炫耀自己那副臭皮囊的。

要知道他偶尔帅上一回那么自大，管轮回的阎罗王就应该让他继续丑下去的。

“你？去整容？”听到这句话的“张自大”前前后后把自己打量了个仔仔细细，“不是每个人都整成明星脸就能大红大紫的，再说，人家是纤细窈窕，你这么大个骨架，顶着一张娃娃似的脸想小鸟依人，你不认为这种情形让人想想就觉得可笑吗？我觉得你还是去做个变性手术比较合适。”

金可海当时就想把“张自大”的那张嘴给撕了。

“我听说，有个叫李高宏的医生，很出名的，他能根据面骨跟身材，赋予客人一张浓淡相宜的脸，你认识他吗？”

“笑话，我怎么可能认识他呢？我从来不去看整容医生，因为啊，我这人可是天生的……”

又来了！

金可海懒得去听“张自大”的天花乱坠。

自己真不会带眼识人，亏得自己刚认识他的时候，对他还颇有好感，看来当初自己也吃了以貌取人的大亏。

金可海正这么烦躁的时候，手机响了，看那电话号码，竟然就是那个“张自大”。

金可海没有理会，现在自己还处于失恋中，没心情听他毒舌。

恰好这时候门铃响了起来，她起身开门，却只看到一只大箱子。

“可海啊，是我。刚刚快递员在楼下被保安室的人拦下来了不让上来，说是最近安全检查，非住户不让上楼，快递员打你电话也打不通。我一看是你的，就给你带上来了。”是邻居林志的声音。

一定是“张自大”的电话占了线了。

“真是不好意思，麻烦你了！”

金可海赶忙让林志进了屋子，看着放下大箱子的林志满头大汗，心里过意不去：“你先坐，歇息一会儿啊，我倒杯水给你。”

“好。”林志擦了擦汗，拘谨地坐到了沙发上，到他接过金可海的那杯热茶的时候，电话已经接连响了三次了。

“可海，你不接吗？”

“唉，这家伙，真麻烦！”金可海无可奈何地拿起第四次响起铃声的手机。

“谁啊？是那个家伙，郭大顺吗？他还来烦着你吗？”林志关心地问。

“不是不是，是我的一个同事，长得挺帅的，就是自大了一点，老爱臭美。”金可海说着，接通了电话，“张自大，你要点脸不？电话打三次打不通就表示电话的主人不想接！你就识趣点别再打了行不行啊！”

……

"什么？你认识那个李医生？还有他的联系方式？他还能优先给我们做预诊？真的？……好，好，我去，我去。知道了，我不上去，就在你家楼下等你。"

金可海一脸兴奋地挂了电话，却看到林志一脸紧张地看着自己。

"可海，你哪里不舒服吗？要去看医生？那医生，医术好吗？能不能治好你的病？"

"谁说我有病了？我没病，这个李医生啊，是整容高手，在我们圈子很有名的，很多明星找他做手术，听说比韩国那边的技术还要好。平时找他整形还要提前一个月预约呢，我们这些小模特，人家根本不给看。"

"整容？你要去整容？"林志睁大了眼睛，显得有点恐惧，"我觉得你长得挺好的，不需要整容啊！"

"可是我这种长相不太受欢迎啊，为了我将来的事业，我得考虑一下。"

"可是，听说，整容要动刀子，很痛的。"

"为了我的将来，牺牲一下下，无所谓啦！"

"那，你说这个李医生，很难预约，你的同事真的能帮你约到他吗？"

"应该是真的啦，这个张一平虽然自大，但做事还是挺牢靠的，要不是受不了他的臭美，他也是个不错的人。"

林志的瞳孔莫名地放大了一下。

3

接到张一平要来预诊的电话后，李高宏做了组次深呼吸，然后心跳才渐渐平和下来。

张一平要来了，项维也会跟着过来吧？

之前替朋友跟自己约好了，项维没有理由不来见他。

那样一来，自己就要多加小心了。

项维是记者，又号称“大侦探”，查过那么多案件，嗅觉肯定比一般人灵敏。自己创造出那么多艺术品的事情，可要小心不能被他察觉到了。

不过，自己也没什么好怕的。

这里是医院，他又是个循规蹈矩、名声在外的医生，自己也从没在这做过什么违法的事情，不需要这么紧张，放轻松，这不过是简单的一次预诊而已。

李高宏把会客厅里的唱片机打开，闭着眼睛听起了巴赫，直到门被敲响。

“李医生，预约的客人，张先生跟他的朋友来了。”

“进来。”李高宏睁开了眼睛，看着推开门进来的张一平，跟他的朋友——一个女人，神情一怔。

不是项维。

项维没有来?

关掉了音乐，李高宏站起身来，示意张一平和他的朋友坐下。

“项先生呢？”

“你是说项维啊？估计他正在前线采访呢！”张一平哈哈笑了两声，“再说，又不是他来做手术，所以我就自己来了。”

“哦。”李高宏释然，彻底放松下来后，情绪有点复杂，似乎是庆幸，又似乎是遗憾。

“李医生真是个好医生，竟然会给项维名片，真是麻烦你了。”张一平说道。

“项维是谁？”金可海一脸雾水地问。

“啊，他是我从小玩到大的朋友，现在跟我就住在一起呢！”

“是吗？”李高宏难以置信地看着张一平，“没想到你们的关系那么亲密，难怪他要帮你问我的联系方式了。”

“怎么，李医生好像很在意这个项维的样子，他很有名吗？”金可海有些奇怪。

“当然，你不知道吗？”李高宏很意外，转头问张一平，“你的朋友没听说过项维？”

金可海看着张一平。

“其实，没什么好说的，他就是个小记者，偶尔查查案而已。”张一平搔头，心里嘀咕，项维说他不来可以降低李高宏的警觉性，可这家伙一开头就提项维了，还怎么让他放松警惕性啊？！

“他可不是小记者。”李高宏给金可海“科普”了一下项维。

“啊，原来是这么一回事！难怪我会不知道他。一般会记住他名字的，都是那些害怕东窗事发的罪犯吧？担心哪天被他查到了头上，所以才对他有印象提防着他的吧？而像我们这些混时尚圈的，一般只会记住哪个设计师出了新品牌，哪里又有新的时尚秀，哪家影视公司福利好，哪个导演最近拍了或者打算开拍什么剧，哪儿有闲工夫去看这个项维最近又抓了什么人呢！”

这倒是真的，李高宏笑了笑。

正因为自己在工作以外做那些与社会规则相悖的事，创造着一些可以满足自己欲望的“艺术品”，所以，平时无论是看报纸，还是看电视新闻，都会下意识地寻找这方面的消息，关注各地发生的犯罪事件。看看谁在哪里，做了什么，被抓住了，还是潜逃了。

毕竟，或许哪一天，相同的境况就落到自己身上了。

所以，他才对项维这个名字很敏感。

特别是，自己作为目击证人，叫项维报过警，面对面的近距离接触过他，印象不可能不深。

但，自己应该是多虑了。

无论项维再怎么神通广大，他也不可能平白怀疑一个案件的目击证人，会在背地里做着违反社会规则的事。

再说，自己是个艺术家，创造出来的作品，是艺术品。

唯有打破这个社会的规则，才会有惊世骇俗的艺术创意，才能实现艺术的升华。自己的追求，是正确的，不应该对项维如此敏感。

“那么，张先生你，是想调整哪个部位？眼睛，鼻子，还是脸形？”

“开什么玩笑！李医生，你是这方面的专家，你看看我这张脸，哪一处是需要动刀子的？”张一平使劲拍着自己的脸。

“那你……”那你还来找我做什么？李高宏困惑。

“是我，是我。”金可海举手，“李医生，是我想让你帮我看看，我这张脸需要怎么改进一下，才比较受欢迎？”

“受欢迎？”

“是这样，这位金可海小姐，是我的同事，跟我一样有着想进入影视圈的远大理想，但跟我不一样的是，她本身的素质差了一大截。她的意思是，你是专家，能不能帮忙看看，以她这张脸的底子，怎么样，才能整得有观众缘一点？”张一平替金可海解释，“最低标准也得是一张观众愿意赏钱吃饭的大众脸吧？”

“张自大你一天不损我，你就浑身不舒服是吧？我哪里是大众脸了？我这明明是查理兹·塞隆一般帅气的脸。”金可海鼓起眼睛瞪了张一平一眼，然后笑着问，“李医生，你算是这方面的行家，人家说整得好如同是新生，能收获不一样的演艺生涯，你看看，我有没有这个福气？”

李高宏仔细端详起金可海的那张脸。

“你的脸，其实也符合三庭五眼的标准比例，并没有多大改进的地方。”

“但是，太硬朗了，像我这种长相，根本不吃香。李医生你帮那么多明星做过矫形，能帮我看看，怎么柔和一下我的线条，让我显得甜美一点吗？”

“难道柔和了你的脸庞线条就能让人产生什么我见犹怜、一见倾心吗？金可海，告诉你，整这个没用，关键是性格，你性格就不是甜美那挂的，你——”

"张自大！你知道你这张脸最大的缺点是什么吗？"

"什么？我的脸有缺点？"张一平一下捂住了自己的脸。

"是嘴巴，你的嘴巴就不应该有两瓣嘴唇，更不应该能够打开，只要你的嘴巴是打不开的，你绝对能媲美断臂的维纳斯。"

"你……"

"你再不闭嘴，信不信我让李医生用针把你的嘴巴缝上，让你真完美？"

4

李高宏看着张一平与金可海走了出去，彻底地松了口气，全身放轻松地坐到了椅子上，正要去开唱片机，手机却响了起来。

他一看电话号码便马上接了起来："江则？"

"今天晚上，八点，我直接带客人去见你。"

"你好像没有预约吧？"

"预约什么？难道你今天晚上没空吗？"

"有是有，不过我们的规矩是，提前三天通知我，我好为手术做准备。"

"现在就别来那套了，你不知道，自从有条子在四处打听我的事情后，我的客源都被切断了。美国那边也不知道是哪个环节出了问题，老秦头似乎被怀疑上了，那些条子找老秦头找得特别勤快。"

"是你没把自己的事情办好。"

"啧，说这个没用，现在他们都担心出事，客人变得越来越少了。今天好不容易物色到一个靠谱的客人，当然得速战速决了，省得时间长了，客人变卦不做，那我的损失可就大了。"

"是你的损失，不是我的损失。"

"哼，你少了创造艺术品的机会，不也是损失吗？"

李高宏被这么一说，看着戴着白色手套的手，默然不语。

确实，最近进行艺术创造的次数越来越少，自己的手，闲的时候恨不得给那些来医院里找他做微调的人改头换面。

“一句话，做，还是不做？”

“晚上八点，准时见。”

5

项维听懒洋洋瘫在沙发上的张一平讲完了他与金可海去见李高宏的前后经过。

“你不是一个人去的？”

“当然不是。我觉得我用不上你那借口，所以找了我的一个模特朋友做掩护。”

“你怎么看？”

“什么怎么看？”

“就是李高宏，会不会是那个犯罪团伙的关键人物？”

张一平认真地想了想，点头又摇头，“我没你那样的观察能力，看不出来。”

“假设，李高宏就是我们要找的那个人，你觉得他给人替换身份的时候，会在哪里做手术？”

“医院？”

“白天不行，但晚上有可能。”

“我查过了，那家医院虽然是24小时营业的，但他那个科的手术室晚上却是歇业的。如果他利用医院的设施进行违法手术，亮着灯的手术室肯定会让人察觉到的，风险太大，他不可能冒这个险。”

“或许是在医院哪个不起眼的房间？”

“我也查过了，这个可能性不大。”

“那，是不是在他家里？”

“我们之前暗中观察过他的生活作息，你哪一天见过他家里去过可疑人物？”

“所以，你以为？”

“他们应该有个固定的据点，当有人需要他们的服务时，他们才会出现。”

“可是我们观察他们的作息的时候，没见过姓李的去过哪里啊？不是音乐会就是美术展，无聊死了。”

“或许是最近没有找到需要安排出逃的罪犯，所以暂时偃旗息鼓了？”

“你的意思是，要让我跟踪李高宏？”

“跟踪这活儿，当然是让技术高超的人去做了。”

“你是说你自己吗？”

项维笑了笑，没有回答。

“也好，就由你出马吧，我最近要开始变得非常忙碌了。”

“你？你会有忙碌的时候？”

“对，你回家前我才接了个电话，非常重要的电话。你知道徐导吗？”

“那个大名鼎鼎的徐导？”

“对！”

“他找你有事？”项维眉毛一挑。

“对，三个月前我参加了他下一部电影的试镜，竞演男一号，我被选上了。”

项维一怔，“你的意思是？”

“你哥我要做男一号啦，时来运转了！”

6

音乐声渐渐消逝在了空中。

李高宏把浸在牛奶中的手抽了起来，细细地擦干净后，戴上了手套。

今晚，他这双手即将大显神通。

听完一曲巴赫，清洗双手，是他每次出发去艺术作坊之前的习惯。

他看了看手表。

七点过五分。

很好。

只需要半个小时的车程，就可以到达目的地。

他没打算自己开车，于是他掏出手机，打算在打车系统里随便叫一辆车就好了。

刚要进入打车系统的时候，家里的座机，却不合时宜地响了起来。

怎么回事？

他迟疑了一下，拎起了听筒。

“喂？哪位？”

听筒那边一片沉默。

“我是李高宏，请问是谁找我？”

对方依然没有作声。

“喂？”

李高宏看了看手表，以为是恶作剧电话，有点不耐烦了。

“你——”

“不许给金可海做手术！”

李高宏一愣。

金可海是谁？

他马上想起来是今天张一平带来的那个女模特。

“要是我发现金可海的脸上有一处不对劲的地方，我就杀了你。”

李高宏的脸一下变得苍白，嘴巴嗫嚅了几下，想说什么，却发现自己哑了，一个字也说不出来。

“你记住，我会一直盯着你的，李高宏。”

李高宏冷汗直冒，一下把听筒重重地摔在了电话机上。

是谁?

7

李高宏看着面前兴高采烈的金可海，脸色有点苍白。

三天前，他临时取消了艺术作坊之行，惹得江则勃然大怒，他说出了那个威胁自己的来电。

江则当即派人去调查了金可海，什么都没有发现。

金可海是模特，拍过不少杂志封面，也上过一些小型的访谈，难道是哪个痴迷她的粉丝干的？是特别喜欢她现在的长相吗？所以听说了她要整容的事情，就来威胁自己，阻止他给她动手术?

不过，一般从事这种行业的，不是都会对自己在脸上动刀子的事情讳莫如深，甚至会隐瞒起来吗？这个金可海倒好，是对自己的粉丝说过了?看她如此大咧咧的性格，不排除这种可能性。

这样子的威胁，他李高宏当然不会放在眼里。麻烦的是，那人明说了会盯着自己，他怎么知道这是玩笑，还是当真的?

如果，这个粉丝真在暗处一直盯着自己的一举一动，那他可是很难再去做艺术工作。

万一让他察觉了不该察觉的事情，那可就糟了。

必须要，赶紧解除这种威胁。

“金小姐……”

“李医生别这么客气，叫我可海就行了。”

“可海，你干这一行多少年了？”

“两年了，都是给一些没多大名气的杂志拍封面，还有代言一些小品牌的服饰。”

“那，估计你的粉丝也很多吧？”

“李医生你笑话我呢？我啊，还是有自知之明的，不怕丢脸告诉你，我微博粉丝只有勉强两位数，你说说，我的知名度是不是低到谷底了？”金可海叹气道，“我看别的模特，开个在线直播间，那些观众送的礼物折现后也能赚不少钱呢，于是我想，我好歹也是个做模特的，总不会比那些小姑娘差吧？结果你知道那些臭男人进去之后给我的留言是什么？那么五大三粗的女人，学人家主持什么在线直播？滚回乡下去耕田种地吧！把我气得呕血三升。”

“没那么夸张吧？”

“就这么夸张，这年头，正正经经经过刻苦训练出来做模特是忒艰难的，要身材好、气质好。身材气质不好就只能去做平模了，平模也不能长得周正就行了，相貌不光要长得好看，还要长得讨喜，或者是有观众缘。像长成我这样又想靠脸吃饭的，只能找李医生动动刀子拯救一下我的演艺事业了。不是每个人都像那个‘张自大’那么有运气的。”金可海嫉妒地说。

“‘张自大’？”

“就是张一平，最近啊有名导看上他了，要他出演下部戏的男一号，真是令人羡慕啊！”

“真的？”

“嗯，就是那个有名的徐导。”金可海说，“李医生你应该听说过他吧？”

李高宏点点头。

“所以啊，‘张自大’要飞黄腾达了。据说演出合约也签了，稿酬的定金也拿到手了，传闻特别高。他是有钱了，哪像我，整容的钱还是自己平时节省着攒下来的。所以，李医生，那手术费用能不能算便宜一点？我第一次光顾你，给个优惠价吧！行吗？”

李高宏皱起了眉头。

难道不是她的粉丝干的？

那会是什么人？

男朋友？她说她没有男朋友。

或者是，暗恋她的人？

上哪儿去找这个潜在的暗恋者？

8

金可海从医院离开的时候，见到了急匆匆赶过来的张一平。

“哟，张一平，这么巧啊？你不是去跟徐导探讨剧本了吗？结束了？”

“你……”张一平觉得金可海的脸哪里有点不一样了，问：“你动过刀子了？”

“你猜？”

“是哪里？”张一平凑上前仔细打量了一番，然后肯定地说道，“是眼睛！你原来是单眼皮的，现在变双眼皮了，难怪我觉得你的眼睛变大了。你割双眼皮了？”

“哈哈哈哈！”金可海笑而不语，扬长而去。

“啧，疯女人，活该没有男人缘。”

李高宏见张一平找上门，觉得奇怪，“怎么，张先生找我有事？”

“啊，这个，那个。”张一平不知道怎么说起好，支支吾吾了半天，才叹了口气，“我啊，最近，有个名导找我，想让我演戏。”

“我知道，徐导。”

“你知道了？我还不知道你知道了呢！”

“是刚才金小姐说的。恭喜你，要演男一号了，以后的前途不可限量！”

“我当然希望是这样，不过……”张一平欲言又止。

“难道说，事情变卦了？”

“变卦倒是没有，不过，徐导提出了一个条件。”张一平哭丧着脸说。

“什么条件？”

“他觉得我下巴太短了，让我拉长它。”

“不会啊，我觉得你脸型这样就很好了，下巴也非常标致。”

“是吧？我都说我的脸很完美了，可是徐导偏说，我这样的下巴不符合如今明星长相的大趋势，让我把下巴垫长。”张一平无奈道，“这什么审美？”

“啊，这可难办了。”

“就是。”

明明脸型就是完美的，整个长下巴，不就破坏完美了吗？可是如果不垫长下巴的话，就会失去这一次演男一号的机会，怎么办呢？

李高宏看着张一平，等他做决定。

张一平想了许久，一咬牙，说道：“垫吧，收了两百万的预付酬劳，就没有让我张一平再吐出来的道理。大不了，演完这出戏，李医生你再给我整回去，可以吧？李医生。”

“这个嘛……”

“我听说李医生的技术很高明，一定办得到吧？”

“当然，如果你执意要这样，我也能办到。”

“那真是得救了。”张一平松了一口气，摸着自己的下巴，有点愤慨，“可是，到那个时候，自己的脸，就不能够称作是原装的啦，也不能光明正大地自吹自擂了，这么一想还真有点悲哀。”

“哈哈哈！”李高宏忍不住笑了，而后问，“对了张先生，你跟金小姐是朋友，你知不知道她有追求者啊？”

“她那种性格，谁追求她啊？怎么了，李医生怎么忽然问起这种事情来了？难道李医生你，对金可海有意思？”

“不不不，是因为……”

李高宏把自己受到威胁的事情告诉了张一平，末了道，“我估计是倾慕金小姐的人干的，不知道张先生你有没有留意她身边会干出这种事情的人？”

“除了自己的事情以外，对于别人的事情我还真没怎么注意过呢！”张一平老实地说，“而且，他说的那些话，是唬人的吧？”

“你怎么肯定他就是唬人的，而不是认真地呢？”

“如果真是这样……”张一平一拍手，说，“完了，你刚刚不是给金可海动刀子了吗？他要是认真的，这下准得找你算账了。”

“我没有啊！”

“没有？她明明变成双眼皮了。”

“那只是贴了双眼皮胶，暂时性的。”

“那个威胁你的人可不知道，像我乍看也以为金可海动手术了，万一被他发现……不过也不对，现在这年头，没有这么疯狂的粉丝了吧？特别是像她那种没有名气的模特。”

李高宏的脸色变得难看起来。

“要不，以防万一，你还是报警吧？”张一平忧心忡忡地建议道。

“不，这点小事，应该不值得惊动警方吧？再说也不知道究竟这个人是不是口头上说说而已，即便报了警，事情发生之前，警察也不会管的。”

“那，万一是真的呢？”张一平想了想，说，“要不，我把这事告诉项维，让他来想想办法看看？”

“不，不，不需要。”李高宏连连摇头，“这种事情，就别麻烦他了。”

“那你，在这里有没有关系好一点的朋友、亲人？同事也行。”

"干吗？"

"这些天别落单了，让朋友陪着你，那样对方想下手也得顾忌一下。"

李高宏笑笑，"张先生不需要为我担心，我自有办法。"

"那我就放心了，眼下我最希望李医生你别出什么意外了，我能不能演男一号还要靠你呢！"张一平有点不放心，"那你上下班的时候，注意一点儿。"

"一定。"

因为听了张一平的那番话，李高宏这天下班的时候特别留意了一下进出停车场的人，以防有行迹可疑的人冷不防地袭击自己。

在进入自己的车子之前，没有任何事情发生，李高宏松了口气，估计那个威胁自己的男人不过是嘴上功夫，看来是自己过于担心了。

9

门铃声响了起来。

金可海在猫眼里看了两眼，打开了门："哟，'张自大'，怎么那么有空光临寒舍啊？"

"金可海，你这个男人婆，我告诉你，你现在出名了啊！"

"什么话？我怎么听不懂。"

张一平把从李高宏那里听说的都告诉了金可海。"你啊，高兴吧，原来你身边一直隐藏着一个铁杆粉丝，真是令人羡慕啊！"

金可海当即摸了摸自己的脸蛋，不太好意思地嘿嘿干笑两声："真的？真有人因为我这张脸去威胁李医生了？那我不成红颜祸水了吗？"

"红颜祸水？臭美吧你，估计是哪里的汉子，以粗俗为美，所以才看得中你这样的脸。"

"那不如说喜欢你这张脸的人都是自大狂？"

“哎呀呀，我这张脸可是徐导看中了的，你这么说，就是间接地说，徐导也是自大狂了？那哪天我跟徐导见面的时候，一定要跟他说，我有个模特朋友啊，叫金可海的，觉得他是个自大狂。”

“别！”金可海一下嬉皮笑脸赔不是，“兄弟，给条活路，我还期待有朝一日能拍他的戏呢，你要真这么跟徐导说了，万一徐导是个记仇的人，以后都不考虑起用我了，那你不是断我财路吗？你行行好，千万别跟徐导提这件事情。”

“先跟我认错。”

“行行行，都是我的错，我不该冒犯你的，张自——张一平先生。”

“打住，重要的是李高宏，我不能让他出事，你说说，你身边有哪些人是能做出这种偏激的事儿的？”

“我粉丝都没几个，不太像会因为我要整容就去威胁人的。”金可海想了想，认真地说道。

“那你跟谁提过你要去整容的事啊？”

“没有啊，我闲着没事干吗跟别人说啊！我还怕我红了以后会成为‘黑历史’呢！”金可海一副“我没有这么愚蠢”的表情，“不过，我倒是跟林志提过。”

“林志？谁？”

“我邻居，你打电话来的时候他刚好在我家，他觉得我这副模样挺好的，不需要整容。”

“他对你好吗？”

“还好吧，就平时会串门聊聊天，帮我搬个快递什么的。”

“他该不会在背地里偷偷地暗恋着你吧？”

“我又不是他，我怎么知道？”

“那你今天回来的时候，见过他吗？”

“见过，在电梯口就见到他了。”

“他反应如何？”

“像不认识我呗，我骗他说我割了双眼皮，还问他好不好看。”金可海笑着摸了摸自己的上眼皮，“我觉得我自己似乎变漂亮了。”

张一平白了她一眼，“那之后呢？”

“有点尴尬吧，然后脸色不太好看。”

“他现在在家吗？”

“不知道呢，他一个人住，要不我去看看。”

片刻后，金可海回来了，告诉张一平：“他不在家。”

“我打个电话告诉李高宏。”

“你真当真啊？林志平时表现得不像你说的那么回事啊，而且，他也不像是做出这种事情的人。”

“以防万一。”

10

接到张一平电话的时候，李高宏刚好吃过晚饭，坐在沙发上抿着茶，耳边是巴赫的《G弦上的咏叹调》。

“李先生，我跟你说，我找到嫌疑人了。”

“什么？”

“就是打电话威胁你的那个人，我找金可海问过了，可能是她那个叫林志的邻居。”

“林志？”

“对，虽然不太确定，但如果你见到一个高高瘦瘦，穿着风衣，大概二十五岁的男人，千万要小心一点儿。”

“明白了，谢谢你的提醒。”

“应该的，毕竟是我把金可海介绍给你，才让你惹上这档子麻烦事的。出入小心，注意安全。”

“好。”

李高宏刚放下电话，门便被敲响了，他一下警觉起来。

他一直喜欢独处，也很少有熟人来串门。至于江则，为了避免惹人注意，更不会登门拜访，那会是谁呢?

该不会是……?

他走到门前，看到了视控屏幕上，一个男人正站在他的门前，高高瘦瘦，一袭风衣。

林志!

他差点惊呼起来，后退了几步。

这男人，真是太大胆了。

李高宏镇定下来，拨通了江则的电话。

“那天我说的那个麻烦，现在就在我家门外，你能派人过来处理一下吗？”李高宏看着屏幕上敲门的男人，因为那人刻意低着头，加上他戴着风衣的帽子，所以看不真切他的脸。敲了一会儿后，见没有人回应，他终于死心了，抬起头，对着门外的摄像头竖起了中指。

在那一刻，李高宏看到来人戴着口罩，只露出了一双恶狠狠的眼睛。

看着男人不甘心地离开，李高宏松了口气，对电话那头的人说：“麻烦走了，你不需要派人过来了。”

“我说，李高宏，在这种节骨眼上，你收敛一点，别给我惹是生非了，行吗？”

“我从来都不主动惹是生非，是是非主动找上我的。”

“那你说，如果这个麻烦一日不放过你，是不是我就一日不能做生意了？”

“别急，我刚好想到了一个很好的对策。”

“什么对策？”

“老秦头那边，有着急回国的顾客吗？”

“不是说了风声紧，那边最近都没有生意了吗？”

“那么，把这个麻烦当作一个预备身份怎么样？他叫林志。老规矩，你把人弄走，搞清楚他的家庭关系、社会背景、生活习惯等信息，等风声过去之后，要有合适的顾客，他的身份不是可以拿来用了吗？”

“哼，算你还有头脑。”

11

项维觉得张一平这些天有点怪怪的，整天对着镜子，一会儿唉声叹气，一会儿喜笑眉开，情绪阴晴不定。

“我说，八哥，你该不会像范进中举那样，因为忽然得到了演男一号的机会，高兴傻了呢？”

“去，你才傻了呢！”张一平想解释是因为徐导要自己垫长下巴才导致自己的反常表现，不过想想自己在项维面前自诩自己的脸是天生完美，发誓决不会动刀子。如果告诉他自己为了一炮而红放弃了自己的原则，肯定会被他嘲笑的。

算了，等木已成舟了再跟他解释，不过……

张一平想到了一个非常严重的问题，项维在怀疑——不久前他自己也在怀疑——那个李高宏是害死小娜的犯罪团伙成员之一，如果李高宏真是这个犯罪团伙的关键人物，那自己该怎么办？

如果李高宏不是犯罪团伙的一员，那当然好。

但如果李高宏是，身为受害者的哥哥，他当然会对李高宏恨之入骨了，只是他的垫下巴手术怎么办？找别的整容医生吗？

其他的整容医生都没李高宏名气那么大，技术应该也没有他那么好。能给自己如此完美的脸动刀子的人，除了李高宏，他还真找不到其他人了。

能不能等自己把戏拍完把脸整回来了，然后再让莫老大逮捕他呢？

不不不，如果真这么做，自己就太他妈混账了，再说项维肯定不答应的。

张一平在沙发上心虚地挪了挪身子，叫了声："喂！"

"什么？"

"你不是在跟踪那个李高宏吗？有什么发现吗？"

"暂时没发现什么动静。"项维摇头。

"或许，我们猜错了，他跟那个犯罪团伙没有关系？"

"什么？"项维挑了一下眉，疑惑道。

"我也是根据现有的信息猜测一番而已，没别的意思。你看，我们从知道他的存在后就一直在观察他，对吧？我猜，莫老大也有暗中调查吧？"

项维没吭声。

"你看，我们观察了他那么久，都没有找到他的破绽，说不定，不是我们找不到，而是他根本就没有破绽，因为他根本就不是嫌疑人。"

"张一平，你这想法很危险啊！"

"什么危险？我是怕你们跟错了目标，白白浪费了时间，还错过了其他的线索而已。"

"行了，我们已经有了万全的部署，你就别操这个心，好好练练你的演技，演你的男一号吧！"

啧！李高宏真是的，认识谁不好，偏偏要认识庄仁静。要是他不认识庄仁静多好，那他跟犯罪团伙，还有跟小娜的事情就完全没有关系了。

现在还扯上一个叫林志的家伙，他怎么就不能安安分分地做个整容医生呢？

不对，林志这个麻烦，貌似是自己让他惹上的。

不不，林志是不是那个麻烦，还说不准呢！不知道李高宏怎么样了，明天可一定要安全地出现在医院给自己准备手术啊！

张一平摸了摸下巴，瞅了瞅镜子，又唉声叹气起来。

12

“林志？不太像他，我也没遇到什么可疑人物，估计那个人只是说说而已。”李高宏道。

“那就好，那就好。”张一平咨询过李高宏，制定了垫下巴的具体方案，只等三天后实施手术，“那，我就先回去了。”

“慢走。”

张一平走进了医院的地下停车场，刚钻进车里，就看到某张似曾相识的面孔一晃而过，似乎是，林志？

他昨天听说了林志这个人后，特意要金可海把林志的相片找出来看看，于是记住了林志的那张脸。

是他吗？还是自己的错觉？

如果是他，他跑来这个医院干什么？

昨天怀疑威胁李高宏的是林志后，张一平还让金可海打电话给林志探探口风，结果压根儿就没有打通林志的手机。到今天，金可海说也没见他露面，好像他一宿未归。

难道？

糟糕了！

不能让林志找李高宏晦气，要不打电话叫金可海过来说明情况，阻止他干傻事吧？

在张一平想要掏出手机的时候，看到李高宏也从医院直达地下停车场的电梯口出来，径直往停车场的深处走去。

现在是中午，李高宏是准备开车去吃饭吗？

他想起不久前，自己就曾经跟小胖子在停车场被人打了埋伏，被人绑架过一次。

那个林志难道现在也在埋伏着李医生，守株待兔？

张一平额头上冒出了冷汗，刚要下车，又犹豫了，大声喊了一句：

“李医生！”

李高宏正往自己的停车位方向走，听到有人喊自己的名字，停了下来，回头一看，是张一平，朝他扬了一下手：“还没走呢？”

就在这个时候，旁边有道人影蹿了出来，扑向了李高宏，李高宏蒙了，看着来人手里的刀，来不及做任何反应。

眼看那把刀就要落到自己身上，尖锐的声音却响了起来。

是轮胎快速摩擦地面发出的声响。

原来张一平见势不妙，开着车便朝林志撞了过来。

李高宏看着明晃晃的刀在空中虚晃了一下，便掉落到了地上。而那个人，被撞飞到了地上。

张一平紧急刹住了车，惊魂甫定。

片刻沉默之后，李高宏从呆愣中清醒过来，一步一步走向了倒在地上的人。

那人一动不动，有红得刺眼的液体流了一地。

“李医生，你没事吧？”张一平下了车，飞快地走到了那人面前。

是林志，他认得这张脸。

张一平俯身下去，伸手去探林志的气息。

死了？

张一平的脸色一下如死灰般阴沉，冷汗直冒。

自己，撞死人了。

“喂，这是骗人的吧？一定是我搞错了，李医生，你去看看，他是还活着的吧？”张一平无助地抓住了李高宏的一只胳膊，喃喃道。

李高宏的动作显得很呆滞，他弯下腰，伸出戴着白手套的手，取下手套刚递到死者鼻子面前，便触电般缩了回去。

是死了。

怎么办？要报警吗？

张一平与李高宏的脑海里同时闪过了这个念头。

他被撞死了，并不是他们的错，林志袭击他们在先，他们自卫在后，可是……

两人几乎在同时否定了这个决定。

如果，警察调查身为被袭击目标的自己怎么办？李高宏在脑海里问。虽然平时做了准备，自认为滴水不漏，但难保什么地方被发现了蛛丝马迹，自己就有暴露的危险了。不能主动让自己成为被调查对象。

如果，自己被判定是自卫过度怎么办？张一平在脑海里问。他才刚接下演男一号的工作，出了这样的负面新闻，被媒体，或者是眼红自己的人大肆渲染夸大的话，自己的形象肯定会受损，那这个千载难逢的机会一定会白白溜走的。

不能报警。

可是，如果自己说不能报警，对方会怎么想？

张一平与李高宏互相看了一眼，都不敢先开口，最终，还是李高宏打破了平静："我们……"

"不能报警。"张一平慌忙地制止了他，"我说，李高宏，虽然……虽然人是我撞死的，可是，我是为了你才这么做的，一旦报警，我的前途就全毁了。"

"我知道。"李高宏点了点头，张一平的意思正中他下怀，所以他没有反对，"可是，如果不报警，我们要怎么办？那我们当作什么事情都没有发生，任由他留在这里吗？"

"不行。"张一平摇头，很快做了决定，"总之，先把他弄走。你来帮忙。"

两人一起把尸体抬上了张一平的车，看着趴倒在座位上的林志，李高宏问："你打算怎么处理他？"

张一平咬了咬牙，"我先想想。"

"那行。"李高宏关上了车门，转身刚要离开，却怔住了。

"刚才的事情，你谁也不许说……"张一平探出头嘱咐李高宏的时候，也看到了让李高宏怔住的原因——他们似乎都忘了，这个停车场是有监控摄像头的，也就是说刚才的一切，都被医院的监控录下来了。

“这……”张一平看着正对着事发现场的摄像头，一下慌了手脚。

“你先去处理尸体，我去处理闭路电视。现在是午休时间，但愿保安室的人还没注意到这段录像。”李高宏冷静地吩咐，同时把地上的那把刀捡了起来。

“好，那就拜托你了。”张一平忙不迭地道。

13

这天晚上，项维发现张一平回来得特别迟，连晚饭也没来得及赶回来吃。

当他终于回来的时候，脸色显得相当疲惫。

“怎么？背台词的功力不行，被徐导训了？”

张一平勉强笑了笑，不敢正视项维。

这真是糟糕的一天，糟糕的处境啊！

项维在怀疑李高宏，李高宏知道自己撞死林志的事情。如果李高宏被抓了，自己的事情也就暴露了。

先不说李高宏，自己做了那样的事情，对这种事情特别敏感的项维又住在自己家里，朝夕相对，总有一天也会暴露的吧？要怎么样，才能避免东窗事发呢？

张一平痛苦地想。

不过仅仅一天，自己的人生道路仿佛就掉了个头，转了个弯。如果人生真的有剧本，是不是今天，他拿错剧本了呢？

张一平就这样忐忑地过了两天，借口要忙拍剧、背剧本，不敢跟项维有过多的接触，第三天，一向不打扰张一平背台词的项维，却一脸凝重地走进了他的房间。

“一平，那个李高宏有问题。”

“什么？”

“还记得，我说我们已经部署好，试探那个李高宏是不是犯罪团伙关键人物的计划吗？”

“记得。”

“我们利用你拉着金可海去见李高宏的事，安排了警察这边的人，去激怒李高宏，以此主动成为威胁他们的目标，让他们产生铲除威胁并把他当作可替换身份的念头，好让他被绑架后打入犯罪团伙的内部的。可是现在已经三天了，那个人都没有任何消息。失踪前他最后汇报的行动，是去医院接近李高宏，我们一开始还以为行动成功了，但今天下午，警察在珠江边发现了一具被泡肿的尸体，身份刚刚被证实了，就是我们派去的人。”

“那个人是？”

“林志，他叫林志。制订计划的时候，你带着金可海去见李高宏了，而莫老大发现卧底林志刚好是金可海的邻居，所以就……”

张一平的脑袋轰的一下炸开了，项维还说了什么别的，他一句话也没听清楚。

那个林志，是卧底？

亏他还以为，以为林志不过就是个争风吃醋的暗恋者，原来他是警察吗？

自己撞死的人，竟然是个警察？

第九章　少数派的胜利

1

现在想想，一切的起点，是一盒小小的橡皮泥。

跟其他男孩不一样，他从小性子就很安静。他不喜欢拿水枪、打水仗，不喜欢爬树、抓蝈蝈，也不喜欢跑步、踢球。

当房子外面的男孩在玩闹的时候，他总是一个人，待在房子里面，手里捏着一团团的橡皮泥。

最先用橡皮泥做出来的，是数字、拼音，然后是简单的叶子、花草，以及蓝天、白云。渐渐地，他开始捏脑海里想象出来的那些奇形怪状的事物，比如有三个大头的太阳，有四只眼睛的海龟，层叠着摞了五个壳的蜗牛，厢顶上长着螺旋桨的汽车……

在满足了幻想出来的事物之后，他开始创造现实中的事物，比如说水果，比如说桌椅，比如说建筑。

刚开始捏的时候，外形掌握得一点都不好，色彩也不擅长，捏出来的东西不仅歪歪扭扭的结构失真，用色也都乱七八糟的。慢慢地，他学会了在动手之前，先观察，先配色，渐渐地，捏橡皮泥的技术改进了，他做出来的东西，越来越像现实世界里存在的事物的微缩模型。

可惜这并没有让他得到大多数男孩子的尊敬，很多时候，他费劲力气做出来的东西，下场都是被他们摔在地上，踩成了一团。

“男子汉大丈夫，捏这些女孩子的玩意儿真不知羞！”

一开始他还哭，后来就不哭了。

他是被忙着工作的爸爸妈妈寄养在小镇上的奶奶家的。平时被人欺负，如果被奶奶知道了，还会拿着扫把追着那些顽皮的孩子打骂两句。而在学校，老师总觉得这是小孩子的天性，偶尔有打架骂人的现象很正常。

后来再遇上这种事情，即便他们仗着人多，拎起瘦小的他就揍，他也只是冷冷地看着他们。

那个时候他就知道，书上说的人类是群居性动物是骗人的。

许多人，离不开群居，是因为平庸，还有懦弱。

他们平庸。

当他们遇见与自己不一样，有特别才能的人时，他们看到了自己身上没有的光芒，所以成群结队，妄图变成黑云，用欺压恐吓的手段，遮盖住那些让他们嫉妒的光芒。

因为平庸，所以无法忍受别人的出色。

他们懦弱。

他们害怕独自生活，他们没有办法一个人面对一切——比如说来自大多数人的欺压，他们缺少一个人解决困顿的勇气，所以要加入到群体里狐假虎威。

因为懦弱，所以才要借助群体的力量。

而这个社会上，平庸跟懦弱的人，占了大多数。也就是说，真正强大以及真正有才干的人，是少数派。

这才是人类为什么会被定义成有群居的社会性的原因。

而他，属于少数派。

每个人都觉得，在远离爸爸妈妈的小镇上与奶奶相依为命，势单力薄总是被人欺负的他，很可怜。

但事实是，他很享受这种生活，即便他的脸上旧伤未去，又添新伤。

在自己做任何事情的时候，没有那些自以为是的家长来干涉，也没有那些自诩懂得更多的大人们用他们过往的经验来矫正他们觉得错误的行为。这种状态，他很喜欢。

在他看来，小镇上的大人们，不过一些平庸懦弱之辈，自己都无法把自己的生活过上八十分，就好为人师地指点他人的人生。这是无知。

而听从无法掌握自己人生的平庸之辈的建议，是愚蠢的决定。

远离父母的他刚好能避免做这种愚蠢的决定。

他喜欢自由自在地浪费时间在自己乐意干的事情上，比如说，随心所欲地玩橡皮泥，想捏什么就捏什么。

如果自己此刻是与爸爸妈妈一起生活的，他们肯定会说："那么大的人了，还玩这种小女孩玩的东西，不觉得丢脸吗？"

然后不让自己玩橡皮泥，甚至不给自己零花买橡皮泥。

除了那些偶尔会来找麻烦的平庸者们，在这个小镇，他主宰了自己生活的一切。

真好。

2

当然，也有人觉得自己到了初中年纪还玩橡皮泥并不是一件丢脸的事情。

比如说，姚老师。

烫着波浪卷，嘴上涂着口红的姚老师，是班上教音乐的老师，被许多男生在暗地里称作"美人姚"。

一来是因为，姚老师特别标致，长得确实很美；二来，将"美人姚"的发音读歪一点，就是"没人要"。镇上许多有钱有势的男人，都非常热衷于娶教师职业的女人，但以姚老师的条件，却嫁给了开士多店的男人，据说那男人很穷，人品也很差，喜欢酗酒打她，如果不是“没人要”，她怎么会挑这么一个男人呢？

一开始他并没有特别注意姚老师，是有一次放学后，在他被那群平庸者们围起来，威胁不交出他的橡皮泥制品就揍他的时候，忽然出现的“美人姚”发现了他并替他解了围。

那些人一看是老师，很识趣地就散了。

姚老师捡起了掉到地面上没被抢走的橡皮泥制品——说来好笑，他做出来的东西一开始被嘲笑，但在女同学中却相当受欢迎，所以平庸者欺负他的目的，不再是单纯地欺负他弱小，而是掠夺他的橡皮泥——这些开始萌发愚蠢的爱情意识的少年们，开始以武力从他这里获得胜利品，然后去献给少女们，以讨欢心。

更让人觉得值得嘲笑的是，那些少女们明明知道那些橡皮泥制品是他做出来的，却不直接跟他开口索要，明明知道那些橡皮泥制品是从他手里抢走的，却依然毫不知耻地收下——就因为他是群体的放逐者，她们没有勇气去违抗集团的力量，以及可笑的虚荣感，觉得有少男为了自己而掠夺他人东西，很有面子。

他从来没把这群性别不同的平庸者放在眼里，不鄙视，不接触。

平庸者与平庸者抱团，才是他们的生存之道。

而他，不需要。

“做得真好，你很有艺术天分呢，李高宏同学。”姚老师把捡起来的那幢洋房模型递给了他。

他接过模型的时候，看到了美人姚的指甲涂着丹蔻色的指甲油。

“不要理会他们，他们不过是嫉妒你而已。”

姚老师竟然说出了跟自己内心想法一模一样的话，大概她也是那种被嫉妒的对象吧？

她的那些事在少年平庸者群体中都已经传得沸沸扬扬的，在成人平庸者这群体中应该被渲染得更加厉害吧？

“美人姚”很美，自己却得不到，于是中伤她，以此弥补得不到的遗憾。

李高宏制作的工艺品很美，自己却不会，于是欺负他，以此获得战利品。

这么看来，他们两人，同是天涯沦落人。

因为这份亲切感，从那以后，他开始默默关注“美人姚”，于是让他发现了更多的共同点：他跟她都是独来独往，他跟她都一样有才华，他跟她的身上都不时地会出现伤痕。

他身上的伤痕，是被平庸者们欺负的。

“美人姚”的伤痕呢？他想起了传闻中，“美人姚”的丈夫，那个酗酒的男人。

传闻是真的？她是被她的男人打的？

他忽然有了想要弄清楚传闻真实性的冲动。

这生出的兴趣，还是第一次，转移了他对橡皮泥的注意力。

于是他见到了“美人姚”的丈夫。

那个众人口里，没有前途，人品很差，还喜欢酗酒的男人。

出乎意料的是，“美人姚”其实跟她的丈夫很登对。

那男人相貌堂堂，表面上根本看不出来他有传闻中的那些缺点，而且士多店的生意也不差。

或许，正因为他们并没有那么不堪，所以那些平庸者才会添油加醋地诋毁他们。

不过，他们说得也不全错，那男人喜欢酗酒是真的，喜欢打人也是真的。

他亲眼看到过，“美人姚”在士多店帮忙的时候，那男人在顾客面前丝毫不避讳地对她推推搡搡，态度极为恶劣。

既然如此，她为什么不离开这个男人呢？

“喂，你在我家铺子前面鬼鬼祟祟地做什么呢？”

背后传来的呼喝吓了他一跳，他紧张地转过身，看到一个壮实的少年站在自己身后。

后来他才知道，这就是江则。

“美人姚”的儿子。

3

江则的年纪比他小，个头却比他大。

他上初中时，江则才上五年级，是学校里我行我素的小霸王。

与他不一样的是，他是因为势单力薄成为平庸者群体欺凌的目标，江则是因为力量强大成为平庸者忌惮的对象——江则很强，打架技术一流，却不合群。听说因为看不惯江则，那些平庸者向年纪更大的平庸者告状，于是有三个自诩天不怕地不怕的平庸者把江则揍趴了，但后来他们每一个人都遭了殃——一个在游戏机室的时候被打成了重伤；一个在上学路上被扔了书包；还有一个人在班上户外活动的时候，被江则从茅房揪出来，光着屁股扔到了全班师生的面前。

三个人都是初中生，却被个五年级的小学生欺负了。

江则从此恶名远播，再也没有人敢动江则一根汗毛。

这就是强者的力量。

他跟江则走得近，是一次偶然。

那天跟平常一样，他被一群人围在教室门口，威胁他第二天带多少手工品。而这时江则找来初中部，手里拿着的东西，一看就是他做的。

“这里是初二（3）班吧？谁是李高宏？”

围着他的人一下跳开了，其中一个用手指了指他。

“就是你啊，跟我走。”

江则丢下一句话转身就走，根本不担心他会不会跟着去。

他犹豫了一下，掂量自己除了那天去江家铺子被江则呵斥过之外，跟江则并没有过节，他看了一眼虎视眈眈的同班同学，果断选择乖乖地跟着江则走了。

他就那样跟在江则后头，一直跟进了“美人姚”家里。

原来是江则不小心打破了父亲最珍视的佛像，怕父亲知道后挨揍，恰好知道学校初中部有一个人，可以用橡皮泥做出真家伙一般的东西，于是死马当活马医，看能不能找他仿制一个出来。

“做不好，揍你。”

江则丢下这句话就留他一个人在房间里，对着破碎成几片的陶瓷片发呆。

他对江则的威胁不以为意，江则的命令却激起了他极大的挑战欲。

他能用橡皮泥，做出一个以假乱真的佛像吗？

时间有限，他很快发现全部用橡皮泥做模是不行的，于是他把陶瓷碎片拼回了原来的样子，再把橡皮泥披覆在上面，照着原来的样子，捏了一个模子出来，再按照记忆描绘出佛像原来的样子。

完成之后，江则吃惊地接过用橡皮泥修复的佛像，捶了他一下：“嗨，行啊，你真有两下子。”

他来不及离开江家，“美人姚”就回来了，她看到他很是吃惊：“你不是李高宏同学吗？阿则，你认识他？”

“妈，我当然认识他了。”江则讪笑。

江则似乎从来不带同学回家，这次却带个高年级的，还是自己学生的人回来，让“美人姚”纳闷了许久。

江则虽然在外面横，在家里却怕他父亲，孝敬母亲。

“美人姚”也知道儿子的德行，警告江则不许找李高宏的麻烦，江则还真的没再找过李高宏的麻烦。而平庸者们，一开始还忌惮他跟江则的关系，时间久了，看两人并没有走到一块儿，欺负他的次数又多了起来。

江则再次找上他是在距离上次佛像事件的一个月后。

没人敢惹的小霸王气急败坏地直接就闯进李高宏奶奶家里来了：“喂，李高宏，你赶紧给我做个狗头。”

4

学校附近住着一个老头，脾气特别暴躁，但他的老伴却是个非常和蔼的老奶奶。

老头家养了一条狗，放学的时候，李高宏总能看到老头牵着狗跟老伴一块儿遛弯回来。

老头很凶，每次有淘气的孩子偷摘老奶奶种的玫瑰花，或者踢球打破了他家的玻璃，他一定会拿着拐杖追打。但看到平庸者在校园外面欺负弱势的孩子，他也会多管闲事地出头。

李高宏在外面被人欺负的时候，也被老头保护过。

他不知道其他被保护过的孩子有没有去感谢老头，反正他没有去感谢过。

而这次让江则生气的起因是江则在学校外面打架的时候，被老头教训了。

于是江则闯进了老头家，打算教训老头一番，却在他家门口被老头的狗咬趴下了。

江则能揍得过人，却揍不过一条狗。

江则咽不下那口气，但直接找老头单挑是不可能的了——老头总是狗不离身，于是他想出了个恶心老头的办法——他要给老头送狗头。

原本他是要杀了那条狗的，可惜单纯以武力值来看，他比不过那条狗——他已经领教过那条狗的厉害了，于是，他想起了李高宏。

江则的要求很简单，李高宏觉得这又是一个挑战自己能力的机会，便答应了下来。做出那个狗头花了他大约半个月的时间，完事后交给江则，他就没有关注后续了。

直到那天放学，看到老头孤零零的一个人牵着狗，神情哀伤。

回家才听奶奶说，不久前的夜晚，老头家的院子里不知道被谁扔进了一个狗头，被起夜的老奶奶看到了，吓得心脏病发，送进医院后没多久就去世了。

“真是缺德，也不知道是哪个人干的。”奶奶说这话的时候，丝毫没有怀疑自家孙子跟这件事情有牵连。

那一刻，他心里涌出来的，是喜悦。

自己做出来的艺术品，可以以假乱真的喜悦。

“听说了吗？李高宏你还真有两下子，我原本还想把那个狗头捡回来摆在家里的，不过算了，报了仇了！”

江则再来找他的那天，刚好那个老奶奶出殡。

听说老头在外地的儿女都回来了。他放学的时候，看了老头一眼，一身黑衣的他呆呆的，一个人静静地坐在院子里，不知道他在看什么。

是花!

玫瑰花。

他记得老奶奶平时喜欢种花，老头也因为这个原因，最珍视那些玫瑰花。

现在不是花开的季节，院子里没有花。而以后，没了老奶奶的照顾，这些玫瑰或许再也不复往日的灿烂。

“我说，你能再做一个给我吗？就是狗头，我要像猎人一样，把它挂到我的房间里。”

江则滔滔不绝地说着，他却充耳不闻，把注意力全放在了桌子上的橡皮泥上。

不同颜色的橡皮泥揉出了许多大小不一的橡皮泥团。他把桌子上的牙签筒拿了过来，倒出了许多根牙签，从里面拿出一根，又取了最小的一小块红色的橡皮泥压扁，然后包裹在牙签上端。

“哎，你现在要做什么？”

他没有理会江则，拿起两个稍小的红色橡皮泥，按扁。

“你做这个那么厉害，有没有想过做一些更厉害的东西？比如说，牛头？虎头？嗯，人头？”

他似乎没听到，把按扁之后的橡皮泥，粘到刚才的牙签上。

“对吧？我觉得你可以试试看？你能捏出个人头来的话，我以后就能给仇家送人头了。”

他愣怔了一下，手里粘橡皮泥的动作慢了下来，但很快又恢复了正常，把注意力再次收了回来，他用力压了压刚粘上去的橡皮泥片，固定好位置，又从橡皮泥团中拿出了几团，重复动作。

江则看李高宏不理会自己，自讨没趣，于是灰溜溜地走了。

他继续捏着，直到揉出来的橡皮泥团全部用完。

他在做花。

橡皮泥玫瑰花。

几十朵色彩艳丽的橡皮泥玫瑰花。

他找了个陶瓶，把橡皮泥玫瑰花全插到了里面，然后用买来的礼品袋装得严严实实的。

那天下午，他小心翼翼地提着那个礼品袋出门，来到了老头的院子面前。家里没人，狗也不在。

他原本想把礼品袋扔进院子，但怕会摔烂里面的工艺制品，于是推了推院子铁门，打算翻门而过，却发现门压根儿没锁。

这样正好，他打开铁门，走了进去，把那瓶橡皮泥玫瑰花拿出来，摆在了老奶奶平时坐着的摇椅上，然后走了出去，掩上铁门。

第二天就听说老头的儿子要接他到大城市里住，连同那条狗。

当他放学路过老头家时，那里早已经人去楼空。他瞥了一眼，然后愣在了原地。

他看到他的那些玫瑰花，被踩在地上，成了沾满尘土的大泥团。

陶瓶，被砸得粉碎。

5

他在小镇的生活，就到初中毕业为止。

高中的时候，他搬回花城，与父母住在一起。

他依然捏橡皮泥，同时也使用其他的黏土、水晶泥。

他开始学做人体模型——人类内部腔体最重要的器官以及血脉分布，人类外部表征的五官以及四肢，而在所有的橡皮泥、黏土甚至水晶泥铸造出整体后，能让一具人体看起来逼真最关键的一点，是脸。

于是他开始重复练习用橡皮泥塑造人脸。

这是他的下一个挑战。

塑造真人面孔的橡皮泥制品，果然比制造任何其他事物都要来得困难，为此他不得不自学人体构造、头颅复原，以及肤色纹理，等等。

不知情的父母以为他对医学产生了极大的兴趣，鼓励他去考医学。

学医便可以用真人材料来做这种事情吗?

他很快查了相关资料，于是在读大学选专业的时候，毫不犹豫地选择了医科。为了将来有一天能在人体上动刀子，他暂时地放下了对橡皮泥的狂热。

再次回到小镇，是去参加奶奶的葬礼。

那个时候，他早已经大学毕业，开始在一家三甲医院工作，医生资格证以及医师执业证拿到手了，离可以在平庸者脸上真刀实枪地做手术，还差一步。

在奶奶的葬礼上，他想起了那个老头，已经过了那么多年了，大概自己也见不到他了吧?

但他意外地见到了江则。

虽然过了那么多年，江则相貌除了五官变得更分明一点，基本上没有变化，不过右边胳膊上多了一条闪电形状的伤疤。

从街坊们的八卦里，他得知江则从学校里不能惹的角色，变成了小镇上不能惹的角色。

原本，两人擦肩而过。当时江则走得特别匆忙，他也无意叙旧，而且他们也无旧可叙，但走出几步，他便被江则抓住了。

“你是那个李高宏？”

“对。”

“太好了，听说你做了医生？我们还是哥们儿吧？”

哥们儿？他皱起了眉头，他们什么时候变成哥们儿了？

“是哥们儿就不能见死不救。”

这是又惹事了？

被江则拉到江家后，他才知道事态不是一般的严重。

“美人姚”在与丈夫的争执中，失手打死了丈夫。

“美人姚”，依然如当年那般韵味十足，她看儿子带了外人回到丈夫的死亡现场，吓了一跳：“你疯了，阿则！这个时候，你还带什么人回来？”

“妈，这是李高宏，还记得吗？你曾经教过他的，就是捏橡皮泥很厉害的那个。”

“那又怎么样？”

“他现在是医生，可以帮我们。”江则脸上出现了他从来没见过的痛苦，以及坚毅，“妈，你逃走吧！”

“怎么帮？”

虽然江则的想法听起来很异想天开，但却很对自己的胃口。

对“美人姚”丈夫的死，他一点不在乎，甚至觉得现在“美人姚”才杀死丈夫有点太迟了。

但听说，“美人姚”杀死丈夫的原因，不是因为再也忍受不了打骂虐待，而是因为丈夫在外头有了第二个女人的时候，他对美人姚之前的知遇之情全消失了。

原来，都是自己的错觉，这个“美人姚”，其实也是个不依赖别人就无法生存的平庸者，还是说，女人都是无法独立的平庸者呢？如果是，那么“美人姚”就是这其中最令人无法同情的平庸者。

但他还是对江则的提议，蠢蠢欲动。

“我说，我不能让我妈妈成为杀人凶手，你帮我妈换张脸吧！”

换脸？

在真人身上？

“我听说了，你就是干整容这一行的，不管你怎么做，不管是什么样子，只要让别人认不出我妈，你就帮我妈整个别的样子吧？”

他的心跳得飞快，但嘴巴上却说：“不行，我没独立做过这种手术。”

“那你就独立一次。”

“没有做手术的工具、材料，还有场所。”

“你需要什么，我都给你找回来，只是你动作要快一点，我爸爸死的事情，没办法一直隐瞒下去。”

在一家极简陋的私人美容院里，用来历不明的材料，以及将就的工具，他做了他人生中的第一台真人手术。

做完手术后的当天夜里他就离开了小镇，“美人姚”与江则后来如何，他一点也不想知道，也不会去打听。

第一次的手术，应该很成功吧？

谁也认不出来那就是“美人姚”的那张脸，堪称艺术品。

在回花城的车上，他看着自己的手，丧失了许多年的喜悦感，再度涌了出来。

他的手，能创造出艺术品的手，是比任何事物更重要的艺术品。

他走这条路，是正确的。

随后几年，他的技术大放异彩，令他名声显赫。在这个“看脸的时代”，凡是对美有追求的人，或者那些需要换脸的人，都纷纷找他主刀。

最近的，就是这个张一平。

他看着坐在自己对面，阴沉着一张脸的张一平，回想起不久前刚发生的那一幕。

冲过来的身影、明晃晃的刀子、尖锐的刹车声、一地鲜红的血、躺在地上的尸体，以及那张脸。

想到那张脸，他的眼睛微微地眯了眯。

真是，可惜了那张脸了，明明是能大有可为的。

6

桂姨使劲地擦着玻璃门，不时地看看坐在客厅里的项维，再看看虚掩着门的张一平的房间，心里隐隐觉得哪里不对劲，纳闷了许久，当去清理项维面前的那张桌子的时候，她终于忍不住了，低声问：“项维啊，我说，那个人，是不是有点不对劲？”

“哪里不对劲？”

“他以前可是……像公鸡一样成天不可一世地打鸣，怎么最近他好像变了个人似的，话不多了，还阴沉着脸，没发生什么事吧？”

“没有没有，他是在背剧本台词呢！”

“什么？”

“你还不知道吧，一平他被徐导看中了，要演男一号了。”项维瞟了一眼张一平的房间，“像他那么轻浮的人，一看他表现得深沉就知道是装的，挺像是吧？”

“哎，做男主角啊！那他是不是就能上大屏幕，变大明星了？”桂姨激动地说道。

“想太早了，桂姨。”

“不早不早，万一他真红了呢？”桂姨停止了清洁，四处找了找，“纸呢？笔呢？项维借张纸跟笔给我。”

“怎么了？”

“找他要签名啊，他以后红了肯定很值钱。”

“桂姨，我说了为时尚早啊。”项维苦笑道，“你看，戏都还没开拍呢，变数很大的。”

“别这么说，”桂姨兴奋地畅想未来，说，“哎，如果一平真红了，我以后要是出一本回忆录，专门回忆你们的事情，会不会卖得很好呢？一个是大明星，一个是大侦探，应该会有很多想八卦你们的人会买吧？”

“不不，桂姨，我不希望你这么做。”

“行，桂姨，不过先要征得我的同意，还有，版权费我得分成。”出来喝水的张一平听了，马上提醒。

项维翻了个白眼，“八字还没一撇呢，你快滚回去磨练演技！”

“对对，一平你可要好好加油，等你的戏上演了，桂姨一定去捧场，做你的一号大粉丝。”桂姨给张一平打气。

“肯定的啊，我张一平是谁啊，这点小事情，不在话下。”张一平满脸堆笑，看了一眼项维，本想回房间去，想了想，还是坐到了项维对面，开了口，“小维？”

项维微微有点错愕，抬头看着张一平，而后明白过来，问：“你在拿我当陪练？”

“哈！”张一平搔了搔头，“那个，就是你上次说的事情，莫老大他们查得怎么样了？”

“你是说李高宏的事？”

“对。”

“据说已经开始布控了，莫老大这次希望不仅仅能抓住李高宏，抓住那个江先生，还想捣毁他们的地下据点，一并查获那个国外团伙，简单地说，就是要一锅端，所以抓捕行动要策划得滴水不漏，到有十足的把握了，再慢慢收网。”

“我可不是跟他一伙的啊。”

“我没这么说。”项维怔了一下，问道，“你为什么这么说？”

“我……因为拍戏的事情，我最近跟李高宏不是走得很近吗，我怕你误会。”

“你拍戏跟他一个整容医生有什么关系？”项维开始皱眉。

“总之，是徐导的意思，你知道他那人就喜欢吹毛求疵的，想让我微调一下。”张一平苦笑道。

项维笑了：“八哥，你不是自诩你的脸是最完美的吗？”

“啊，很多人都这么称赞你哥我，不过徐导不这么看，我也没办法。不是我长得不好，是徐导他的审美太奇葩。”

“你的情况，我会跟莫老大说一声的。不过，一平，你小心点。”

“放心吧，我没事。”

“不，我是说真的，李高宏那家伙连林志都杀，万一他知道你是跟警察有关系的人，我怕他会对你不利。总之，你自己注意。”

张一平愣了愣，点了点头。

林志的尸体被发现后，项维就参与进了这件案子的调查当中。

根据林志留下的讯息，他遇害是在实施潜入计划，在医院接近李高宏之后。因此，项维他们开始排查李高宏附近，最终确定案发现场——就是李高宏所在医院的地下停车场。

在那里，他们发现了大量血迹被清洗过的痕迹，经过检验科警员的核实是属于林志的，就此确定了第一案发现场。

林志的尸体虽然是在江里面发现的，但死因并不是溺毙，尸检发现致命伤是头部受撞击，头骨凹陷破裂，内出血而死，除此之外，胸腔也有承受碰撞导致骨裂的现象，很明显是受到了强烈的撞击，在确定了第一现场后，推断林志应该是在停车场被李高宏撞死，然后再搬运到江边抛尸的。

可惜的是，他们并没有找到林志遇害的时间段停车场的监控录像。

停车场保安室的解释是，保安监控室一直都有人值班，在项维去取证之前，他们都没意识到录像被人动了手脚。估计是李高宏把录像删除了，至于他怎么做到的，还在调查当中，但幸亏他们找到了目击证人。

“目击证人？”张一平心里一紧。

在寻找林志遇害的线索时，他们曾排查过当时使用停车场的车主，但可惜的是，刚开始并没有发现异常。直到最近，他们找到了一位车主，这位车主告诉了他们一个重要的线索。

在一周前——刚好在林志遇害时间段，她拿完药后去停车场开车的时候，曾经见到过穿着风衣的男人，根据她的描述，确认了这个男人就是林志。当时在停车场还有一位车主，那位车主之所以会引起她的注意，是因为在她到达停车场之前，他就已经在车里了，到她开车离开的时候，他还没有离开的意思，似乎是在等什么人。

张一平的心吊了起来，咽了咽口水滋润干得发疼的喉咙，“她记得那个人的样子吗？”

“可惜当时停车场太暗，她看到的也只是侧面。我们估计她看到的那个人，就是李高宏。李高宏发现了林志，恶从胆边生，在我们的目击证人开车离开后，就撞死了林志。”项维叹了口气，“是我们操之过急了，想要以这种极端的方式打入犯罪集团内部，却没考虑到，这群人是丧心病狂之徒，可惜了林志。”

张一平没有作声。

“迟些时候，这位目击证人会来指认李高宏，到缉拿他归案之后，一定要给林志讨个说法。”

7

“竟然有目击者，这我倒是没有料到。”李高宏摇了摇头。

“那，我该怎么办？”

“你急什么？项维不是说，那个目击者不过是看到了你的侧面吗？她根本无法凭这一点指认你吧？”

“你当然不急。”张一平无法告诉李高宏，项维以为目击者看到的人不是自己，而是李高宏，他不知道，目击者看到的人，其实是他张一平，“像我辨识度这么高的人，即便只是侧影，也会被人认出来的。”

“别自乱阵脚，我不认为事情会走到那一步。就算你被认出来了，你来医院找我，在那个时间段会出现在地下停车场，是很正常的事情。你可以实话告诉项维，你跟项维是朋友，他不可能怀疑你的。”

“你别天真了。这件事绝对不能让项维知道，他只要有一点点疑心，就会一查到底的，才不会因为我是他朋友，就徇私的，那家伙脑子里对人压根儿没有亲疏的分别。”

李高宏默然，回想起那天在博物馆项维与张一平出现的情景。

大名鼎鼎的项维，本人却普通得毫不起眼，让他感到有点意外，然而，很快，他就意识到，这恰恰是项维的长处。

因为存在感不强，如果不知道项维的身份，没有人会在意他，而他也能利用这一点，毫无负担地在任何时间、任何地点得到他需要的信息。如果，他长得不普通，比如说像张一平如此扎眼，那么，众人的注意力或多或少地会被吸引过去，那他就不得不在获取有效信息的时候，避免引起这些被吸引者的反感或者其他任何抵触或意料之外的举动。而至于嫌疑人，更不会在意如此普通的一个人，因为没有预料到这是要缉拿自己的天敌，即便是面对他的时候，因为他的平凡而低估他的能耐之余，警惕性便会降低，露出的破绽便会更多了。

可以说，不起眼，是项维的保护色，让他在任何时候，都能融入案件本身。但又不仅仅是融入案件。如果说，案件全貌是沙雕的话，那么，项维就是那些沙子，如果说，犯罪事实是橡皮泥捏出来的真相，那项维就是橡皮泥本身。

因为容易掌握信息，于是洞悉了大部分的事实，而成为最接近真相的人，却也是，最易被忽略的人，他那微妙的存在感，让人在得知真相时，忽略了这个侦破者，却没意识到，沙雕失去了沙，会崩溃，橡皮泥本身若不存在，就没有真相。

对于创造了这么多年艺术品的李高宏来说，他非常清楚，很多时候，那些犯罪事实最容易被人辨认之处，是在于事实本身有悖于正常的社会秩序，只有足够冷静、客观的人，才最容易识别出这些特点，进而获知真相。

那些自诩学习了犯罪心理，而把情感过于投射到罪犯身上，发展到最后模仿犯罪心理的调查者，其一根本无法百分百与犯罪者发展出同样的思路，其二更不可能产生与犯罪相同的感观而预知案件发展。至于心理缺陷的人，比如受过重大打击的幸存者，或抑郁症患者，在无法用正常的普通人思维观察问题、思考问题的情况下，怎么可能看得到犯罪事实与社会秩序相悖的地方呢？

你首先必须是个正常人，然后才能辨认出犯罪嫌疑人与社会普遍制约的不同之处。

这些不同之处就是异常，即是破绽。

若调查者本身都已经混淆了自己的观点，如何能辨认出哪些属于社会秩序之内，哪些属于社会秩序之外呢？

像项维这种保持着大部分客观的正常人——因为拥有正常人的喜怒哀乐，从而能够轻易地辨认出事实的哪部分不是正常人所会做出来的事情。

但拥有这种高度敏感的项维也一定看出过太多的破绽，见识过太多的不寻常之处吧？

但是，仅仅从外表并看不出来这一点，在经历了那么多案件的调查后，那张脸，依然还是平淡寡然的。

深水静流。

李高宏头脑中忽然冒出了这么一个词。

如果，真是如此，那会不会自己在什么时候也放松了警惕？

而项维，有因此而看出自己的破绽吗？

8

张一平看着镜子里胡茬满布的脸出神了许久，这才拿起了一边的须膏，随便在下巴抹了抹，拿起剃须刀，才剃了几下，就刮伤了自己的皮肤。

他啧了一声，看了看下巴上的那条伤痕，看着细微的血点渗进须膏泡，那点点红色似乎很快地扩大，蔓延成一片血海。

他眨了眨眼睛，使劲提醒自己冷静。

自从撞死了林志后，他已经好几天都没有睡过好觉了。

每天躺在床上一闭上眼睛，就会想起当时发生的那一幕。

一开始是自己撞死了林志，到后来变成林志撞死了自己，在惊觉自己躺在血泊中动也不能动后，每一次，都是满头虚汗地从梦中醒来。

如果项维知道了，一定会说，这是因为自己的负罪感导致的，在潜意识里，自己该死吧？

混账！

当时自己怎么就那么鲁莽呢？为什么要去救他呢？

李高宏跟害死小娜的人是一伙的，他被林志捅死了，也是活该。更何况，林志根本不是真要杀他，只不过是做做样子而已。

项维也有责任，如果他早点告诉自己，林志是被派去接近李高宏的卧底，自己就不会那么冲动了。

张一平把擦过下巴的毛巾扔到了一边。

今天是那个目击证人到警察局认人的日子，项维去看结果了，不知道现在怎么样了。

张一平打开盥洗间的门，吓了一跳。

原来项维不知道什么时候回来了，此刻正靠在盥洗间对面的墙上，一副在等着他的神态。他一出去，项维便定定地盯着他，似乎要把他看个彻底。

张一平一阵心慌。

“项维？”

“那个目击证人，确认她当时看到的人不是李高宏。”

“是吗？”

“莫老大给她安排了画像师，根据她的描述，得出了嫌疑人的画像。”

项维的语气很轻，却如重锤一般落到张一平的心上。

“一平，你是不是有什么事情瞒着我？”

“我怎么可能会有事瞒着你……”

“你知道你的辨识度有多高吧？”

张一平愣了。

项维叹了口气，“即便只是侧面，但我，还有莫老大都认出来了，那个案发前在停车场出现过的人，被目击者看到的人，是你。”

张一平觉得自己的呼吸都乱了。

“不可能，一定是她弄错了。”

“一平？”

张一平避开了项维的视线。

“林志死那一天，你在医院的停车场吗？”

“我不清楚，但我确实有去那里找过几次李高宏，而且，也确实在那个停车场停过车，但我不知道林志是哪一天死的，也不清楚自己到底那一天有没有去过见李高宏。”

“但那个目击证人说她在停车场先后见到了你还有林志。”

“你怀疑我吗？”

项维一怔。

“你说目击证人先后见到了我还有林志，但你也说过了，林志是故意去骚扰李高宏，主动成为他们的目标的，如果是这样，林志也有可能不止一次出现在停车场吧？那目击证人同时见到我们的那天，就是林志遇害的那一天吗？还有，即便她见到我的那一天是林志遇害的那一天，她离开的时候我还没离开，或许我是在等金可海一起离开呢？她走了以后，金可海下来了，然后我载着金可海走了，如果林志遇害是在我们离开之后呢？”

“如果是这样的话，你为什么不说？”

“我怎么不说了？一开始让我去接触李高宏还是你的主意，我出入那个医院的停车场你不是也应该一早意识到的吗？在你发现林志遇害现场是那里的时候，你也没问我啊！”

“一平。”

“什么？”

“如果真有什么事情，我希望你别瞒着我。”

“我什么时候瞒着你了？你是‘大侦探’，鼻子比狗还灵敏，如果真有什么事情，我想瞒也瞒不住吧？”

是的，瞒不了了。

项维知道我常用的车子，他既然怀疑我跟林志的死有关，案发地点又是我出入过的停车场，他一定会叫莫老大他们去检查我的车子的。

一检查，他们就会发现车子有撞过人的痕迹，还有车后座上留下的血迹。

“我跟莫老大也觉得事情跟你无关，毕竟，你没有杀林志的动机。为了洗清嫌疑，我能检查一下你那辆车吗？”

果然。

“我最近拿去检修了。”

“在哪儿？老地方吗？”

张一平犹豫了一下。

“一平？”

“不，是朋友介绍的一家新开的4S店。”

“名字？”

张一平硬着头皮说了出来。

完了。

9

金可海家的对视电话响了起来。

金可海一下扑了过去："喂！"

原来是门卫，说是楼下有快递，让她下去拿上来。

"好的，等一下，马上下去。"

金可海穿上外套，换了鞋子，连忙跑到了楼下。

住宅楼前站着一个穿着一身快递公司员工制服的快递员，非常魁梧，抱着箱子的手臂上有道闪电形的伤疤，正在跟门卫小哥聊天。

一看冲下来的女人，就问："你是金可海？"

"对。"

"麻烦签收。"金可海在签收单上刷刷写了几笔签上大名。

"帮我看看这人是不是住这儿的，看那地址，是你邻居吧？"

金可海瞥了一眼快递单上的名字："是的，是我邻居。"

"我找不到人，你跟他关系熟吗？要熟的话就帮忙签收一下吧！"快递员说，"我也省得再跑一趟了。"

"好。"金可海爽快地签了名，低头去抱那箱子东西的时候，才感到相当地不方便。

唉，要是林志在就好了，一下就帮我搬上去了。

10

林志的死并没有大张旗鼓地被新闻报道，不过也还是在报纸的一个小小的角落，提了这么一两句关于在江边发现尸体的消息。

从张一平撞死人之后，到尸体被发现，李高宏便一直关注着报纸上相关的报道，想知道警方侦破到了哪一步，以及项维的行动。

其实，现在想想，当时自己没有必要慌张的，撞死人的是张一平，即便调查，自己也能撇清关系，为什么就突然鬼迷心窍地，说要帮张一平处理现场隐瞒事实呢？

跟在美术馆那一次一样，主动报警不就好了吗？

李高宏觉得失策，脸上却没半点懊悔的意思。

不知道为什么，他的脑海里，隐隐约约地浮现了一张模糊的脸。

一张已经记不清楚五官的老人的脸。

“我是为了你才这么做的。”

张一平当时说的那句话，无意中被他记住了。

大概，是因为这个吧！

手机响了，李高宏接了起来。

电话，是江则打过来的。

“你的东西，我按你的要求送出去了，你想怎么样？”

李高宏刚要说什么，看到电视上正在报道半个月前的江边抛尸案有了最新的进展，已经找到肇事车辆，现在正在缉拿潜逃的肇事车主，而车主，赫然是一张熟悉的脸。

是张一平。

李高宏心里闪过了一丝惊讶。

“李高宏，你还要不要给我下达命令？你他妈的原本怎么选定身份替换目标就是我说了算的，你现在要来插一脚是什么意思？你还让不让我干了？”

“干！一切计划照旧。”

李高宏看着电视上张一平的那张脸，问：“江则？”

“还有什么事？”江则显得有点不耐烦。

“你找不到客人的话，我手头上倒是有个人选。”

“谁？”

“江边抛尸案的主谋。”

“他找你了？”

“他是我的一个客人。”

“他有钱吗？”

“有。”

“多少？”

“至少两百万。”

“哈哈，说吧，什么条件？”

“他想去美国。”

“没问题，我马上去安排后路。李高宏啊，我最近缺钱呢，你可是帮了我的大忙了。”

也算是，帮我自己一个忙吧，江则。

“不用客气。”

11

在自己家门口见到张一平的时候，李高宏并不意外，他已经知道张一平无路可去了，而且，以他对张一平的了解，他一定会来找自己的，因为，他是为了他才沦落至此的。

“李高宏，你知道吗？我是为了你才变成这样的。”张一平一脸绝望。

“所以，你想让我为你做什么？”

“我不知道，我不知道。”张一平木然，“项维找到目击证人那一天，他就怀疑上我了，他熟悉我的套路，还有莫老大、钟克之，他们都认识我，他们把我可能去的地方都派了人过去，没有人可以帮我，也没有地方可以收留我。”

“你以为我能帮到你吗？”

“我也不知道，可是……”

“可是，你是为了我才变成这样的，对吧？”李高宏问。

"对，我是为了你才变成这样的，我就不该认识你的，那样就不会有林志这档子事情了，那我就不会撞死他。"张一平喃喃道，"项维也是，项维当初就不应该让我找你的……"

"而你更不应该带金可海来见我的。"

"对，没错。归根究底，我是因为你才变成杀人凶手的，所以你，你，你必须，必须……"

"必须帮你？"

"对。"

"怎么帮？"

"我……你……不知道，可是……"张一平似乎慌得无法表达自己的意思了。

"张一平，我能帮你。"

"什么？"

"我说，我能帮你，但前提是，你舍得你这张脸，还有，舍得那两百万。"

"什么？"张一平一下摸住了自己的脸，觉得心口疼，"你还要我的钱？"

"对，只要你舍得你这张脸，还有那两百万酬劳，我就替你换另一张脸，送你去一个谁也不知道的地方，重新活下去。"

"可是，我的脸……"

"要么保住你的脸，要么保住你的生活，你自己选。"

张一平想了想，一咬牙，"你真有办法帮我逃出去吗？"

"真有办法，都到这个地步了，你就别怀疑我了，不过……"李高宏淡淡地看了张一平一眼，"不过，你逃出去之后，我就再也不欠你什么了！"

"可以。"张一平连忙点头。

12

李高宏任由水冲着自己的双手，好一会儿，他才关了水，用毛巾把手上的水珠擦去，而后，走进了那个艺术作坊。

想必，自己以后会很怀念这里的。

被李高宏称作艺术作坊的地方，其实只是四十平方米左右的空间，面积虽然没有正规医院做标准手术的地方大，但设施却一应俱全。

这个地方，白天是一家私人美容院，晚上则成了他的艺术作坊。

这是，在很久以前，大概多久呢，应该是从给“美人姚”换了脸后的第二年，他就开始使用这里了。

在给“美人姚”做了手术的第二年，他在花城重遇了江则，确切地说，是江则找上了他。

“你这医院还真不好找啊！”

他那个时候已经是院内主刀医生，看着这位不速之客，没有半点感情地问：“你来这里干什么？”

“找你啊！”

“找我？”

“对。”江则嬉皮笑脸，“老朋友，我们聚一聚吧？”

“没什么好聚的。”李高宏转身就走。

“我妈死了。”

“美人姚”死了？

他停下了脚步。

“是在你给她做手术的半年后去世的。我带我妈去医院看过，他们说因为在脸上动刀子的医生用了来历不明的药物，消毒跟保护措施也没做好，造成了感染，还交复引发了多重并发症。”江则伤感地说，“你知道我妈那张脸最后变成了什么模样吗？化脓，腐烂。我妈妈最后忍受不了那种样子就自杀了。”

“所以？”

“我妈死了，只剩下我一个人了，所以，就来城里看看你呗！”江则不好意思地搔了搔头，而后恶狠狠地看着他，“你得陪我喝酒，不然，我把我妈的事说出去，让你名誉扫地，看你在这儿还怎么混下去！”

他早知道来者不善，所以从了。

就在喝酒间，江则从“美人姚”换脸后逃脱罪责受到启发，提出了以李高宏的技术，由他寻找客源——那些急于隐姓埋名逃逸的反社会分子，给他们换脸换身份潜逃保命的机会。

“这是一个很好的生财之道吧？”

“你不怕我做过手术的人，都落得像你妈一样的下场吗？”

“不怕，我打听过了，你技术过关，是那些材料的问题。我策划好久了，已经给你找好地方了，那些提供给客人做换脸手术的东西，我也找好了可靠的供应货源，你只管做你的手术，其他的，就不用操心了。”

他沉默了半晌。

换脸？

给一个人，换上另一个人的脸？

这是一个更大的挑战，他能做到吗？

他瞟了一眼江则，“你要知道，通过整容变成另一个人，首先双方面相骨骼就不能相差太大，否则冒名顶替的时候容易露馅。”

“这点我也考虑过了，不过我的打算……”

江则的打算是在将人换脸后，通过他的渠道送出国外。只要远离真货的国度，冒牌货就不会被人识破，至于一些棘手的海关渠道的事，江则也做了万全的安排。

于是，从那时候起，他就开始了在艺术作坊的创造之旅。

不久，江先生的名字在黑道上传开了，一些逃出国外的冒牌货，大概将江先生的事情说了出去，某些早年潜逃在外的逃犯，以及在海外犯罪的嫌疑人，也想办法联系上了江先生，希望他提供这项服务，让他们可以光明正大地回国。

于是，第二个艺术作坊在海外也建立了起来，而那个艺术作坊的主刀医生，据说，也是个技术高超的美籍华人。

这些年，江则依靠这两个艺术作坊，已经赚了不少钱。

他以后，一定会怀念在这个地方度过的所有时光的，尤其是现在。

李高宏看着手术床上躺着的那个客人，眼睛里的一丝神采格外生动。

这应该是他最完美的艺术品了。

托了项维的福，他终于可以完成最完美的一件艺术品。

他看着他的最后一位客人，视线落到了放在一边的风衣上，而后落到了装着钱的手提箱，他拿出一根火柴，点燃了手术台上的酒精灯，把一把小巧的手术刀搁在了火苗上面。然后掏出了手机："喂？江则吗？我已经完事了，你过来处理一下那个被替换者。"

……

"钱吗？在我手里，我知道，老规矩，我已经跟他说过了，一手交钱，一手拿护照机票。"

……

"明白，我就在老地方，你过来吧。"

13

张一平的脚步显得有点沉重。

前面，就是他去见李高宏的地方。他说了，他会安排自己逃出国外的，所以，今天晚上，他应该也可以见到传说中的那个"江先生"。李高宏说，他收到了钱，会帮他引荐江先生的。

江先生本名江则，会在手术完成后，负责安排他的出逃路线。

不会有事的，绝对不会有事的。

终于走到了那家私人美容院的后门，里面还亮着灯。

是李高宏与江则在等自己吗?

张一平的手稍微有点颤抖，他下意识地摸了一下自己的脸，然后鼓足勇气敲了敲门。

门一下就开了，他看到了一张陌生的脸。

“江则？”

江则一下把他揪了进去。

“你……想干什么？干什么？”张一平一下尖叫起来。

“闭嘴。”

张一平这时看清楚了，地上有个打开的手提箱，里面装的钱全撒了出来，有个人倒在了一边，再看那人的脸，不是李高宏是谁?

“你……杀人啦！”张一平不顾一切地叫了起来。

顿时，美容院附近一直静静停靠的几辆车都亮起了车灯，几条人影迅速地从车里冲出来，直扑美容院。

“警察，不许动！”

在莫老大冲进去之前，张一平早跟江则纠缠起来，两人厮斗间，将手术台上的东西尽数扫落在地，连同烤着手术刀的酒精灯，嗞的一声，有什么烧了起来，火苗很快蔓延到了倒在地上的李高宏的尸体上。

“快叫人救火！”

莫老大看火势越来越大，再看看张一平依然与江则纠缠在一起，赶紧过去帮忙。等他跟钟克之以及其他几个警员好不容易把江则制服，而那火也在造成更大损失之前，被扑灭了，美容院里充斥着一股烧焦的味道。

是李高宏的尸体，靠近起火的地方，头发烧了，脸也被烧坏了，脖子以及衣服也有损伤，不过，还算是留了全尸。

“呸！”江则看了一眼尸体，啐了一口唾沫。

14

时间，回到在美术馆遇见李高宏之前，莫老大与钟克之找上了门。

他们在提供线索之后，便去调查了李高宏。在李高宏生活过的小镇，很快查到了李高宏与一个叫江则的人的过往。

此江则是彼江先生吗？

鉴于李高宏敏感的职业身份——整容医生，正是犯罪团伙的关键人物，而如此凑巧地，又与姓江的江则认识，于是初步确定了江则就是那位“江先生”，而李高宏也是犯罪团伙的一份子。

但仅有怀疑是不够的，他们不仅需要确认李高宏就是那个整容医生，还要把隐藏在他背后的江则揪出来，于是他们制订了一个引蛇出洞的计划，却需要借项维与张一平之力。

“我可跟你们说，我呢，助手是助手，但我是绝对不会做那种违背自己良心，明明察觉到破绽还要装白痴，说自己不知道的那种配角来衬托项维的神机妙算的，你们看看，我这人一看就知道长得有主角气质，比项维更衬得起主角光环。”

“行，行，我们没打算让你做配角，这一次啊，就是打算让你做男主角来着。”

“真的？”

“真的。”

“你先听听我们的计划。”

于是，就有了参与徐导的新戏，以及带金可海去看李高宏，引出金可海粉丝威胁李高宏，张一平救下李高宏取得信任的一幕又一幕。

张一平听到最后，如果事情顺利，自己要先独自去见李高宏与江则，吓了一跳：“这，就我一个人去他们的地下黑店？不太好吧？”

“放心吧，只要一知道地址，我们就在附近设好埋伏，你不是一个人，我们绝对会保护好你的。”莫老大保证。

“只要你演技过关，演到最后应该没有问题的，还是，你对自己的演技没有信心？”项维道。

“笑话，我张一平谁啊？未来影视圈一哥，我演技会不好？行，我做。”张一平点头，“项维，你先帮我把剧本大纲给我写写。”

“我写，但真到了那个时候，你得见机行事。”

“行，还有，我要提个条件。”

“你说。”

“为了让我入戏更深，你们得配合我，演得像真的一样。就算在家也是，该把我当嫌疑人的时候就要对我就如真正的嫌疑人，态度呢，最好像秋风扫落叶那般冷酷，那样我好揣摩男主心境，磨练演技，在李高宏面前才演得逼真啊。”

“放心，绝对配合，我们把这么重要的任务交给你，就不怕你演不好，会脱戏。”

15

项维看着莫老大从扑灭火的美容院里把张一平救出来，松了一口气，随后看到钟克之把一个没见过的男人（估计是江先生）揪了出来，却没见到李高宏。

“李高宏呢？”

“死了，分赃不均，被江则打死了。”张一平摸了摸自己全身上下，说，“啧，那小子真舍得下狠手，项维，帮我看看，我脸没挂花吧？”

“没事没事，还是一样帅得连镜子都不用照。”项维看到了躺在地上的李高宏，勘察小组的警员正在尸身前后忙活，心里有点小小的遗憾。

如果一并活捉了他该多好。

“我说，我演得好吧？”

“某些时候演得好，某些时候演得假。”

“什么时候演得假了？”

“比如，桂姨说要出书的时候，你马上就破坏了作为一个撞死过人的肇事司机应有的罪恶感，跳出来要分版权费。”

“我是照着我性格演的，我为了在你面前掩饰自己确实是在背台词，装无辜，那就得按我原来的本性说话，才不会被你提早怀疑。”

“你揣摩肇事司机的愧疚心理不够深度，根本没演出那种又担心害怕又后悔不迭的心理。”

“怎么不够了？我还演了他的内心戏了啊。”

“什么时候？”

“就在我刮脸的时候。我揣摩得太认真了，还把自己刮伤了，下巴还有一条伤痕，现在还没好呢，你看看。”张一平显得有点委屈，“这可是我第一次脸上受伤呢，我从来不在自己重视的脸上留伤口，这次可是入戏百分百，连脸都不要了。”

“是，是。”

“我觉得我演得已经很好的了，如果你觉得还不够好，那一定是因为剧本写得太肤浅了。”

“什么？”

“不是吗？要么是因为写我的人赶稿，压根儿没把我的表现跟心理活动往深处写，只是浮光掠影；要么就是因为写我的人功力不够，文笔不行，所以才把我的演技写得那么肤浅的。如果是让我本人自由发挥，以我三维四维的立体性格，肯定能把这个罪犯张一平演得入木三分的。”

“是是，那演我怎么样？”

“你？演你需要演技吗？只要保持着一张寡淡的脸，适时地哈哈哈，大不了再皱个眉毛就行了，谁都能演。”

“哈哈哈。”项维苦笑。

“看，是吧？我没说错吧？所以说，你推理案情的时候，别太跳脱，应该多点表情，比如说‘似乎领悟到了’，‘嘴角微微扬起来笑了笑’，

‘眼睛里闪过一丝清明’之类的，暗示一下这里是破绽，那里是线索，那样读者一看就明了了，不要老是让人家亲自动手在字里行间找线索嘛，很费神的知道不知道？”

“是是。”项维走到了车子面前，停下来了。

“你怎么忽然停——花？”张一平也有点诧异。

车盖上面放着一盆用玻璃装着的鲜艳的玫瑰花。

“这是……”张一平伸手把花捧了起来，摸了摸，“啊，不是真花啊？项维，你看看，是谁送花给你了？不对，这花应该是送给我的吧？”

“这是……”项维摸了摸，道，“橡皮泥花。”

“橡皮泥花？”

16

事情，应该已经都结束了吧？

那样，我们就两不相欠了。

为了帮你，我还特意留下了大量的线索跟资料，助你一臂之力捣毁那个反社会团伙，算是，对我能借力摆脱江则的一点回报吧！

这个时候，张一平应该自以为任务成功，还在吹嘘他的演技吧！

真是蹩脚。

一看就是没演过戏的人，到最后威胁我要给他换脸的时候，连借口都说不出来了，是忘词了吧？

要不是我主动地提出帮忙，单靠他那浮夸的演技根本难以继续把戏演下去。

不过，也多亏他们，所以我才认识了一个面相骨骼与我如此相近的人，才能完成我最得意的杰作。

为了找到这个替代者，我已经找了很久了。

一开始以为他死了，还很惋惜，谁料到，在我怀疑项维给我下套，叫江则假装快递员接触金可海调查过后，发现原来是个幌子。

能让江则找到林志并把他抓了起来真是太好了。

江则一定没想到，准备的身份替换者，是为我准备的吧？

以他的头脑，肯定也想不透，为什么我会“死”在了美容院。

他会以为，在张一平到达之前，便有人为了抢那箱子钱，将我打死了吧？

火灾，应该也如我预料般发生了吧？

现场那么多目击证人，又刚好烧毁了脸，一定不会有人怀疑，那个躺在地上的人，不是我吧？

刚好可以掩饰刚刚换过脸的痕迹。

很好，金蝉脱壳很顺利。

江则，你这个平庸者，一定不会知道，我很乐意接受你带给我的挑战。

但，艺术创造的生涯，我比较喜欢随心所欲。

我可不是那种，被你随意控制的人，也不是那种自暴自弃、破罐破摔的人，更不是走另一个极端的懦弱者，会违背本性地幡然醒悟，束手就擒。

我见到了机会，我抓住了，所以我又自由了。

只是可惜，项维，如此完美的一出剧，你却无法洞悉真相，看来，你不过尔尔。

或许某一天，你会意识到你犯下的错误，那我们还有再度较量的机会。

到那个时候，我们再一较生死吧！

至于现在，别了，项维。

李高宏看了看江那边的“小蛮腰”，江风一过，让人觉得有点冷，他紧了紧身上的风衣，钻进了候在一边的出租车里，很快融入车流当中去了。

17

抓捕江则一个月后。

莫老大拨通了项维的电话。

“项维？最近忙吗？”

“什么事？”

“林志失踪了。不知道这小子发生什么事了，我们这边也在找他的下落，你也帮我个忙，帮我留意这方面的消息，找到他的下落。”

林志?

项维心里莫名地有股寒意升了起来，觉得事情哪里不对，却一时察觉不到哪里出错了。

“项维？”

“明白。”

第十章　唐人街，谈唐人

1

桌子上是一摞凶案现场的相片。

中弹的头部特写，躺在血泊中的尸体，一片狼藉的手术台……

根据鉴证科的同事带回的弹道鉴定，已经确认这些尸体上中的子弹，哪些是来自犯罪团伙方，哪些是来自警方——主要是他的配枪。

这就是这桩本该已经结束了的案子的趣味之处了。

半被甲空尖弹，点四五口径左轮，弹道学简称SJH，类似达姆弹，却并非达姆弹，而是非常暴力的一种子弹。

他拿起了那些相片，一张张看着，最后定格在一张穿着白大褂躺在地上的尸体上。

这是，这个犯罪团伙的关键人物之一，外号“Doctor”，也真是个doctor（医生）。

杀害Doctor的就是点四五的SJH。它正好击穿了Doctor的脑部正面，深深扎入大脑。尸检的时候，子弹被取出来，留作调查证据，它保留了完整的形状以及射击痕迹，将来用于与开枪的枪支进行对比。不过那也是等找到凶器之后的事情了。

现在的问题是，这子弹，是由现场的哪把枪射出来的？

在现场死去以及被抓的人的武器中，均没有找到使用这种子弹的手枪，也没有人承认用过SJH，那或许是老秦头干的？

根据中国警方提供的信息与线索，他们总算将这个专门制造假身份帮助罪犯潜逃回中国的犯罪团伙一网打尽，但关键人物之一的老秦头，却不见踪影。

死的人里面没有他，活的人里面也找不到他，看来，还是有一条漏网之鱼，逃了。

是逃跑的老秦头杀死了Doctor吗？

如果是，老秦头为什么要杀了这么重要的关键人物？

还有，他现在逃到哪里去了？

“嗨，马克！”他的搭档周走了进来，坐到了自己的工位上，看向马克的眼神里带着一层戒备，注意到他桌子上的那些相片，点了下下巴：“你还在研究那个案子？”

“当然，虽然这个案子按结案处理了，专案组也解散了，剩下我们两个一开始就负责的警探，但是逃了一个老秦头，我想快点把他捉拿归案。”马克道，看周有点心不在焉，问，“是有什么事吗？”

“没事，刚才我在国内的前辈给我通了个电话。”

“你的中国前辈，那位莫Boss？”

“对，莫老大。他跟我说，一位受害人的家属要来找我们了解情况，还有项维，也到了这里。”

“项维是谁？”

“他是莫老大非常赏识的一位朋友，他查案跟警察一样厉害，所以我们都叫他‘大侦探’。”

“周，NO！NO！NO！在我们这里，侦探可不是什么好头衔。办案，有我们警察就行了。”

“怎么不是好头衔了？大名鼎鼎的福尔摩斯不就是侦探吗？”

“周，我告诉你，福尔摩斯不是我们美国的，而且，在我们这里，福尔摩斯更多是被看成一个嗑药嗑得特别厉害的瘾君子，还有，关于他的一切，前面都会加个前缀‘antique’。”

“不可能吧？”

“怎么不可能啊，你去看看那些崇拜这个老头子的团伙或家伙，也都是一些‘antique’。”马克有点奇怪地看着周，说，“真不明白你们这些中国人，一提到他的名字就似乎着了魔似的狂热。你也是个警察，难道你以为，用我们先进的科学破案方法，还比不上一个虚拟的活在上世纪80年代的老头吗？如果你是英国人我还可以理解，然而你是中国人，NO！NO！NO！”

“哈哈，大概是因为我们少有这类型的文化人物吧！”周站起身道，“我还是去见见项维吧。”

2

从挂着“天下为公”的龙门进去，格兰特大道上车水马龙、熙熙攘攘。

张一平戴着绅士帽子，戴着墨镜穿着白T，手里的单反镜头却朝上对准了那些悬挂在骑楼式样建筑之间的大红灯笼。

阳光很好，天空很蓝，在如此背景下的建筑一角，加上随风微微飘荡的灯笼，是布局与色彩都很上乘的多幅美图。

张一平咔嚓咔嚓不停地按下快门。

“哈，项维，果然，有中国人的地方都热闹。”张一平一直以为项维就跟在自己旁边，转头一看，哪有项维的身影，他左右望了望，很快看到了一顶米色的渔夫帽朝往九曲花街那边飘过去了，于是赶紧在人群中挤了过去，“嗨，项维，你这家伙打算丢下我不管吗？”

项维听到张一平的叫声，停了下来，直到他挤过来了，才说：“我们是来找小娜的，不是来观光的。”

“是，是，我知道。”

半个月前，莫老大他们端掉了江则等犯罪团伙的黑店，在现场找到了大量的资料文件，其中也包括了海外犯罪团伙的成员以及黑店所在，还有死去的李高宏偷偷记录下来的，这些年做过手术的客人名单，基本上无须江则等人招供，就已经证据确凿。

海外的警方因此也顺利破获了据点在美国的犯罪团伙。

得到莫老大关照后，他们马上办好手续，飞到了旧金山，就为了寻找小娜的下落。

“刚才，负责案子的警察之一——周，已经打电话给我了，我们约在半个小时后见。”

坐在一家粤式小餐馆靠窗的座位，看着外面一隅下棋的老人，若不是随时看得见的英文商标以及海报招贴，张一平还以为自己穿越时空回到了80年代的香港。

“关于你妹妹的事情，我们很抱歉。”周对张一平道。

在确定被替换者的身份后，为避免客人身份被暴露，江则与老秦头等人处理受害人的渠道有三：一是当作器官提供者，向黑市提供活人；二则是将女性被替换者卖到红灯区；三则是利益最小的办法，直接杀人灭口。

“我们捣毁了跟老秦头接洽的地下器官黑市，也关闭了接收这些受害人的夜总会，很可惜，并没有发现有叫张小娜的女性。”周表示抱歉，“我们也问过了那些被解救出来的受害人，没有人见过她。”

张一平与项维不语，看起来却忧心忡忡。

“往好的一面想，或许她已经逃出去了。”周安慰。

“或者，更糟糕——”张一平脸色阴沉，下面的话他没有说出口。

照目前的情况推测，可能性更大的是，已经被当成了器官提供者卖掉了，或者，已经被杀了。

“没有审讯被抓获的犯罪人员吗？或许他们当中的谁会知道小娜到底是死了，还是活着。”

“你们，大概还不清楚这件案子吧。”周搔了搔头，“确实，我们端了老秦头的老窝，但当我们进去的时候，他们已经在枪战了。”

“什么？”

“对，我们警方还没来得及开枪，他们就已经在火拼了。后来见到我们到场，他们便集中火力攻向了我们，等我们制服他们后，那里的人基本上都死了，几个关键人物，包括负责换脸的Doctor，都被同一把枪打死了，目前我们怀疑是内讧，打死他们的，是老秦头。”

“老秦头？你们没有抓到他？”

“没有，我们最后清点尸体以及被逮捕的人员时才发现他不在那里。”周显得很遗憾，“活下来的人都是无关紧要的小人物，掌握的线索并不多，尤其是老秦头很狡猾，从来不向核心成员以外的人透露自己的行踪，不过我们会加紧审讯团伙成员，一定会把老秦头抓住的。”

3

老秦头，华裔，本名秦华，二十年前移民到美国，一直做些小买卖，但根据小喽啰的口供，四年前老秦头就是这个团伙的头目了。

秦华并不老，只有三十五岁，左臂上纹了一条黑龙。之所以叫他“老秦头”，一是因为秦华看起来老成，做事也很老成，二是秦华做事很会耍滑头。

在警察关注上这个犯罪团伙的时候，老秦头就嗅到了风声，已经有了潜逃的打算。小喽啰曾经听到说老秦头打算把据点搬到纽约——在那里，有更多的客源，也有更多因病需要移植器官的上层华人，而且纽约黑帮的势力影响大，这里的黑帮遭打击后，多年来元气大伤。但似乎，以Doctor

为首的核心成员，都坚持要留下，或许就是因为这一点，所以老秦头才杀了他的？

马克转了转手上的笔，看着周带着两个陌生的男人走进了警署，皱起了眉头，是周之前说过的那两个人？

“嗨，马克，这就是我跟你提过的，受害人的哥哥，张一平，以及项维。”

“你们好，对你妹妹的死很抱歉。”马克站起来，握过张一平的手后，握住了项维的手，说，“你就是项维，那个破案能手？”

“不敢当。”项维不好意思地笑了笑。

“他？真的是美国人？怎么汉语说得那么溜？”张一平感到很奇怪。

“啊，因为我喜欢中国文化，所以就去学了汉语。做警察后，跟周搭档正好可以派上用场。”

原来是署长觉得管理唐人街的警探最好会讲汉语，这样方便跟唐人街的居民沟通了解情况，于是身为二代华裔的周以及会汉语的马克便成了搭档，也正因为这样，老秦头犯罪团伙的案子就交由了他们负责。

“我们想看看有没有什么能帮得上忙的，我们也想尽快抓住那个老秦头的。”项维说。

“No！No！No！这些事情，我们警察干就好了，你们心情不好，回去好好休息，度度假，放松一下心情。”马克摇头。

“我们只有抓到了老秦头，才会放轻松，麻烦你了，马克，我们不会添乱的。”项维请求道。

马克看向周，周点点头，马克无奈地说：“好吧。”

周将案情描述了一遍，边说边补充现场相片跟进展到白板上。

“所以，你们怀疑，内讧中杀死Doctor跟其他人的，是老秦头？”项维看着白板上的时间线，问，“那把枪是属于老秦头的？”

“对。只要抓到老秦头就清楚了。”周搔头，“因为老秦头是想逃到纽约的唐人街，所以我们已经跟那边的警察局知会过了，他们一有消息会通知我们的。”

“如果老秦头真的逃了，那他一定知道，他自己的手下都被抓了。他难道没有预料到自己想逃到纽约的事会走漏风声吗？”项维问。

“你是说他会逃到别的地方？”马克问。

“如果，他没逃呢？”

“什么？他不逃，还在这里？不可能，我们已经全力追捕他了，网络、电视、报纸，到处都在发布缉拿他的消息。所有人，包括白道黑道的人，都有帮我们看着的人，他不逃是不想活了吧？”

“你说，在这个性质的犯罪团伙中，老秦头是首脑，但，最核心，也最关键的人物是谁？”

马克一怔，周马上就反应过来，敲了敲白板上Doctor的相片说：“是这家伙，因为他的技术是关键。没有其他人，甚至是没了老秦头，团伙都可以重新招兵买马，但他不行，失去了他就等于没了整个犯罪活动。”

“对，所以，除非是老秦头在纽约找到了类似Doctor这样的帮手，否则老秦头不可能就这么轻易杀死他的。”

“如果就是老秦头杀了Doctor呢？”马克挑衅。

“那就是说，有什么更高的利益，促使老秦头这么干的。”

“你以为是什么？”马克追问。

“是老秦头的自身利益。”项维答，“这也是我怀疑老秦头或许没有逃到纽约的原因。”

“我不明白你的意思。”马克摇头。

“Doctor的作用是什么？”项维提醒，“在这一系列案件中？”

“做手术。”

“整容。”

“换脸。”

周、马克，以及张一平几乎同时说了出来，而后都明白了。

“你是说，老秦头让Doctor给自己换了别人的脸，顶替了别人的身份？”周惊讶。

“对，你们不是说老秦头一早就察觉到警察盯上他们了吗？所以，他为了逃避警察的追捕，采用这种手段也不足为奇，这样，他杀Doctor还有组织里其他核心成员的动机就充足了。”

“他知道国内的同伙，江则一行人被逮捕了，估计自己这边马上也有暴露的危险，所以就弃船了？”周推理，“而知道他真实身份的就只有Doctor跟其他人，所以为了他自己的利益，他就把这些相关人员都杀了，我们收到马克的信息赶到现场的时候，就是老秦头在大开杀戒。”

“真是这样的话，那老秦头就不必逃了，他现在正用别人的身份，在这个城市大摇大摆地生活呢？或许，在你们毫无察觉的情况下，已经跟新面孔的老秦头打过交道了。”项维说。

“可恶！”马克把卷宗摔在了桌子上，“这个老秦头，到底是冒充了谁的身份，藏在哪里？”

4

开到椰林道的尽头，张一平把车泊在了游客停车区。

眼前是一大片草坪，张一平和项维从几个在草坪上玩闹着的金发孩子们身边路过，穿过那些拱门，就来到了大教堂前，到达了校园的核心地区。

不时地，有三三两两走过的学生，有拿着书的，有推着单车的，都很悠闲。

不是上课的时间，没有喧哗，没有噪音，只有明朗的阳光倾泻下来。

张一平与项维默默地在这座宏伟的学府走走停停，想象着小娜在这里留学那几年时光。在这里，她一定笑过、哭过，到最后被所谓的朋友背叛出卖，一定感到非常受伤吧？不知道，她是否承受住了那些绝望与残酷。

两人逛了许久，项维才问：“一平，你还好吧？”

“没什么不好的，在国内给小娜办完丧礼的那一刻，我就认为小娜已经死了。虽然后面知道是冒牌货后很高兴，但是，我早有觉悟了，在那样的情况下，恐怕对小娜来说是生不如死吧？如果让她活着受尽那帮畜生的折磨，我倒宁愿她死得痛快。”张一平戴着墨镜，看不真切他脸上的表情，“所以，我对她的生，不抱希望。但，就是死，也要见尸，我要把她带回去，不能留她在这个陌生的国度。”

“你能这样想，就好。”

“不过，我希望你能抓到那个老秦头，为小娜报仇。”

“我会的，一定会的。”

项维点头。

“嗨，你们，是项维跟张一平吗？”有个年轻人从他们对面扬着手跑了过来，“是你们吧？”

“他是？”

“托尼，小娜的前男友。”张一平一下把墨镜摘了下来，回应道，“你好。”

虽然名字是英文名，但其实却是华人的托尼跑到他们面前，双手撑着膝盖，喘着气有些歉意地笑道：“抱歉，有点事，所以来迟了。”

虽然这里的阳光很强烈，但托尼的肤色却很白皙，有种多年不见阳光的的羸弱气质，这么大热的天还穿着长袖衬衫，不过他的脸长得很讨喜，气色非常好。

在托尼身后，还跟了个女人，也是个亚洲人，长得很周正，看到项维跟一平的时候，眼睛仿佛被什么点着了，一下亮了起来，没等托尼介绍，便上前朝项维伸出了手：“你好，小维！”

项维怔了一下，手伸出去的同时，下意识地看向了一平。

手被紧紧地握住了，感觉很温暖，以及，从握住手的力道看，她似乎很，激动？

许久，那手才松了开来，朝一平握去：“一平。”

“喔，你好？”一平被女人的热情吓住了，一边握了握女孩的手，一边问托尼，“托尼，她是？”

“我女朋友，安琪。”托尼不好意思地笑了笑。

“什么？”张一平一下把手松开了，“你小子……”

“一平，托尼跟小娜是过去的事情了。”项维阻止张一平说下去，直直地看着安琪。

“怎么了？”托尼看看安琪，又看看项维。

项维察觉到自己的失态，解释：“托尼，你女朋友，很漂亮。”

“谢谢。”托尼揽住了安琪的肩膀，“我接到你们要来这里的消息，还担心安琪会反对，但她知道了小娜的事情以后，一定要我亲自接待你们。”

“那是你应该的，你跟小娜交往那么久，还一声哥都没称呼过我呢！”

“那……”托尼看了看手表，“时间也不早了，我带你们去吃饭吧？”

“行，是应该让你尽尽地主之谊的时候了。”张一平毫不客气地拍了拍托尼的肩膀，“带路吧！”

“好。”

项维走在最后，看着安琪的背影，眼里是深深的疑惑。

5

晚上，托尼安排了张一平和项维在一家米其林餐厅吃饭。

装潢环境已经跟国内餐馆非常相似了，没想到这里的菜品，也跟国内的相差无几：椒盐珍宝蟹、烧鳕鱼片、蛤蜊蒸鸡蛋、岭南牛肉、豆苗、花生焖猪脚，饱含浓浓的香港气息，比起地道的粤菜，却又多了西派的味道。

跟小娜合影上看到时感觉的一样，托尼的性格很开朗，很健谈，说起小娜与他在一起时的事滔滔不绝，张一平与项维因此也了解了很多小娜在美国生活的往事。

在这期间，安琪一点也没表现出不满或半点吃醋的样子，而是静静地听着，不时地为他们添酒加菜。

托尼舀了一勺花生焖猪脚装到自己碗里，问："你们打算停留多久呢？需要我跟安琪做向导陪你们去几个地方逛逛吗？"

"我们打算先住下来。"张一平答。

"有事？"

项维与张一平互相看了一眼，"你之前不是问过我，小娜的案件是不是还有后续吗？"

"怎么了？"托尼放下了筷子，有些愕然。

"你知道，最近警察破获了一个专门盗取身份的犯罪团伙吧？"

"知道啊，"托尼显得有点紧张了，看看张一平，又看看项维，"小娜跟这个犯罪团伙有关吗？"

张一平把小娜回国后发生的事情告诉了托尼，同时，也告诉江则以及老秦头一伙人落网的事。

"也就是说小娜她，有可能还活着？"托尼难以置信，嘴巴张得老开。

"是我的话，就不会这么乐观了，别抱太大希望。"张一平黯然地说。

"一平，等找到了老秦头，或许他知道小娜的下落呢？"项维安慰道。

"可是，你们找得到那个老秦头吗？"托尼问。

"警察那边已经在查了，估计老秦头就藏在唐人街。"

"就在这里？"

"对。"

“出了那么大的事情，那么多人在找他，他还不赶紧远走高飞了？”托尼不太相信。

“别忘了他们的老本行是干什么的！换了别人的一张脸，还有谁能认得出他？”张一平没好气地道，看到了安琪惊诧的视线，“怎么了？”

“你们，被卷进了这么危险的事情，不害怕吗？”安琪担心地问。

“不怕，我跟项维啊，对这种事情习以为常了。”一平搔了搔头。

虽然他对这个妹妹前男友的现女友颇有意见，但毕竟，当初是小娜自己主动跟托尼提出的分手，而且没有半点责怪托尼的意思，更何况托尼以小娜前男友的身份还招待了远道而来的他们，情分上已经做足了。

“那，需要我们帮忙吗？”安琪说完这句话后，看着托尼，提议道，“托尼，我们对唐人街比他们熟，要不帮帮项维跟一平？”

托尼愣了一愣：“安琪？”

“你不觉得小娜太可怜了吗？遭遇到那样的事情，也不知道她，不知道她……”安琪似乎是过于担忧了，所以有点说不下去。

“啊，那个，我们自己……”

“如果你们能帮帮我们就最好了。”项维打断一平的话，笑着说，“我们确实是人生地不熟，如果托尼还有安琪愿意帮我们的话，那事情应该好办多了。”

“这……”托尼有点为难，看看一脸期待自己回答的安琪，点点头答应道，“应该的。你们如果有什么地方需要我们帮忙，尽管开口。”

“那就先谢谢你了。”

6

翌日阳光依然灿烂。

项维与张一平一起，由安琪带路，去到了原本是老秦头一伙人的据点——靠近都板街旁边的一幢普通的居民房里。路窄，人少，很僻静，也很容易引起怀疑。

听说这个据点是后来老秦头换的，而且换了好几次，不过前几次都在唐人街。

老实说，或许隐藏在唐人街，才正是他们能活跃那么多年的缘故：那条大街商店林立，杂货铺子又杂又多，每天都有世界各地的游客进进出出，反而更能掩饰黑店的原来面目。

在警方注意到这个最新据点的可疑之处，并证实是老秦头等人的老窝后，一举击溃了据点，破获了这个犯罪团伙。

门是虚掩着的，门前是警察勘察后保护现场的警戒带，从门缝依稀看得出屋子里的光景——是做手术的地方。

项维与张一平犹豫了一下，便越过了警戒带，进入了案发现场。

安琪却止步不前，看着两人的背影，咬了咬下唇。

现场还有用白色圈出来的形状，代表着现场发现的尸体倒地时的情形，地上还留有干透了的血迹。门上和墙上还有很多弹痕，昭示着当初的枪击现场是有多么的激烈。

项维与张一平都看向了那张血迹斑斑的手术台，不知道有多少人在这张床上失去了生命、失去了身份。

小娜，也曾经出现过在这里吗？

项维与张一平的心一下都沉重起来，两人都没说话。这个时候外面忽然响起了一道熟悉的声音：“小姐，你是什么人？”

“这里是警察还没解封的案发现场，谁允许你靠近这里了？”

是周还有马克。

项维与一平连忙走了出去，“周，马克，是我们。”

“项维！”周招呼道。

“是你们？”马克一脸不满，“你们在这里干什么？”

“找线索，找老秦头。”项维冲着周点了点头，“你们也是吧？”

“有发现什么吗？”周问。

项维摇头。

“那是当然，我们警方也仔细搜查过这里了，没有发现什么可疑的地方。”马克不以为然地道。

“他们所有的据点你们都搜查过一遍吗？”安琪忍不住问。

“你这是在质疑我们吗？”马克不满地说，“你是什么人？说这话是什么意思？”

“我叫安琪。”安琪微微笑了笑，“原来你们就是负责这件案子的警察？”

“对。”周点头。

“那么，你们手上肯定有Doctor换过脸的客人的名单了？”

周愣了一下，看向项维，项维的脸色也很诧异，“安琪？”

自知失言的安琪，显得有点尴尬，“我是想说，如果他们的犯罪证据都被警方找到了的话，里面一定也包括这份名单吧？说不定也一定会有其他的犯罪记录，比如，被代替者如何处置的记录什么的，那小娜究竟是被卖进了红灯区，还是用于提供器官了就一目了然了。”

“那种东西，你以为我们没有仔细看过吗？”马克不耐烦了。

“小娜？你是小娜的朋友？”周感到奇怪。

“不，不是，我……”安琪不知道该怎么解释自己的身份，项维站在旁边帮她解了围，“她是托尼的女朋友。”

“托尼？”周纳闷。

“就小娜的前男友，托尼王。”

“啊！是他。”周恍然大悟，继而不解，“那你们……”周的话没有说下去，但项维跟一平都明白他的意思，既然安琪是托尼的新女朋友，为什么还能跟前女友的哥哥走到一块儿？

“安琪说想帮我们找到小娜。”

“原来如此。”周点头，“看来托尼还没放弃查小娜的案子。”

“托尼查过张小娜的案子吗？”这一回，不仅是安琪，还有项维、一平都显得有点惊讶。

“对。我们知道张小娜的身份被人顶替了之后，第一时间就调查她在这里的社会关系网，排查她身边的朋友。托尼作为她的前男友，是我们的重点调查对象。我们调查过之后，托尼并没有任何异常，但他本人从我们找上门的那一刻起，似乎就意识到小娜的案子不简单，而且把小娜与庄仁静的失踪联系了起来。他还单独找到了老秦头的旧据点。”周解释道，“也正因为这样，我们警方掌握了他们据点的位置，不过老秦头老奸巨猾，没等我们布控好，就已经嗅到危险先一步转移了，之后更如惊弓之鸟，连换了好几个据点。他肯定没想到他的动作越频繁，越能引起我们警方的注意，也正因为这样，我们才比以往都容易地找到了他们的新据点。”

“这么说，一开始老秦头是因为托尼那小子才自乱阵脚的？说起来，破获了老秦头一伙，那小子也有功劳？”张一平摸了摸下巴，“哎，这么说，那小子对小娜算不错了，对吧？”

项维点点头，安琪则在一边若有所思。

这天，托尼邀请项维与一平到自己家吃晚饭的时候，在餐桌上听说了他们在案发现场偶遇警察的事情，托尼吃惊地问：“他们，还记得我的事情啊？”

“当然，我是没有想到过，原来托尼你表面上不说，却背着我们去调查了那么多的事情。”一平给了托尼一拳，很是感激，“我代替小娜谢谢你了。”

“不，没什么，我是因为小娜是死在国内的，但案子都了结了，你们还来找我了解小娜的事情，我就怀疑，是不是还有什么内幕，所以……”托尼解释，同时望了安琪一眼。

“我去拿点酒过来。”安琪起身。

“啊，那我先用一下洗手间，在哪儿？”

张一平按照托尼的指引起身去了洗手间，安琪拿了一瓶葡萄酒先给项维满上，再倒酒给托尼的时候，项维问：“你们是怎么认识的？”

“啊？”托尼怔了。

“没什么，我只是好奇，之前，安琪也帮你调查过小娜的事情吗？”

“才没有。”安琪笑了笑，坐在托尼身边，握住了他的手，“我们才确定关系两个月吧？那个时候托尼看起来非常颓废，现在我才知道，那个时候，他当时在烦恼小娜的事情。”

托尼不自然地笑了笑，抓住了她的手。

“我记得，那个时候我刚辞掉工作，来到这里，然后就在酒店门口遇见了托尼，那一定是我们命中注定的邂逅。”安琪含情脉脉地看着托尼。

托尼轻轻拍了拍安琪的手背，“我也是，直到现在，我也深信，你是上帝派来拯救我的Angel，Angel。”

“原来，安琪你不是本地人？”

安琪摇摇头。

“我原来是定居在洛杉矶的，在那里工作了四年，忽然想换一下环境，刚好住在这里的一个朋友邀请我来旅游，所以就来了，然后，遇见了托尼，我想我大概会在这个城市定居下来吧！”安琪说。

“原来你是来自天使之城的天使。”项维笑了。

“我可不是天使，也不是来自天使之城。”安琪也笑了，轻轻拈过桌子上的酒杯，抿了一口红酒，“我的老家，与其说是天使之城，倒不如说是恶魔之城。”

“安琪？”

“我移民到天使之城变成‘天使’之前，来自中国的一个小村子，就是那种，很封闭、很落后的村子。那个村子里的大人们，都是不负责的恶魔，他们从不把孩子当作人来看，孩子只是他们单调的娱乐活动后，附带的累赘。这些累赘的下场，就是被当作物品偷偷处理掉。而我，原本就是这些累赘之一。”安琪苦笑，“我原来可是没有名字的，只因为在家里排行第二，所以就叫二丫，听，比起‘天使’，这个名字是不是才更适合我？”

“当然不是，安琪。”托尼安慰着女朋友，看到坐在自己对面的项维一脸凝重，“项维？”

项维看着安琪，那颗心却一直往下坠：安琪？如果，她说的是真的，那为什么……

“项维？”

“啊，抱歉。”项维回过神来，看着一脸担心的托尼，眨了一下眼。

对了。

“实在是因为刚才安琪说的那些事，很让人吃惊，我不知道原来安琪你还有这段经历。”

“什么经历？”张一平回来了，坐在项维身边，问。

“是安琪移民到这里之前的经历。”项维看了看手机，“时间不早了，我们就先不打扰了。”

“那我送你们回酒店吧？”托尼起身去拿钥匙。

“不了，今天已经很麻烦你们了。”项维拒绝道，“一平？”

“没事儿，别担心我们会迷路。”张一平揽了揽托尼的肩膀，“作为地主，你做得很不错了。”

托尼笑了，显得很无奈。

目送两人走远后，托尼关上门，转过身看着安琪，语气一下冷了下来：“安琪，你这是什么意思？”

“你觉得我是什么意思？”安琪摇了摇酒杯，看着里面只剩一口的红酒。

“先是主动提出要帮他们，然后，又说些莫名其妙的话！”托尼质问道，“你不觉得你的行为有点反常吗？你在想什么？”

安琪将酒杯里的酒一口喝完了，也冷冷地看着托尼：“实话说吧，托尼，如果你只是把我当你的疗伤用品的话，我明天就飞回洛杉矶。”

“什么？”

“不是吗？从我认识你以来，甚至是确定了关系之后，你就一直拒绝我融入你的生活，”安琪一脸受伤的样子，“难道你都没有发觉吗？你是不是还忘不了小娜？”

“什么？你……”

“小娜已经跟你分手了，她的事，根本与你无关。你是因为小娜才不愿意跟我有更亲密的关系吗？”安琪问道，“就是因为这样，所以我想替你解决这个心结，帮项维他们找回小娜，如果到最后发现她没事，或者她死了，最起码，你可以放下她，实际考虑一下我们的将来了，对不对？”安琪越说越激动地站了起来，“所以，我才想帮项维他们的，想帮你早点了结掉这件事情。”

“安琪！”托尼走到了她对面，想拥抱她，安琪却躲开了。

“你知道吗？我一直是个没有安全感的人。从我被父母抛弃的那一刻起，我就知道我的生命，除了自己，对于其他所有人都无足轻重，是可以随便放弃的。我好不容易，靠自己的努力，来到了这个国家，我想拥有一切正常人所拥有的一切：工作、朋友、家、孩子、对我视若珍宝的男人。遇见你，我以为我找到了那个男人，可是你，心里还有小娜。”安琪摇头，“如果，你忘不了小娜的话，那我们的关系也没有必要继续下去。我想要的男人，是把我放在第一位的，不是其他别的什么女人，不是他的前女友，不管她是不是叫小娜。”

“安琪！”托尼看着安琪关上门离开，无可奈何，长长地叹了口气。

7

“一平？”

正坐在车里专心开着车的张一平，看着前面的路况。

“你不觉得，安琪，有点奇怪吗？”项维问。

“哪方面？”

“比如说，积极地帮我们寻找小娜的下落！身为托尼的现任女友，你不觉得她对于男朋友前女友的事情，太过于热心了吗？”

“或许，她是看在我的份上也说不定。”

“什么？”

“我帅啊，她是偷偷看上我了，所以——”

张一平的脑瓜子被狠狠地拍了一巴掌。

“干什么？没看我在开车吗？”

“抱歉！”项维看着自己的手，“一个反应就甩出去了。”

“我看你才有点奇怪呢！”

“是是！”项维看了看前面的红绿灯，“前面左拐。”

“左拐？不是回酒店吗？”

“不，去警署找周。”

“干什么？”

“拿Doctor的客人记录，要快。”

8

第二天，项维与一平约了托尼跟安琪在鲤鱼门吃早餐。

鲤鱼门早已座无虚席。

托尼与安琪一起到达的时候，还没入席，项维便抢先一步，拉开了自己身边的位置，“安琪，这里。”

安琪正因为昨天的事情，对托尼的气似乎没消，所以看了托尼一眼，没推辞就坐了过去。一平则朝托尼招手，“托尼，这里。”

托尼看了一眼对自己冷淡的安琪，略一迟疑，走到张一平旁边的座位坐了下来，刚拿起菜单，左侧又坐下来一个人，如此一来，他便被夹在了中间。托尼侧身看了一眼坐在自己身边的人，跟自己一样，同样是个华人，疑惑道：“一平，你的朋友？”

“警察。”周出示了自己的周警徽，同时马克也站到了托尼位置的后面。

“项维，这是怎么回事？”托尼变了脸色。

张一平在之前就被项维叮嘱一定要钳制住托尼，并不知道周和马克也会出现，这个时候感觉到一股如临大敌的气氛，登时也紧张起来，看着项维。

“他们是，负责秦华案子的警察。”项维解释说。

“然后呢？现在他们这是什么意思？”

“你还不明白吗？你已经露馅了。”

“什么？”托尼一副听不明白的表情。

“你可以别装了，托尼。不，也许，我应该叫你秦华？”

托尼的脸刷的一下发白。

“项维，你别开玩笑了，谁是秦华？”托尼冷汗直冒。

张一平这个时候明白了什么，一下回头看着托尼，说：“项维，你的意思是说，这就是换了脸的老秦头？直接害死小娜的人？”

“胡说什么？项维你无凭无据不要胡说八道，我不是秦华。”托尼矢口否认。

“你不是秦华？那你的真实身份是谁？”项维冷冷地问，“无论你是谁，你都冒充了托尼的身份。但是，你一定不可能掌握了他所有的东西吧？比如说邮箱，你一直都没有注意过他的邮箱吧。如果你能登陆他的邮箱的话，那你一定会发现，在我们来之前，托尼就跟我们通过信了。虽然，我们没有把案件的实情告诉托尼，但我们，却从托尼给我们的邮件里，知道了托尼的一个特征。”项维道，“你知道是什么吗？”

“是什么？”

“一平，还记得我们第一次跟这个假托尼吃饭，点了什么菜吗？”

张一平想了想，“有珍宝蟹、鳕鱼、蛤蜊、花生焖猪脚……啊，花生焖猪脚，是花生！原来是这么回事。”张一平醒悟过来了，使劲抓住了托尼的胳膊，“你小子不是托尼！”

“花生？”周与马克都愣了，“为什么凭花生就可以认定他不是托尼？”

“因为托尼给一平的邮件中写到过，托尼对花生过敏，吃了一点鼻子就肿了要马上看急诊。花生焖猪脚里包含了那么多的花生米，如果是真的托尼，他不会点这道菜，更不会像你一样，在那天吃晚饭时毫不顾忌地吃下那么多花生米而安然无恙。”项维凑上前，看着托尼，冷冷地问，“你不是托尼，你是谁？”

托尼脸色苍白。

该死。

早知道，自己当初就不应该来见这两个家伙的，明明跟他都没有任何关系的，明明是已经分手了的女朋友的事情，这个托尼为什么要多管闲事?

“你到底是谁?你说你不是老秦头，那你是找老秦头让Doctor做手术的客人之一吗?但客人名单上并没有托尼王的被替代者的名字。所以，是客人的名单漏了托尼王的名字，还是说，你就是老秦头本人？”

坐在左边的周一下把假托尼的长袖衣服撸了上去——老秦头可以换脸，但不可能换胳膊，而他个人最明显的特征，是左臂上的黑龙纹身。

果然，假托尼的左臂上，赫然有一条黑龙纹身。

真的是老秦头。

“是你，你这家伙，害了小娜还不罢休，你还盗用了她男朋友的身份？”张一平气愤，“快说，托尼人呢?还有小娜呢?”

“哼。”老秦头不作声，却看着安琪，“安琪，我……”

从头到尾没有作声的安琪，这个时候却深深地叹了口气：“秦华，托尼呢?真的托尼，他在哪里？”

“安琪？”老秦头难以置信地瞪大了眼睛。

“安琪早就知道你不是真的托尼了。”

"不可能，安琪认识我是在我假冒了托尼之后，她根本没有接触过真的托尼……"说到这里的时候，老秦头意识到了什么，"你，认识真的托尼？你是托尼的什么人？朋友还是亲戚？"

"我是托尼的女朋友，准确地说，是本应该回国，却被你们用冒牌货顶替掉身份的前女友。"

"小娜？你是小娜？"张一平也难以置信，看着安琪，"你，你真的是小娜吗？你的脸？"

安琪摸着自己的脸，说："我知道，自己的脸被人拿走了，如果想回来这里查清楚真相，还不被他们认出来，就只能把自己的脸也换掉。所以，我从红灯区逃出来后，就找了整容医生，把我的脸换了。"

"你？！"老秦头的瞳孔一下放大了。

"我回来后马上想找托尼帮忙的，结果却发现连托尼也已经成了受害者。他应该是在想查清楚我跟庄仁静到底发生了什么事的时候，找到你们的据点，然后，被你们抓了吧？所以，你们便利用了他的身份，替换给换脸的客人。"安琪缓缓道。

"我选择接近你，就是想一边弄清楚你是谁，一边查到你们的犯罪事实。结果没过多久，据说警察就根据线索端掉了你们的老窝。刚好，你也接到一平哥跟项维要来的消息，我知道，一定是顶替我的庄仁静被他们发现了，他们要来这里救我了，所以，我才怂恿你，以小娜前男友的名义给他们接风，因为，我知道，项维，还有一平哥，一定会知道我是谁，一定会帮我查清楚你是谁，找到托尼的下落的。"安琪，不，其实是张小娜，此时的脸上，是压抑不住的愤怒，以及激动。

许多年前，在那个恶魔般的村落里，因为是不被需要的孩子，所以她甚至连名字也没有。在项维与一平的帮助下，她离开了村落，获得了新生，也得到了属于自己的名字，张小娜。

她打从心底感激项维与一平，对于自己能获得的一切，都格外珍惜——名字、父亲、母亲、哥哥、学校、还有同学。汤莹莹，是对于她来说，最重要的一个朋友。

她当时觉得自己已经足够幸福了，所以，在父亲提出要送她出国留学的时候，她害怕失去所珍惜的这一切，十万个不愿意。

一想到自己要抛弃所有熟悉而幸福的一切，她就对陌生的国外感到恐惧。

“小娜，你可以在国外的学校里学到更多的知识，以你的聪明才能，你应该获得更好的教育，如果你不去试试提升一下自己，拓展一下自己会不会有更大的潜能，不觉得太可惜了吗？”父亲，她一直视若救星的父亲，对她这么说道。甚至连她一向尊敬的哥哥一平也劝她：“小娜，你要知道，如果你哥我有你这样的本事，也想出国留学开开眼界啊，无奈你哥我除了一张脸外，就似乎没什么可取的了，申请国外的学校被录取的几率也不大。所以我只能‘曲线救国’，等哪天哥红了，成为名人后再出国深造。但你不同，你那么聪明，就算不是名人，也会有很多名校愿意录取你的。你是有真才实学的，为什么不主动去争取属于自己的未来呢？如果项维知道了，那小子也会同意你去留学的。”

是吗？

既然所有对她来说最重要的人都觉得，这个选择是正确的，那自己是应该试试看吧？

所以，在百般犹豫中，她开始为留学做准备。为了学车，还请最好的朋友汤莹莹陪练。

结果，却出了那样的意外。

那个夜晚，汤莹莹慌慌张张地把自己借给她开的车还给了自己。

她一下就看出了不对劲。

结果，汤莹莹告诉自己，她在学校附近撞死了人，恳求自己不要把这个意外告诉别人，否则，她的一生就全毁了。

是吗？

汤莹莹是她最要好的朋友，是她珍贵生活的一环，比起那个被撞死的陌生人，她当然想要维护她的朋友。

所以，她答应了汤莹莹。

她觉得，自己那样做，就如同项维与一平拯救了自己一般，是在拯救汤莹莹。

然而，看着新闻报道上受害人家属的痛苦哭诉，她的心，一天比一天不安起来。

张小娜看着偷偷从刘莉莉宿舍拿到的那张她与男朋友的合照，愧疚如同滴落在心底的雨水，渐渐汇成了一个湖。

自己是拯救了汤莹莹的生活，但是，她呢？刘莉莉呢？

刘莉莉也有自己本该幸福的生活：学校、家人、恋人等等。如果意外不发生，刘莉莉大概也跟自己一样拥有这一切，但现在，因为汤莹莹，她的生命就那样消逝了，而她的家人和恋人，也失去了她。

对于他们来说，刘莉莉，也是幸福的一部分吧？

汤莹莹夺走了他们的幸福的一部分，自己却维护夺走了刘莉莉幸福的汤莹莹，这样做，是对的吗？

当时她觉得无法背叛最好的朋友，却又觉得自己知情不报，愧对刘莉莉，愧对刘莉莉的家人，以及她的恋人，所以之前一直不期待的留学，成为了她出逃的唯一途径。

离开这里，离开所有这一切让她困惑又难过的事情，或许，她就能获得喘息的自由了。

于是，她来到了美国，换了环境，学习新课程，结交新朋友，认识了托尼，渐渐地，她似乎能把那件压在心头的事情抛在脑后了。为了抚慰自己的良心，她皈依了教会，找到了寄托。

据说，全能的上帝可以宽恕人们无知的一切罪过，只要，你诚心忏悔。

每去教堂做一次礼拜，似乎，她心底的那个湖就会清澈一点，藏在里头的罪孽也能减轻一点。

似乎，自己在重新拥有幸福的一切日子。

直到，遇见了庄仁静。

她从来不知道，庄仁静对自己有着如此险恶的用心。这种险恶的用心，是从两人认识之初就已经存在了呢，还是在庄仁静出事之后，才产生的，已经无从追究了。

在庄仁静出事之前，她以为，这个跟自己同一国籍、同一语言、同一信仰的女人，与汤莹莹不同，是自己真正的朋友，于是对她无事不谈、无话不说，甚至于连汤莹莹的事情，也说了出去，也正是在庄仁静的鼓励下，她才终于在忏悔室说出自己的愧疚，然后打算回国，做自己当时就该做的事情。

所以，当庄仁静被卷进那起斗殴事件之后，自己为了她，做了许多事情，想为她洗清嫌疑。却没想到，自己在为她奔走的同时，庄仁静早打起了自己的主意。

当她落到老秦头他们手中时，她还难以置信："阿静，告诉我，他们说的不是真的！"

"……"

"阿静？"

"对不起，小娜，既然，你都能帮助汤莹莹，隐瞒她撞死人的事情，那你，也能帮帮我吧？"

"我有在帮你啊，我不是为你找了律师吗？还有，我找到了当时在场的证人，证明你不是故意打死人的，那是他们挑衅在先，你们是正当防卫，你不会有事的，你用不着做，做这种事情。"

"不是的，你不是不知道，他们对我们这些华裔的留学生存在着多大的恶意，就算我们是正当防卫，但还是死人了，我不能一辈子顶着个杀人凶手的罪名，所以，小娜，你帮帮我好不好？"

"不好，阿静，求你，不要这么做好不好，不要这么对我！"

"没办法，我也不想的，可是，现在我只能够这么做了，对不起，小娜，我会一辈子感激你的，我会好好把你的生活延续下去的，也会实现你的一切愿望，你要去揭发汤莹莹，我也会帮你做到的，所以，你就好好帮我这一次吧！”

不!

无论她再怎么挣扎，再怎么反抗，最终，她还是被关进了黑暗的房子里，等待庄仁静的手术完成后，被决定最后的出路。

她的生活，又一次地，被破坏了。

明明自己就已经拥有了平凡且幸福的日子的，为什么，她认识的朋友，一个，两个，都要来破坏掉一切呢?

是不是，自己就是那种会招来不幸的人，所以，才会认识一个又一个，陷自己于不仁不义，以及痛苦磨难的朋友?

不甘心。

明明那是属于自己的生活，明明那是已经到手的幸福，为什么偏偏要拱手让人?

汤莹莹，我好恨！庄仁静，我好恨!

我不会让你们得逞的!

被当作商品卖到夜总会三个月后，张小娜联合了几个一起被卖到夜总会的，有着同样遭遇的女人们，终于逃了出来。

逃出来的第一件事就是要回到旧金山，找那些迫害过自己的人复仇。

她所有的身份应该都被庄仁静利用了，就这么贸然回去，会被识穿的。

所以，她找人改换了自己的面貌，伪造了护照，以安琪的身份，回到了这里。

结果，当她找到托尼的时候，才发现，竟然连托尼也被人冒名顶替了。

识穿此托尼非彼托尼的方法很简单，因为她是托尼的前女友，所以熟悉托尼所有的小习惯。当发现托尼的生活作息，以及声线，还有身体上的体味都改变了的时候，她就知道，托尼也成了受害人。

假的托尼在这里，那真的托尼呢？

为了寻找老秦头一伙人的线索，她接近这个假托尼，成了他的新女友。

事情很快有了转折，老秦头一伙被警方缉拿落网，根据黑名单警方也找到了相关的犯罪分子，包括那些做过换脸手术的替代者。

但是，为什么没有人调查到这个假托尼身上？这个假托尼原来的身份，是谁？

就在安琪百思不得其解的时候，假托尼却告诉她，他的前女友张小娜的哥哥张一平要来旧金山。

她的心情一下就明亮了起来。

一平要来了，就是说，项维，也要来了。

他们肯定是来拯救自己的。

就像多年前，从那个恶魔的村落里救出自己一样。

所以，自己一定要抓住时机，告诉他们，她——此刻在这个托尼身边的女人，其实就是小娜本人。

那样，项维一定会怀疑，如果她是小娜的话，为什么她这个前女友要在托尼面前假扮成另一个女人，那他一定会发现自己这么做的原因——这个托尼，是冒牌货。

项维那么聪明，一定会推测到的。

所以，她在冒牌的托尼面前，大胆说出了自己是二丫的身世，而项维，也真的明白到这一点，去找了警方看了Doctor的客人名单。只是她没想到的是，假托尼的真实身份，居然是老秦头，那个最罪恶的主谋。

“托尼在哪里，秦华？”

老秦头似乎意识到事态已成定局，哑然笑了笑：“你觉得呢？”

无论发生了什么事情，托尼都是凶多吉少。

“少废话，快告诉我，托尼在哪里？”

托尼的名字并不在Doctor的客人名单上，这意味着，托尼是被另外处置的。想到秦华为了隐瞒自己已经换脸的事实，将他的所有同伙都杀死的举动，为了不让自己的真实身份泄露出来，大概真正的托尼也已经被杀了。

项维清楚这一点，张一平清楚这一点，周跟马克也清楚这一点，只有不知道内情的张小娜，还以为托尼有活着的可能性。

“为什么要这么做？”项维问，“他们都是跟你一样，是移民或者暂时落脚在这里的普通人，为什么要这么残忍地对待他们？”

秦华看着项维。

这个不起眼的男人，自己一个不小心，就栽在了他的手里，不应该忽略他而掉以轻心的。

秦华把视线移到了小娜的脸上。

原来，这女人，竟然是被替代者。事情在自己认识她的第一天起，就注定是无法成功的吗？

“事情不是很简单吗？我想要钱，而干这个来钱快，也多。”

他想要钱，攒够资本，然后，搬出唐人街。

9

秦华当初是与他的好朋友一起来到这个国家的。

当时，他们的身份也是留学生。

他的好朋友叫阿泰，一个在他未来二十年的人生里永远也不会忘记的名字。

当所有来自发达国家的同学沉迷于这个大国氛围的时候，阿泰早他们一步，计划好了将来的去向。

“你想留在这里？”

“怎么可能不留在这里？我们的父母千辛万苦地把我们送到这里留

学，不就是为了让我们获得合法的身份留下来吗？”阿泰推了推眼镜，理所当然地说，“我可不是女人，到毕业的时候随便找个本地男人嫁了，就能哄骗到居留资格拿到绿卡。再说，就算我是女人，也不屑于这种下流的做法，因为我要靠自己的能力留下来。”

完善的社会制度、上好的福利，还有随处可见的机遇，是因为这样，所以这个国家才吸引了世界上那么多的移民吧?

大概，自己的父母也是有这样的希望，所以，才送自己出国的?

很快他就证实了这一点，当他流露出留学期满后想要回国的意愿时，父母表示了强烈的反对。

“秦华，你怎么可以那么没有头脑呢？就是因为美国的教育好、福利好，所以我们才让你到那里留学的。我们希望你能通过留学，拿到证书，在美国找到工作，然后成为美国人啊！”

是这样啊!

“当然是这样，来这里留学的人，跟千方百计想要移民到这个国家的人，都想留下来。秦华，你也太没志气了！”阿泰如是说。

“所以，从现在开始，你可要像我一样努力了，千万不要在毕业后，沦落到到餐馆给人做服务生或者是洗碗的那种地步，更不能沦落到只能在唐人街定居的地步。”

华人，在西方国家，总被认为是智力超群的一个种族。所以在很多时候，华人都被他们视为对手，而遭受很多敌意。

然而，那不过是以平均值下的定义，移民或留学在此的华人，却非全部都是才能处于上阶的天才。在这个每年都有来自世界各国顶尖精英获得资格移民定居的国度，这部分华人的优势渐渐不再突出，甚至于比起因为适应能力强而得以很好地融入本地居民，于是更多人获得高薪工作以及重要地位的印度裔，适应能力与语言运用能力较差的华人，变得游离在这个国家的重要以及核心行业之外，只能做些无足重轻的工作，久而久之，华籍教授端盘子就成为了普遍的现象，让人见怪不怪了。

他有自知自明，他并非是才干非常突出的那一小部分人，如果他想留在这个国度，需要比别人，至少比阿泰，付出更多。

“秦华，你可别到最后只能到唐人街去当洗碗工啊！”

一语成谶。

到最后，因为找不到工作，负担不起高昂的房租，他只能选择在唐人街落脚。

说来可笑，不明真相的人们，甚至连父母，在得知他住在唐人街的时候，流露出的是欣喜：“哟，就是很出名的唐人街啊！很好啊！”

一点也不好，只有融入不了正常的美国市民生活区的华人，才会无奈地选择定居唐人街。

在唐人街，兴盛的都是末端行业：餐饮、租赁、日用百货等等，而这些，是专门针对在当地居住的华人的消费市场。唯一称得上入流的是旅游业，但对于整个美国的旅游业来说，不过是九牛一毛，更别说，唐人街的环境比其他地方的旅游区差了许多。

人多人杂，脏乱差，相比毗邻的意大利街的干净整洁，唐人街的档次就低了几个台阶。来唐人街旅游的人，大多是同样来自中国的游客，以及小部分猎奇的其他国家的游客。

因为怀着同样是黄皮肤黑头发的期盼，更多的中国游客涌入了唐人街，于是唐人街成了他们出国必游的“三俗”之一。在他们眼里，唐人街是华人在国外成功生存的胜利标志，而真相却是，唐人街是华人在国外生存失败的真实写照。

别傻了。

有能力的华人，都一早融入到当地的阶层中去了，他们跻身中产阶级，甚至是上流社会，远远地抛开了唐人街的这些人，过上了正常的当地人生活。

“真没想到啊，阿华，你真的搬到唐人街来了！”

离开学校后，阿泰来过一次唐人街，说是来探访秦华。

“为什么不想想办法离开唐人街呢？难道你跟其他人一样，都跟你国内的亲戚炫耀你住在唐人街的事情吗？阿华，这样可不好啊，或许他们会当真以为你过上了好的生活，但真正生活在这里的我们，心知肚明并不是这么一回事的，对吧？”阿泰的眼神里有着掩饰不住的蔑视，“说到底，唐人街就如同是国内大城市里为外来流动人口专门设置的城中村一样。或许，不明真相的人都以为唐人街是好东西，但考虑到你未来的家庭，以及后代，为了他们以后不在生活中、学校里因为说出居住在唐人街而被人歧视，你是不是该更努力一点呢？”

那是他最后一次见到阿泰。

听说，那家伙搬进了硅谷，不是作为年薪十万刀二十万刀的“码农”或者是工程师，而是年薪过百万刀的公司高层，而且他很快有了自己的房产，组建了自己的家庭。

生活在唐人街的人，年薪能达到普通工薪阶层标准的，也不过半数而已。

真羡慕那家伙！

以及，嫉妒跟不甘心。

好想搬出唐人街。

好想像那家伙一样，融入当地的社会阶层中去。

可是，无论想做什么，首先必须的，不都是钱吗？

五年前，他遇见了来自国内的一名游客。

“你对你自己的境况一定非常不满吧？我有一个可以帮助你改变这种状况的机会，跟我合作怎么样？”

那个男人就是江则。

没错，他需要钱，很多很多的钱。

说到底，他们，还有阿泰，那么努力的目的，不就是为了找到高薪的工作，赚到更多的钱吗？只要有了钱，想离开唐人街，想在富人区买房子，甚至，找当地女人结婚，繁衍后代，都不是困难的事情。

所以，他加入了江则的计划当中，招募到了Doctor，算是离希望的生活近了一步。

如果，不是中途有人出来捣乱的话。

眼看事情就要败露，唯一值得庆幸的是，他找到了与自己的面相相符的人。

托尼。

这个为了调查已经成为被替代者的前女友的事情而不惜深入虎穴的男人，为他带来了一线生机。

无论如何，自己都要逃离唐人街，如果能以清白的新身份开始新生活，就更好了。

所以，他让Doctor把自己的脸换成了托尼的脸，然后，杀死了知情的所有人，包括托尼。

为了自己的新生，他们的牺牲，是必要的。

他讨厌自己身上带上唐人街的标记，知道自己这一点的人，都应该去死。

大概，这也是当那个自称是来自天使之城的安琪接近自己的时候，自己失去戒心的原因。

安琪来自洛杉矶，有一个来自唐人街以外的女朋友，刚好有助于消除自己身上的唐人街的味道。

结果，这么一个小小的虚荣心，却成了葬送自己新生的序曲。

真是愚蠢！

“秦华，你被捕了，你有权保持沉默，如果你不保持沉默，那你所说的一切都会成为呈堂证供……”

在周对自己说着米兰达警告的时候，他弓腰起身，视线却一直盯着张小娜。

这个说自己是安琪的女人，不是天使。

不是拯救自己逃离唐人街的天使。

她是恶魔。

是毁掉自己新生的恶魔。

“喂，你——”一平的话还没来得及说完，就看着秦华猛的一下甩开了周，然后张小娜就对上黑洞洞的枪口，张一平来不及多想，飞身扑了上去，“住手！”

枪声响起来的那一刻，餐馆里的食客尖叫着四散而逃。

项维在枪响之前就意识到了秦华的不对劲，他将张小娜拉开，一把按到了地上，用身体护住了她。但他却没能护住张一平。他看见张一平一边口里叫着“小娜”，一边倒了下去。

“一平！”

“哥！”

张一平一倒，老秦头马上便反手用枪对住了周，毫不犹豫地扣动了扳机。

连续的三声枪响。

幸而在枪响之前，马克便已经拉住了周往另一边倒，险险地避过了三颗子弹。

老秦头并不打算恋战，边开枪边逃，马克与周追了上去。

“唔……”张一平终于发出了呻吟声，项维把他扶了起来，“一平，你怎么样？”

“小娜，”张一平的手捂着自己的腹部，一手抓住了项维：“小娜没事吗？”

“哥，我没事，你不要紧吗？”

“没事就好，找，老秦头，托尼，他……”

张小娜点点头，马上追了出去，然后就看见老秦头倒在了马克与周的枪口之下。

周把秦华掉在地上的枪踢到了一边。他一眼就看清楚了，那是把点四五口径左轮枪，SJH，正是杀害Doctor等人的凶器。

张小娜看到身中几弹奄奄一息的老秦头，蹲了下去："秦华，告诉我，托尼他人呢？"

老秦头笑了笑，口里涌出了血沫："死，死了。"

她是恶魔，不是天使，不是来拯救自己的天使。

啊，好想，离开唐人街。

可是，现在，自己这个样子，是不是，也算是离开唐人街了呢！

秦华眼里的生气，渐渐灭了下来。

那样，也好。

10

早有听到枪声的人报警，很快，鲤鱼门便多了许多处理案发现场的警员。外面围满了看热闹的观众，包括刚刚从现场保住一命的食客，拿着手机不停地拍着。

"一平呢？"

救护车到了，医护人员小跑着进了鲤鱼门，把中弹的一平搬上担架，往外面的救护车上抬。

"一平，你没事吧？"项维跟在担架旁边，担心地问道。

"哥，你觉得怎么样？"张小娜在旁边握着张一平的手。

"没事没事，小娜你别担心，我没事，一点小伤而已。"一平笑了笑，脸色苍白，看周跟马克跟在妹妹后面，会意道，"你还要跟周他们回警署配合调查吧，你去吧，别担心，我会没事的。"

看着哥哥被抬上救护车，张小娜看着项维："小维？"

"我知道，我会跟过去照顾一平的，你别担心。"项维说着，上了救护车。

"谢谢你，小维。我就知道，你们会来救我的，你跟一平哥都会来救我的。"张小娜忍不住哭了出来，"不要让一平哥出事，千万不要让他出事。”

“你不用担心，他肯定会没事的。”

项维关上救护车的门，坐到了一平身边。

“小娜她，没事吗？”一平问。

“没事。”

“没事就好。”一平辛苦地喘了口气，“那我放心了。”

“一平，你真的没事吧？”

“怎么可能没事？你看看，那么多血，我衣服都染红了，天啊，枪战、子弹，有枪的国度真是太可怕了，下次我再也不来了！”张一平绝望道，“我快要死了。”

“你死不了，我来的时候看过相关的资料，说是没打中要害的话，或者没有当场死亡的话，一般都能活过来的，只要把子弹取出来就行了。”

“你以为演戏呢？我又没有主角光环，很容易死的。”张一平满头大汗、脸色铁青，嘴唇又干又白，“项，项维啊。”

“一平，你现在就别多说话了。”

“我，我有句话，很早以前就想说了，我现在不说，可能以后都没有机会了。”

“你说。”

“如果，我活不了了，而你，又红了，你要记住，你主角的气场有一半是我替你撑起来的，勋章上有我一半的功劳。”

“……”

尾声　越洋电话

张一平被送入医院三天后。

祝小福：“张一平死了没？”

项维：“他在重症监护室中，还不知道结果。”

张一平被送入医院三个星期后。

桂姨：“项维啊，一平他没事吧？”

项维：“并发症发作，又进了急救室。”

张一平被送入医院三个月后。

金可海：“‘张自大’挂了没有？”

项维：“还没脱离危险期。”

张一平被送进医院六个月后。

祝小福：“张一平到底是死是活？给个准话！”

项维：“那个，你猜。”

图书在版编目（CIP）数据

罪中局. I / 项维著. -- 成都：成都时代出版社，2018.6

ISBN 978-7-5464-2055-4

Ⅰ. ①罪… Ⅱ. ①项… Ⅲ. ①推理小说—中国—当代 Ⅳ. ①I247.5

中国版本图书馆CIP数据核字(2018)第041812号

罪中局 I

ZUI ZHONG JU Ⅰ

项维／著

出品人　石碧川
责任编辑　张　巧
责任校对　李　佳
装帧设计　成都原创动力
责任印制　唐莹莹

出版发行　成都时代出版社
电　　话　（028）86742352（编辑部）
　　　　　（028）86615250（发行部）
网　　址　www.chengdusd.com
印　　刷　成都翔川印务有限责任公司
规　　格　145mm × 210mm
印　　张　10.25
字　　数　290千
版　　次　2018年6月第1版
印　　次　2018年6月第1次印刷
书　　号　978-7-5464-2055-4
定　　价　32.00元

本书若出现印装质量问题，请与工厂联系。
电话：（028）82633929